SCHWARZ
über die Grenze

ELKE SAUER

SCHWARZ
über die Grenze

Weltbild

Weltbild Buchverlag
–Originalausgaben–
Copyright © 2009 by Verlagsgruppe Weltbild GmbH
Steinerne Furt, 86167 Augsburg
Alle Rechte vorbehalten

Projektleitung und Redaktion: Gerald Fiebig
Umschlaggestaltung: *zeichenpool, München
Umschlagabbildungen: Sammlung Elke Sauer, Shutterstock/
David Davis (Schranke), *zeichenpool-Archiv (Brief)
Innenteilabbildungen: Sammlung Elke Sauer
Karte: Jutta Weber, Augsburg
Gesetzt aus der Adobe Garamond 11,8/15,5 pt
Druck und Bindung: GGP Media GmbH, Pößneck

Gedruckt auf chlorfrei gebleichtem Papier

Printed in the EU

ISBN 978-3-86800-264-5

Gegen das Vergessen

Für Mutti und Omi
und meine Urgroßmutter
in Liebe

Inhaltsverzeichnis

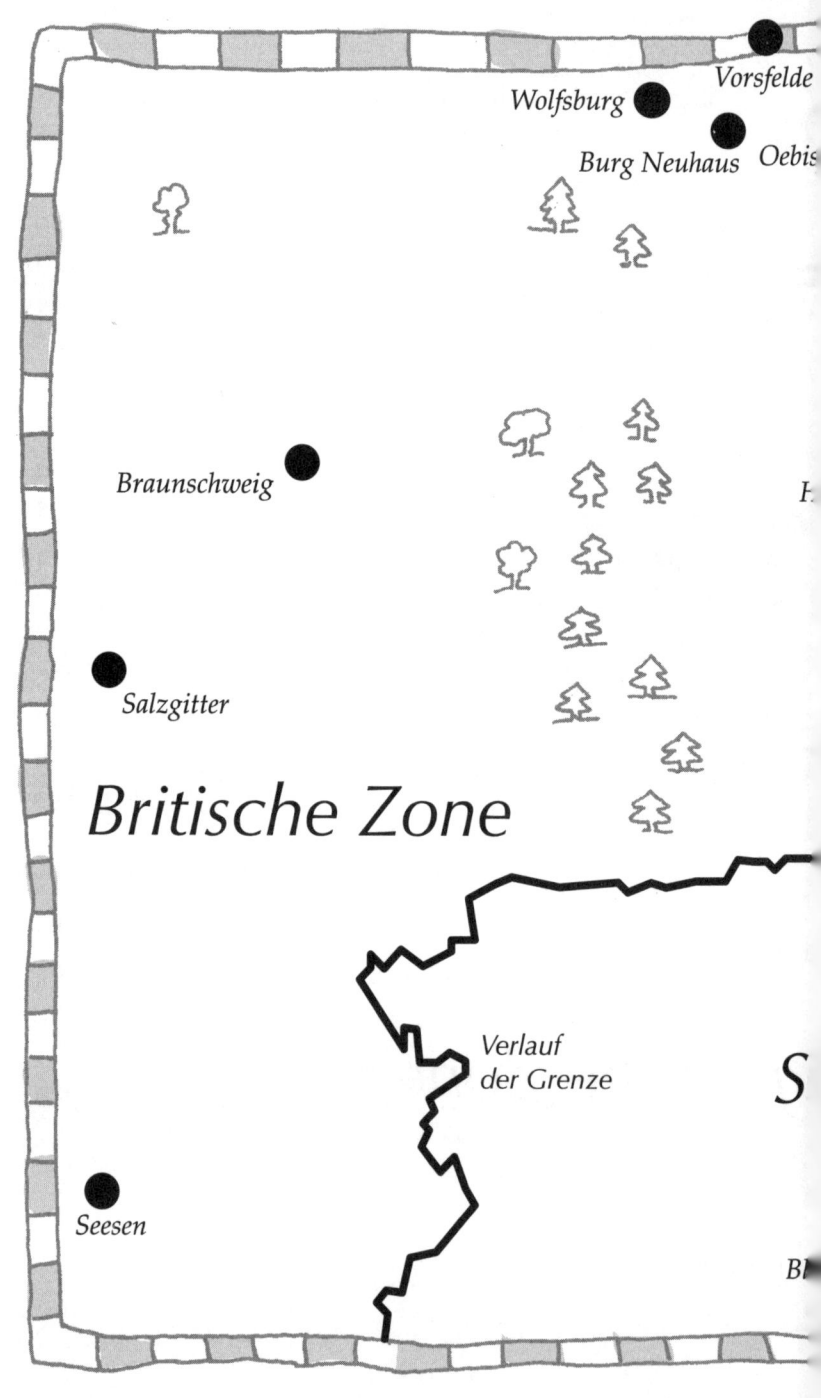

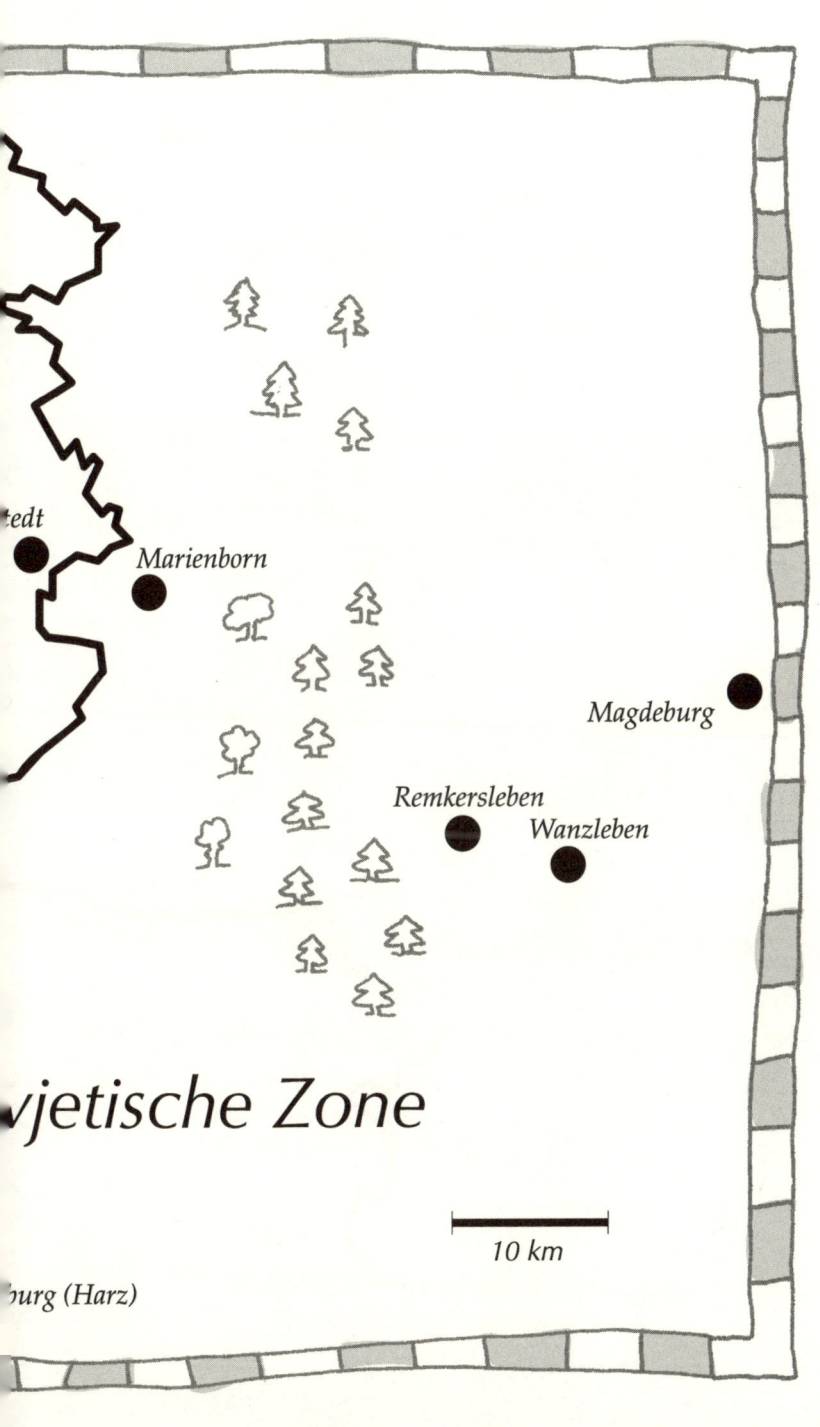

edt

Marienborn

Magdeburg

Remkersleben

Wanzleben

vjetische Zone

10 km

urg (Harz)

Großmutters Welt
(1895–1945)

Die Geschichte meiner Großmutter

Gerade zwei Jahrzehnte ist es her, dass inmitten Deutschlands eine unüberwindbare Grenze unser Land in zwei Hälften teilte. Mit dem Fall der Mauer werden mehr als 40 Jahre einer Teilung Deutschlands zur Erinnerung. Wenn ich daran denke, fallen mir Erlebnisse aus meiner Kindheit ein, die ein kleines Mosaiksteinchen in der Geschichte dieser Grenze bilden. All diese merkwürdigen Grenzgänge, einer nach dem anderen, sobald ich daran denke, bekomme ich sogar jetzt noch Herzklopfen, wegen dieser illegalen Grenzüberschreitungen aus dem Westen in den Osten Deutschlands und wieder zurück vom Osten in den Westen.

Meine Mutter, meine Schwester Lisa und ich lebten im Westen, in einem sehr kleinen Dorf nahe der Zonengrenze. Erst nach dem Krieg waren wir hierher aufs Land gezogen, weil die Kreisverwaltung Helmstedt unserer Mutter in diesem Ort eine Stelle angeboten hatte. Unsere Omi, die Mutter meiner Mutter, war im Osten Deutschlands zu Hause. In gewisser Weise ist sie die Hauptfigur der Geschichte, die ich hier erzählen will.

Meine Großmutter Emma wurde im Sommer 1895 als erstes von zehn Kindern im Vorharz geboren. In dem kleinen, heute längst eingemeindeten Ort nahe Seesen ist die Familie seit Generationen ansässig. Die Geschwister werden dort bleiben, ihren Berufen nachgehen, etwas Land erwer-

15

ben, um für sich und ihre jeweiligen Familien eine Heimstatt zu schaffen.

Nur Emma, die Älteste, zieht in den Zwanzigerjahren mit ihrem zweiten Ehemann und ihrer kleinen Tochter nach Remkersleben, in ein dort neu erworbenes Haus.

Es war ja nicht weit: Keine zwei Zugstunden, und schon konnte sie bei ihren Geschwistern sein. Doch mit der Teilung Deutschlands sieht sie sich allein im Osten und mit der schmerzlichen Trennung von ihrer ganzen großen Familie konfrontiert.

Großmutters Kindheit

Der Vater meiner Großmutter arbeitete in der Landwirtschaft. Als Zweitgeborener hatte er den elterlichen Hof schon mit fünfzehn verlassen müssen. So verdingte er sich als Landarbeiter auf einer Domäne, von wo ihm später Ackerland zugeteilt wurde, das er selbstständig bewirtschaftete. Wohl war er ein Bauer, jedoch ohne eigenes Land – die jährliche Ernte war Eigentum der Domäne. Ein paar Hühner und ein Schwein wurden selbst gezogen. Als Lohn von der Domäne erhielt der Urgroßvater nur ein Deputat, also einen Teil dessen, was auf den Feldern geerntet wurde. So kam es, dass diese große Familie trotz allen Fleißes ein sehr anspruchsloses Leben führen musste. Selten nur waren ein paar Groschen übrig, um eine Tüte Linsen oder etwas Zucker zu kaufen.

Damals, vor nunmehr 150 Jahren, war die Landwirtschaft eine sehr mühsame Arbeit. Um ein Stück Land für eine gute Ernte ertragsfähig zu halten, bedurfte es vieler Hände. Die Feldarbeit war wichtig, die Saat musste in die Erde, die Ernte vom Feld. Bis in die Dunkelheit wurde gepflügt, gesät und gehackt, die Rüben verzogen, Kartoffeln gelesen und das Getreide gemäht. Außer dem Pflug und der Egge gab es praktisch keine Landmaschinen, ohnehin hätte es hierzu eines Gespanns bedurft. Auch das Mähen von Getreide war reine Handarbeit. Ohne Ausnahme mussten alle Kinder mithelfen und wuchsen sozusagen in jede Arbeit hinein.

Einmal, erzählte Großmutter, gab es Eisregen, und die Zuckerrüben mussten aus der Erde. Unsere Gesichter waren rot gefroren, die Haare nass, die Hände steif vor Kälte, aber der Vater ließ uns immer noch nicht gehen. Erst musste die Arbeit getan sein.

Niemand hätte das Feld ohne die Erlaubnis des Vaters verlassen dürfen. Da kannte er kein Pardon. Das galt auch für Frieda, seine Frau, die über all dieser schweren Last entweder ein Kind stillte oder erneut schwanger war.

Solange das Neugeborene in das Schubfach der Kommode passte, lag es in eben diesem Kasten, bis das Kind, einige Wochen alt, zu den Eltern ins Ehebett genommen wurde. Bei jeder Mahlzeit hatte Mutter Frieda ihr Baby auf dem Schoß und gab ihm von dem, was allgemein auf den Tisch kam. Ihre Mutter habe ihren Finger in das Essen getaucht und das Baby daran lutschen lassen, so erzählte es meine Großmutter.

Wer geht mit mir in die Kirche, ich muss mal wieder singen, pflegte Urgroßvater am Sonntagmorgen zu sagen. Denn am Sonntag ruhte die Arbeit, man war gebadet und trug frische Kleidung. Und dann zog er los mit seiner Schar Kinder, während die Mutter das Mittagessen vorbereitete und die Kleinsten hütete. Wenn wieder einmal die Ungezogenheit eines der Kinder selbst die Geduld der Mutter überforderte, brauchte sie nur zu sagen: Ich soll das woll dem Vatter vertellen. Dazu kam es jedoch selten, denn schnell versprach das Kind Besserung, und der Vorfall war vergessen. Der Vater war die Respektsperson, das stand außer Frage.

Zu jedem Sonntag pflegte Frieda für ein paar Pfennige ein

kleines Päckchen Kautabak zu kaufen, das sie stets am Mittagstisch ihrem Ehemann neben den Teller legte. Öl wiederum war nötig, um Reibekuchen zu backen.

Ich möchte mir nicht vorstellen, wie es wäre, wenn ich für eine Großfamilie Reibekuchen backen müsste. Meine Urgroßmutter Frieda aber stand an diesem Herd mit offenem Feuer, oft noch mit einem Baby auf dem Arm, und sagte: Kinder, esst man nur, es ist genug da. Das weiß ich von meiner Mutter. Sie hat uns Mädchen oft und gern von ihren glücklichsten Kinderjahren erzählt, die sie in der Obhut ihrer Großmutter verbringen durfte, und von Urgroßmutters liebevoller Fürsorge und ihrer aus tiefstem Herzen kommenden Gutherzigkeit gesprochen. Dagegen waren Omi Emmas Erinnerungen eher von der Armut geprägt, für die sie sich oft habe schämen müssen.

Manchmal war Frieda auch krank oder konnte nach einer Entbindung nicht sofort wieder ihren Pflichten nachkommen. Dann hatte Emma, die Erstgeborene, die Sorge für den Haushalt und die Geschwister zu übernehmen. Wie sehr verachtete Emma ihren Vater, wenn ihre Mutter in immer erschöpfterem Zustand schon wieder einen dicken Bauch vor sich herschieben musste.

Urgroßvater schwang die Sense, während Frieda, seine Frau, die jeweilige Partie mit den Armen auffing, schnell mit etwas Stroh zu einer Garbe band, um sofort die nächste Getreidemenge in ihren Armen zu halten. Niemand sonst konnte dies so schnell und zuverlässig wie Frieda. Deshalb durfte auf Geheiß des Vaters nur sie neben ihm stehen, während die Kinder die Garben zum Trocknen gegeneinander aufstellten. Eines Nachmittags jedoch sagte die Frau inmitten dieses Mähens: Vatter, ich muss nach Hause, das Kind will wohl kommen. Aber der Vater mähte weiter. Es sei nicht mehr viel, nur noch eine Stunde. Er mähte rasend schnell, und Mutter Frieda kam nicht mehr nach und sagte wiederholt, sie müsse aber jetzt gehen.

Dann endlich hatte der Vater ein Einsehen, aber den Feldweg nach Hause schaffte die Mutter nicht mehr. Sie gebar ihr Kind im Straßengraben. Jetzt völlig hilflos, weinte der Vater, rannte los, sich ein Pferdegespann zu leihen, um seine Frau nach Hause zu bringen. Als er zurückkam, war da noch ein zweites Kind.

Die älteste Tochter Emma war bei der Mutter geblieben und hatte die Qualen ihrer Mutter hilflos mitansehen müssen und geholfen, was ein zwölfjähriges Mädchen zu helfen imstande ist. Tief in ihr verwurzelt blieb der erbarmungswürdige Zustand der Mutter und ihre Angst, die Babys könnten vergessen zu atmen. Vergebens suchte sie in den vielen Jahren zu vergessen, dennoch konnte sie sich der Tränen nicht erwehren, sobald sie ihren Enkelinnen von dieser dramatischen Geburt erzählte. Ihrem Vater hat sie bis an das Ende ihrer Tage nicht verzeihen können.

Meine Mutter war kaum vierzig und schon eine alte Frau, beklagte Omi Emma die Situation ihrer eigenen Mutter. Sie war verbraucht durch schwere Arbeit und diese wiederholten Schwangerschaften. Wie konnte mein Vater seiner Frau, die er vorgab zu lieben, der Mutter seiner Kinder, das immer wieder antun? Waren nicht schon genug Kinder da?

Großmutter pflegte ihre Exkurse in die eigene Kindheit mit stets der gleichen, als Mahnung für meine Schwester und mich gedachten Drohung zu beenden: Erzähle mir keiner, dass eine Frau, die stillt, nicht schwanger werden kann! Das stimmt nicht, Mädchen, merkt euch das!

Tatsächlich gehörte meine Großmutter zu den ersten fortschrittlichen Frauen, die sich beizeiten zur Verhütung von Schwangerschaften ein Pessar legen ließen.

Als der erste Weltkrieg überstanden war und die Inflation die Familie in festem Griff hielt, wurde zu allem Unglück auch noch Frieda krank. Mit hohem Fieber lag sie zu Bett und verweigerte das Essen. Mein Urgroßvater, der sich bis dahin eisern gesträubt hatte, nur einen einzigen Tag ohne seine Frieda zu sein, musste sich den Tatsachen beugen und sie ins Krankenhaus schaffen. Einen Leiterwagen hatte er besorgen können, mit zwei Pferden davor. Damit die Mutter es etwas weicher hatte, streute er mächtig Stroh auf die Planken. Sie fuhren noch nicht lange, da war es nicht mehr nötig das Krankenhaus zu erreichen. Ein hartes und entbehrungsreiches Leben war zu Ende.

Meine Urgroßmutter war sehr geachtet in ihrem Dorf, und eine große Trauergemeinde begleitete ihren letzten Weg. Als sie am offenen Grab standen, soll der Pfarrer eine schöne und persönliche Rede gehalten haben, nicht ohne auf unseren gütigen Herrn im Himmel zu verweisen. Als sei dies sein Stichwort, stürzte sich mein vom Kummer gebeugter Urgroßvater auf den Pfarrer und schrie: Es gibt keinen gütigen Gott! Er hat mir meine Frieda genommen! Bei dem folgenden Gerangel wäre der Pfarrer beinahe in die Grube gefallen, hätten die größeren Söhne nicht sofort zugegriffen. Sonntags nun ging mein Urgroßvater an der Kirche vorbei, auf den Friedhof zu dem Grab seiner Frau und hielt seine Kinder streng an, ihre Mutter zu ehren.

Zu dieser Zeit lebte die Tochter Emma, meine spätere Großmutter, nicht mehr bei den Eltern. Es war normal, dass Kinder mit dem Ende der Schule für ihren eigenen Lebensunterhalt zu sorgen hatten. Sie kam in völlig veränderte Verhältnisse. In ein Haus, in dem es vor lauter Reichtum nur so strotzte, pflegte sie zu sagen. Es wurde geputzt, von früh bis spät gekocht, gebraten und gebacken. Was musste sie nicht alles lernen! Wie man Silber putzt, wie die Bestecke zu legen sind, wie man mit edlem Porzellan und weißen Tüchern und den feinen Gardinen vor den Fenstern umging.

Emma musste sehr viel arbeiten, aber das war sie ja gewöhnt – und sie hatte ein Ziel. Mit viel Fleiß und ein wenig Glück würde auch sie sich edlere Stoffe leisten können und aus Kristallgläsern Wein trinken. Obwohl sie von Haus aus keinen Alkohol kannte, dort wurde nicht ein Tropfen getrunken. In gehobenen Kreisen schien dies jedoch durchaus üblich zu sein, während die Herren sich im Raucherzimmer eine Zigarre anzündeten. Ihre Freizeit war knapp bemessen, nur ein oder zwei freie Tage im Monat und selten genug auch mal ein Abend unter der Woche. Sie sang im Kirchenchor, kratzte ihr Geld zusammen und nahm Gesangsstunden. Nicht regelmäßig, nur ab und an mal eine Stunde.

Auf der Suche nach dem Lebensglück

Im Jahr 1916 heiratete Emma nach Osterode in einen Gartenbaubetrieb ein. Das junge Paar bezog eine geräumige Wohnung im Haus der Schwiegereltern. Emma war angekommen und bereit, alles zu geben, um sich das Glück der Ehe zu erhalten. Pflanzen zu züchten und zu hegen, war ihr eine Freude und entsprach ihrem Naturell.

Leidenschaftlich gern ging sie auch hier in den Kirchenchor, schaffte sogar den Sprung in einen Opernchor. Sie war gerade einundzwanzig, und mit der Geburt ihrer Tochter Inge, meiner Mutter, schien ihr Glück vollkommen. Nur ihr Ehemann passte nicht so ganz in dieses Leben, das sie für sich zu gestalten suchte. Er war ein Filou, ein Lebemann, und hatte, um es mit Großmutters Worten zu sagen, die Arbeit nicht erfunden.

Er ging gern in Kaffeehäuser und schlenderte durch die Stadt, und die Kaufleute öffneten ihre Türen und verneigten sich vor ihm. Trat er ein, dann klingelte die Kasse. In neueste Mode gekleidet, folgte er seinem Wunsch nach Vergnügungen. Die Rechnungen gingen an die Gärtnerei. Er musste dies nicht extra betonen, die Adresse war in der Geschäftswelt hinreichend bekannt. Seine Eltern bezahlten, wenn auch zähneknirschend, jede noch so abwegige Rechnung. So viel konnten die Eltern, jetzt mit Hilfe ihrer fleißigen Schwiegertochter, die sie wie eine eigene Tochter liebten, gar nicht erwirtschaften. Dennoch hielten sie sich tapfer, bis plötzlich und recht bald der Schwiegervater starb.

Der Sohn hätte die Verantwortung übernehmen müssen. Aber es waren die beiden Frauen, die sich von früh bis spät in der Gärnerei plagten und dem Charme und dem Lügenkonstrukt des Erben nichts entgegenzusetzen hatten. Alles entglitt ihren Händen. Meine Großmutter ließ sich scheiden.

Ihre Tochter brachte Emma zu ihren Eltern, nur für ein paar Wochen. Es wurden zwei Jahre daraus; meine Mutter sagte, dieses sei die glücklichste Zeit ihrer Kindheit gewesen. Hier musste sie sich nicht dem strengen Erziehungsstil ihrer Mutter anpassen. Durfte draußen spielen, so lange sie wollte. Das Kleidchen konnte ruhig schmutzig werden, und der jüngste Sohn ihrer Großeltern war ihr wie ein Bruder im gleichen Alter. Niemand musste sich hier mit hochgesteckten Tischmanieren quälen und die Serviette ordentlich auf den Schoß legen. Großmutter Frieda verteilte das Essen, und dann wurde einfach nur gegessen, und es war erlaubt, bei Tisch zu reden. Das durfte sie zu Hause nie, außer man richtete eine Frage an sie.

Emmas Ehe war zwar gescheitert und diese Niederlage schmerzte sie sehr, dennoch fühlte sie sich jung genug, um noch einmal voller Tatendrang neu zu beginnen. Sie konnte sich auf ihren Arbeitswillen verlassen und würde schon bald die Schande der Scheidung überwunden haben. In einer Näherei fand sie eine Anstellung, und wieder stand sie vor neuen Aufgaben, die sie mit Fleiß und Wissbegier meisterte. Schon bald wurde sie zu komplizierteren Arbeiten herangezogen als nur zur geraden Weißnäherei. Mit großem Geschick besserte sie Oberhemden aus und fertigte Kragen, deren gleichmäßige und exakte Ecken man nur staunend bewundern konnte. Bewunderungswürdig war auch ihre Fertigkeit, etwa Taschen zu nähen. Nicht die aufgenähten, sondern richtige Anzugtaschen mit einer Patte darüber. Die Ecken und Rundungen waren auf den Millimeter genau. Aus dieser Zeit stammte auch ihr Spruch, über den ich mich, als ich das Nähen erlernte, noch so manches Mal ärgern würde:»Meister, ich bin fertig – kann ich trennen?«

Etwa zwei Jahre nach ihrer Scheidung begegnet Emma dem Mann, der die Liebe ihres Lebens sein wird. Sein Foto in silbernem Rahmen wird über alle gemeinsamen Jahre hinaus auf ihrem Nachttisch stehen. Er war in einem größeren Werk beschäftigt und muss dort in gehobener Stellung gewesen sein. Ich weiß es nicht wirklich, jedoch erinnere ich mich wie Omi einmal sagte, ohne ihn hätten die Arbeiter nicht länger in Brot und Lohn gestanden.

Sie heirateten und kauften das bereits erwähnte Haus in Remkersleben, wo meine Schwester und ich unsere Groß-mutter in der Nachkriegszeit so oft besuchen werden. Ihr zweiter Ehemann war ein sehr fleißiger und geschickter Handwerker und brachte das gesamte Anwesen in einen sehr guten Zustand. Meine Großmutter konzentrierte sich auf ihren Haushalt, stattete ihn mit allem aus, was ein gut geführtes Haus ausmachte. Sie bewirtschaftete den Garten und führte schon bald einen Kolonialwarenladen in der unteren Etage. Dort verkaufte sie alles, was die ländliche Bevölkerung im Alltag benötigte, auch Stoffe und Litzen und Knöpfe. Schon bald stellte sie eine zusätzlich Näherin ein. Dabei sollte es nicht bleiben. Fünf hatte sie wohl in ihren besten Zeiten.

Die kleine Inge nahmen sie wieder zu sich, sie wurde ohnehin bald eingeschult und brauchte einen festen Platz. Die Umstellung von der Freiheit bei Großmutter Frieda in den straff geführten Haushalt ihrer Mutter kann Inge nicht leichtgefallen sein, zumal sie sich mit einem neuen Vater anfreunden musste. Außerhalb der Schule war sie ohne jeden Kontakt zu Gleichaltrigen. Weder durfte sie zu einer Freundin, noch war es erlaubt, ein Kind mit nach Hause zu bringen – nicht einmal an ihrem Geburtstag, der ohnehin so ungünstig lag: zwei Tage vor Weihnachten.

Die Wege wurden Inge minutiös vorgeschrieben und zu dem errechneten Zeitpunkt hatte sie zu Hause zu sein. Wehe, sie kam ein paar Minuten später aus der Schule! Nur selten gelingt es Inge, sich aus diesem Ablauf herauszuwinden und sich ein paar freie Stunden zu ermogeln. Wie sehr sie unter diesem Druck leidet, lässt sich nur erahnen. Wie ihre Mutter, so wird auch Inge die eigene Kindheit zu verdrängen suchen. In nur wenigen ausgesuchten Momenten wird sie sich darauf einlassen, mit ihren beiden Töchtern über die eigene Kindheit und Jugend zu sprechen.

Meine Mutter wurde in Anstand und Sitte erzogen, ganz im Sinne einer höheren Tochter. Das Gymnasium schien ihren Eltern jedoch nicht erforderlich, sie würde ohnehin einmal eine gute Partie machen. Nach der Realschule hätte sie wenigstens gern die Handelsschule absolviert. Dieser Beruf habe Zukunft, versuchte Inge sich bei ihren Eltern Gehör zu verschaffen. Jeder größere Betrieb benötige Büroangestellte.

Unsere Tochter hat es nicht nötig, zu arbeiten! Hier sprach der unbändige Stolz aus meiner Großmutter und ihrem Ehemann. Sie würde mit einem gutsituierten Mann verheiratet und bekäme eine Aussteuer, wie das in besseren Kreisen üblich sei. Darauf habe sie sich vorzubereiten, und bis es so weit sei, bliebe sie zu Hause, bei ihnen sei genug zu tun. Wahrlich ein wahres Wort, meinte Mutti später, ich habe mehr arbeiten müssen als jede Angestellte. Um jeden Preis wünschte sich meine Großmutter Emma in die sogenannte bessere Gesellschaft und suchte mit allen Mitteln ihre ärmliche Herkunft zu vergessen.

Inge war gerade zehn, als ihr Bruder geboren wird – der Kronprinz. Kaum war er den Windeln entwachsen, musste sie ihn überallhin mitnehmen, gleichgültig wohin sie ging. Geld für eine Filmvorstellung, die des Sonntags schon mal in dem Saal beim Gasthaus gezeigt wurde, bekam sie nur, wenn sie den Bruder bei sich hielt. Sollte er einmal nicht reingelassen werden, musste auch sie draußen bleiben. Er erhielt den Klavierunterricht, den meine Mutter so gern gehabt hätte, obwohl er kein Interesse zeigte. Das vornehmste Ziel der Eltern war, ihren Sohn zum Studium zu bringen, und weil Latein in seiner Schule nicht gelehrt wurde, unterrichtete ihn in diesem Fach ein Privatlehrer. Außer der Pflicht zu lernen, war ihr Bruder von jeder anderen Leistung entbunden.

***

Vergeblich suche ich zwischen alten Fotografien Kinderbilder meiner Mutter zu entdecken. Aber es bleibt bei diesen beiden einzigen sehr kunstvoll erstellten Fotografien, die in passendem Rahmen schon seit vielen Jahren die Wände meiner Wohnung schmücken. In gerader Haltung, schlank und elegant gekleidet präsentiert meine Großmutter ihre Tochter Inge für die Kamera. Sie hält das Kind auf dem Arm, das etwas pausbackig, wohl etwa sechs Monate alt, ohne erkennbaren Protest diese Prozedur über sich ergehen lässt. Das zweite Bild ist auf 1920 datiert und anlässlich eines Sonntagsausflugs auf dem Brocken aufgenommen. Festlich gekleidet sind sie alle drei, die Eltern mit ihrer Tochter. Nicht ganz vier Jahre alt, trägt Inge ein weißes Kleidchen und eine große weiße Schleife im Haar. Der Vater steht hinter ihr, und ich kann nicht erkennen, ob er Kontakt zu dem Kind hält. Dieses Bild ist das einzige, das Tochter Inge von ihrem leiblichen Vater bleiben wird.

Wie mag wohl Inge sich in ihrem Elternhaus gefühlt haben? Gab es glückliche Momente? Oder war sie alltäglichen Zwängen erlegen und funktionierte nur? Wird auch sie sich Nischen schaffen können? Wie etwa später ihre Tochter, die Puppen oder das Lesen? Wann war sie zum ersten Mal verliebt? Wie alt war sie da? Sie sagte, er sei Student gewesen. Aber ihren Eltern war er nicht gut genug. Seine Fotos hat sie aufbewahrt, und ich sehe einen sympathischen jungen Mann mit offenem Blick. Groß und schlank und das braune Haar mit einigen wenigen Locken an den Schläfen. Er schaut vom Adlersberg, schreibt von seiner Osterfahrt eine entzückende Widmung auf die Rückseite des Bildes und nennt sie »Kleine Inge«. Mehr als eine Schwärmerei sei das aber nicht gewesen, erzählt Inge später ihren Töchtern. Er wird einer der ers-

28

ten Toten in unserem Krieg sein. Gleich an dem ersten Tag unseres Überfalls auf Polen hatte er sein Leben für unser Vaterland opfern müssen. Zu spät erkennt Inge die Liebe zu ihm und bedauert, ihren geliebten Freund so leichtfertig aufgegeben zu haben. Zumal Inges von den Eltern arrangierte Ehe scheitern wird, kaum dass sie geschlossen ist. Sie ist sehr unglücklich und in ihrer Trauer findet sie Kontakt zu seinen Eltern. Hätte ich nur nicht auf meine Eltern gehört, die waren ja so verbohrt, beklagt sich Inge bei ihren Töchtern und klappt das Fotoalbum zu.

Kindheit im Krieg

Die Jahre gingen ins Land und Inge entwuchs dem Elternhaus. Dreiundzwanzig war sie, als sie sich verheiratet und die versprochene Aussteuer erhält, mit allem Drum und Dran.

Ich bin zwischen diesen Möbeln aufgewachsen: aus edelstem Holz, mit glänzendem Furnier und Schnitzereien und abgerundeten Ecken. Am besten gefiel mir die wunderschöne Vitrine mit den hohen gewölbten Glasscheiben zu beiden Seiten. Das Silberbesteck ist noch in meinem Besitz, mit Suppenkelle, Vorlegelöffel und Gabeln, großen und kleinen, mit Zuckerzange und Sahnelöffel. Auch das vornehme Essgeschirr, mit kobaltblauem und goldenem Rand und einer Krone hinten drauf. Passend dazu Damasttischdecken mit dem Monogramm meiner Mutter. Etwas also ist geblieben von dem, was einmal war.

***

1939 wird meine ältere Schwester Lisa geboren. Als Hitler Polen überfällt, ist sie gerade zwei Monate alt. Bereits in dem Jahr darauf war meine Mutter wieder geschieden. Es war ein Fehler, diesen Mann zu heiraten, erklärte sie uns Töchtern später. Mehr gab sie nie preis von dem, was sie bewogen hatte, sich so schnell wieder scheiden zu lassen.

1944 kam Lisas Vater im Krieg um. Meine Schwester

wurde zur Kriegswaise. Seine durchaus wohlhabenden Eltern konnte selbst der Verlust ihres Sohnes nicht dazu bringen, Kontakt zu ihrem Enkelkind aufzunehmen.

Zwei Jahre nach meiner Schwester kam ich auf die Welt.
Mein Vater hatte schon eine Familie. Zwar erkannte er die
Vaterschaft an, aber ich werde ihn zeitlebens nicht kennen-
lernen. Ich weiß noch nicht einmal, ob er mit der Namens-
gebung Elke einverstanden war.

Mit 26 Jahren hatte meine Mutter zwei Töchter, aber keinen Vater für ihre Kinder. In ihrem Elternhaus war man von
dieser Wendung gar nicht begeistert. Hatten sie nicht alles
getan, um ihrer Tochter ein besseres Leben zu ermöglichen?
Und jetzt das! Noch dazu mit einem unehelichen Kind!
Nein, bei ihnen konnte die Tochter mit den Kindern nicht
bleiben. Sie hätten sich ja der Lächerlichkeit preisgegeben.
Die Geschwister meiner Großmutter griffen helfend ein,
nahmen in grösster Not sogar meine Schwester oder mich in
ihren Familien auf.

Dann plötzlich gab es Hoffnung auf ein geordneteres
Leben. Meiner Mutter wurde eine Stellung als Leiterin eines
Wohnheimes angeboten, in dem Holländer lebten. Viel-
leicht 20 oder 30 Männer, die in technischen Berufen, als
Ingenieure oder Ähnliches, in den Salzgitter-Werken arbei-
teten, die damals in »Göring-Werke« umbenannt waren.

Haushaltsführung hatte Inge bei ihrer Mutter gelernt,
und ob der Haushalt nun kleiner oder größer war, schien in
der Summe der Arbeitsabläufe keinen Unterschied zu
machen. Als ihr zugesichert wurde, sie könne ihre Töchter
zu sich nehmen, zögert sie nicht lange und bringt ihre Kinder in das Wohnheim – einem ehemaligen Schloss und Her-

renhaus mit einer über tausendjährigen Geschichte. Das Weihnachtsfest 1942 ist das erste Fest, das sie gemeinsam mit ihren Töchtern in einem richtigen Zuhause feiern kann. Für die Holländer kam jeden Morgen ein Bus auf den Hof. Stets in Anzüge gekleidet stiegen sie ein, abends brachte der Bus sie wieder zurück. Das war ein lustiger Haufen, wie Pech und Schwefel hielten sie alle zusammen. Gemeinsam bewirtschafteten sie den großen Nutzgarten, pflegten den Park und feierten so manches Fest. Und wir beiden Mädchen mittendrin, verwöhnt von allen Seiten. Onkel Dan, stets mit einem Fotoapparat unterwegs, verdanken wir die vielen Fotos aus dieser Zeit. Er heiratet die beste Freundin meiner Mutter und ist nicht der einzige aus dieser Gruppe, der sich mit einer deutschen Frau verheiratet hat. Nach dem Krieg nehmen sie ihr Glück mit nach Holland – ihre Ehe wird ein Leben lang halten, ebenso wie der Kontakt zu meiner Mutter.

Die Beschaffung von ausreichenden Nahrungsmitteln war neben der Arbeit in dem Werk die Hauptaufgabe für alle. Hinter einem Schuppen hatten die Holländer eine große Zahl Kaninchenställe übereinandergestapelt – in einer Ecke, wo hoffentlich niemand so genau hinsah, wenn einmal eine Kontrolle kommen sollte. Der Stapel war sehr hoch: Nicht mal, wenn ich von einem der lieben Holländer ganz hochgehoben wurde, konnte ich die obersten Kaninchen sehen.

Wir Mädchen mussten schwören und unser Ehrenwort geben, niemals jemandem unsere Kaninchen zu verraten. In kindlicher Begeisterung rissen wir jeden Löwenzahn aus, um unseren süßen Kaninchen eine Freude zu machen.

Ich mag kein Kaninchenfleisch, würde es niemals anrühren. Ich vermute jedoch, wir haben damals viele Kaninchen gegessen.

Als wichtiger Industriestandort muss Salzgitter durchaus von Bombenangriffen betroffen gewesen sein. An direkte Bombenangriffe auf uns kann ich mich dennoch nicht erinnern, dafür aber an die vielen Abende, an denen Flugzeuge unserem Ort sehr nahe gekommen sind und erst in letzter Minute abdrehten. Und ich kleines, dummes Kind stampfte wütend mit dem Fuß auf: Wieder hatte ich nicht sehen können, wie ein Flugzeug so einfach hoch oben bei den Wolken fliegen kann!

Sei froh, dass sie nicht zu uns kommen, sagten die Frauen erleichtert, und mehr oder weniger beunruhigt gingen wir zurück ins Haus – gleich nach unten in den Keller, wo inzwischen unsere Betten standen. Das war praktischer und ersparte Lisa und mir das Aufstehen bei Fliegeralarm. Aus der unmittelbaren Nachbarschaft kamen stets noch einige Familien dazu. Mit ihnen kam immer auch eine ältere Frau, die ich Tante nannte, die so wunderschöne Märchen erzählen konnte.

Der Krieg geht zu Ende

Als Erstes kamen die Engländer. Sie sollen nur kurz geblieben sein und das Esszimmer meiner Mutter nicht gerade pfleglich behandelt haben. Nun gut, das war wirklich keine ernste Sache, sie hatte Tische und Schränke genug. Der Schock waren die vielen Bilder, die sie bei sich trugen: Fotografien von einem Konzentrationslager. So wie die Soldaten diese gequälten und in unvorstellbar grausamer Weise entwürdigten Menschen vorgefunden haben. Es heißt, die Sünden der Vorfahren lasten auf unseren Schultern. Diese Schuld, die wir als ein Volk auf uns geladen haben, muß ich annehmen und tragen, bis an das Ende meiner Tage. Hiervon bin ich zutiefst überzeugt.

An einem Abend, ich war vielleicht vierzehn, sprach meine Mutter nur ein einziges Mal über ihr Entsetzen angesichts des Elends auf diesen Fotografien, das sie seither nicht mehr losgelassen habe. Das war damals, ich war vielleicht 14 oder 15, als wir einen authentischen Film über die Befreiung einzelner Konzentrationslager gesehen hatten, der wohl erstmals bei uns im Fernsehen gezeigt worden war. Fassungslos starrte ich auf das Grauen erbarmungslos gepeinigter Menschen, das sich unaufhaltsam Bild auf Bild aneinanderreihte. Wie würden die Überlebenden weiterleben können?, dachte ich voller Verzweiflung.

Ein langes Schweigen trat ein. Längst war der Bildschirm dunkel und ich wagte nicht, Mutti anzusehen. Zögernd schob Lisa ihren Stuhl zurecht, sie wollte das Zimmer verlassen und Mutti, ich nehme es an, wollte sie so nicht gehen lassen. Wohl um überhaupt etwas zu sagen, erklärte Mutti, sie habe dies alles schon gleich mit dem Ende des Krieges gewusst, als ihr die Engländer diese Fotografien gezeigt hatten. Immer wieder träume sie die schrecklichsten Bilder und nun nach diesem Film, hier geriet sie ins Stocken. Außer mir vor Scham und Zorn und weil ich nicht wusste, was ich sonst hätte tun sollen, sprang ich auf und sagte:

Mutti, Millionen Menschen! Sag bloß nicht, ihr hättet davon nichts gewusst. Ihr habt ihn doch gewählt, diesen Hitler.

Wie war das möglich? Was erlaubte ich mir in diesem Ton mit meiner Mutter zu reden? Erschrocken hielt ich die Hand vor den Mund. Als ob unsere Mutter verantwortlich wäre, sie ganz allein. Sie hat mich gepflegt, mehr als drei Monate bin ich krank gewesen, mit dieser fürchterlichen Infektion. Tag und Nacht ist sie bei mir gewesen, in jeder Minute, weil ich mich von niemandem sonst habe anfassen lassen. Mutti, Mutti, flehte ich Tag und Nacht und litt unter Schmerzen, und Mutti hat mich mit Traubenzucker ernährt, anderes Essen konnte ich nicht behalten, aber wenigstens Trinken nahm ich an. Und das mitten in einem Krieg, in dem nicht mal genügend Medikamente für schwerstverletzte Soldaten vorhanden waren. Mit Morphium sollte ich im Krankenhaus ruhig gestellt werden, ich war mal gerade drei, aber Mutti lehnte diese Art Behandlung strikt ab. Lieber wollte sie mein Weinen ertragen. Sogar aus Süddeutschland sind Pakete mit Traubenzucker für die kleine Elke geschickt worden, erzählte Mutti, auch in den Salzgitter-Werken haben hilfreiche Menschen Traubenzucker für mich gesammelt. Als ich langsam genesen mit Mutti das Krankenhaus verlassen konnte, hatte ich alles verlernt. Das Gehen und Sprechen, ich musste wie ein Baby gefüttert werden und es dauerte einige Monate, bis ich wieder aus den Windeln kam.

Beschämt blickte ich zu Boden, noch immer hielt ich den Mund verschlossen, meine hingehauchte Entschuldigung erstickte in meiner Hand. Schwesterlich legte Lisa ihren Arm um meine Schulter: Ist gut Elke, flüsterte sie, Mutti ist dir bestimmt nicht böse.

Kinder, Kinder, so hat das keinen Zweck und bitte seid friedlich, ich verstehe euch ja, suchte Mutti etwas Ordnung in die wirren Gedanken zu bringen. Ich würde genauso denken wie ihr. Wir sind blind gewesen und selbst über das, was wir letztendlich gewusst haben, haben wir weiter geschwiegen. Wir steckten in der Falle und erst die Alliierten hatten die Macht, uns daraus zu befreien. Bitte bedenkt, wie sehr noch die Alliierten gekämpft haben, um Deutschland einzunehmen, und wieviele Todesopfer sie unter ihren eigenen Soldaten in Kauf nehmen mussten.

Verzagt ließ ich mich auf mein Bett sinken, und nun machte Lisa mir auch noch Vorhaltungen. Das wäre nicht nötig gewesen, meinte sie, und Mutti habe den Krieg doch nicht gewollt. Ich schwieg und dachte in aller Stille, dies sei wohl wirklich nichts, auf das ich stolz sein könnte. Aber irgendwie würde ich es wieder gutmachen, schwor ich mir. Ich hatte meine Mutti lieb und wollte ihr nie wehtun.

Dennoch, in mir hatte sich Widerspruch geregt, und mit dieser Erkenntnis machte ich es mir in Zukunft nicht mehr so leicht mit den Erwachsenen. Vernichtend dachte ich jedenfalls nur allzuoft: Jetzt spielt der sich hier auf und will mir Vorschriften machen, was ich zu lernen oder zu tun habe, der soll mal lieber sagen, was er im Krieg gemacht hat.

Nach den Engländern waren die Amerikaner auf unserem Hof. Stets höflich und zuvorkommend, blieben sie länger – ich meine, bis in den Sommer hinein. Mit uns lebten immer noch einige Holländer in diesem schönen großen Haus, sogar die Kaninchen wurden noch gefüttert. Der Garten, im Frühjahr bestellt, wirkte inzwischen etwas vernachlässigt. Die Amerikaner bezogen das freistehende Haus, auf der linken Seite, wenn man zum Hoftor hereinkam. Es war ein Fachwerkwerkhaus, in dem sie ein Lazarett einrichteten. Weil sie mit ihrem Jeep so rasant fuhren, hatte Mutti uns Mädchen verboten, uns überhaupt noch in dem Bereich dieses Tores aufzuhalten.

Trotzdem geschah es: Ich geriet unter diesen Jeep, das einzige Auto im ganzen Ort. Ich bezweifle, dass sonst irgendjemand zu dieser Zeit noch ein Auto fuhr. Ich war mit Lisa auf der Straße, die gleich rechts hinunterführte, wenn man bei uns zum Tor rauskam. Kleine aufwärtsführende Hänge begrenzten rechts und links diese Straße, und ich stand auf der lehmig festgetretenen, relativ ebenen Seite. Die Straße selbst hatte tiefe Schlaglöcher. Lisa war auf der anderen Seite, etwas weiter den Hang hinauf, und wollte Blumen pflücken. Es könnten Margeriten gewesen sein. Ich sah den Jeep kommen, schon aus dem Tor fuhr er mit hohem Tempo heraus, bog ab in meine Richtung, fuhr auf dem etwas eberen, lehmigen Rand der Straße und kam mir gefährlich nahe. Meine Schwester schrie: Bleib stehen! Ich aber wollte dann doch in letzter Sekunde über die Straße.

Es ging alles so furchtbar schnell, die Reifen quietschten, und ich lag quer vor diesem Jeep. Dass die Räder mich nicht gänzlich überfahren haben und stattdessen der Wagen mich mit aller Kraft vor sich herschob, erscheint mir noch heute wie ein Wunder.

Die jungen Männer setzten mich auf den Beifahrersitz, sagten etwas Mitleidvolles, und ich sah meine Beine: völlig zerschunden, auch die Arme und der Oberkörper. Ich trug nur ein kurzes Sommerhöschen. Die Amerikaner brachten mich in ihr Lazarett, dort wurde ich verarztet. Meine weinende Schwester trösteten die Soldaten derweil mit Schokolade und Fruchtsaft. Unter Tränen wiederholte sie: Ich kann doch nichts dafür.

Meine Lippen waren verletzt, die Nasenflügel etwas eingerissen, sodass ich in den ersten Tagen nur mithilfe eines Strohhalms essen konnte. An meinem Hinterkopf hatte ich mehrere größere Wunden. Sie reinigten die Wunden und machten ein paar Nähte. Es gab nicht eine Stelle mehr an mir, die nicht verbunden war. Ich sah aus wie eine Mumie.

Erst jetzt holte jemand meine Mutter. Noch heute sehe ich meine Mutter vor mir, ich auf einer Trage mit verpflastertem Mund, unfähig etwas zu sagen – und sie hielt sich im Schrecken die Hände vors Gesicht. Der Soldat oder Arzt – ich kenne mich in den Dienstgraden nicht aus – hielt Mutti fest. Ja, er hatte den Arm fest um sie gelegt und sagte: Es ist nur die Haut. Alles verheilte recht schnell, nur an den Beinen waren ein paar hartnäckigere Stellen, die von einem amerikanischen Arzt noch länger versorgt wurden.

***

Der Sommer ging in den Herbst über, die Birnen reiften schon. Mutti war in den großen Birnbaum geklettert und pflückte mit Onkel Dan die reifen Früchte. Die Leiter lehnte am Stamm. Wir Mädchen waren auch da, wahrscheinlich mit einem Spiel beschäftigt. Da kam ein Mann, ein einzelner fremder Mann mit einer für unser Gehör harten Sprache, und wir Mädchen zeigten in den Baum. Er stieg ein paar Stufen die Leiter hoch, redete in den Baum hinein, Mutti und Onkel Dan kletterten herunter, wir verließen den Garten, sie ließen sogar die Körbe stehen. Ich bin sicher, diese russischen Männer trugen keine Uniformen, aber sie übernahmen das Anwesen.

Nun hieß es Abschied nehmen. Die letzten Holländer, auch Onkel Dan und seine Frau, packten die Koffer. Immerhin blieb meiner Mutter genügend Zeit, um einen richtigen Umzug in eine Wohnung nur für uns drei zu organisieren. Wie sie binnen weniger Tage eine derart geräumige Wohnung zugeteilt bekam, erstaunt mich noch heute, insbesondere wenn ich an diese vielen zerbombten Häuser und wohnungslosen Menschen denke.

***

Als meine Großmutter ihren 50. Geburtstag feiert, ist der Krieg in Europa soeben zu Ende gegangen. Großmutters Eigentum war unbeschadet, aber ihr Ehemann hatte sie wegen einer Jüngeren verlassen. Sie war allein und von nun an Bürgerin der russischen Zone.

Ich liebe ihn noch immer, sagte sie – und fügte aufbegehrend hinzu: Trotz allem. Mit dieser Feststellung widersetzte sie sich zunächst erfolgreich seinem Scheidungsbegehren. In der nächsten Verhandlung gab sie jedoch seinem Wunsch nach, wie ihr geraten wurde, um nicht die Chance für eine Abfindung zu vergeben. Er verzichtete auf das Anwesen und zahlte einen geringen Unterhalt. Ihr Sohn hatte sich mit sechzehn zu den Soldaten gemeldet – vorzeitig und viel zu früh und gegen schwere Widerstände seiner Eltern. Mit jedem neuen Tag unglückseligen Wartens schwand Großmutters Hoffnung. Gewissheit über den Tod ihres Sohnes erhält sie nie.

Zwischen den Zonen
(1945–1949)

Schwierige Zeiten

Mutti wurschtelte sich so durch. Gewiss hatte sie noch etwas Erspartes, jedoch gab es selten Lebensmittel zu kaufen. Wir hatten sicherlich auch genügend Kleidung und Schuhe, nur der Alltag war schwer zu bewältigen.

Ein Zimmer unserer großen Wohnung erhielt eine Flüchtlingsfrau mit zwei heranwachsenden Töchtern. Sie lebten sehr zurückgezogen. Die traumatischen Erlebnisse ihrer Flucht und die folgende Armut waren ihren tieftraurigen Gesichtern abzulesen.

Mutti hatte noch immer keine Arbeit, so war es dringend notwendig, sich intensiv darum zu kümmern. Dafür war sie oft ganze Tage unterwegs und musste uns Mädchen allein lassen. Das muss sie sehr belastet haben. So ungewöhnlich es aus der Rückschau klingen mag: In dieser Situation lag es für meine Mutter nahe, uns zu unserer Großmutter in die russische Zone zu schicken – nicht auf Dauer, aber doch für einen überschaubaren Zeitraum.

Es war im Herbst 1946, als ich das erste Mal mit meiner Schwester über die grüne Grenze ging. Lisa war sieben und schon in der ersten Klasse, ich war gerade fünf Jahre alt. Alles kam so überraschend! Wir Mädchen waren völlig unvorbereitet, als Mutti sagte, heute würden wir unsere Omi besuchen und gleich mit einem Auto fahren. Bestimmt hatte sie uns nicht vorgewarnt, damit wir uns nicht verrieten, etwa beim Spielen mit anderen Kindern. Das wäre vielleicht gefährlich geworden, für sie oder auch für ihre Töchter. So weihte sie uns in ihr Vorhaben tatsächlich erst direkt vor Verlassen der Wohnung ein.

Sie zog uns die guten Mäntel an und hängte uns kleine Rucksäcke über die Schultern. Das sei eine weite und anstrengende Reise, wir Mädchen müssten ganz brav sein und dürften nur reden, wenn wir gefragt werden, vor allem dürften wir niemals Widerworte geben.

Habt ihr mich verstanden?

Ihre Stimme war nun etwas strenger.

Kann ich mich auf euch verlassen? Streitet euch nicht und schreit niemals laut herum. Versprecht ihr mir das?

Wir nickten stumm.

Schon die Autofahrt war sehr aufregend. Wir fuhren über Berge und durch dichte Wälder, und mitten in einem dunklen Wald hielt das Auto an.

Kommt, Kinder, macht schnell, habt ihr eure Rucksäcke?

Hastig zog sie uns aus dem Auto.

Bei Omi ist aber nicht so ein großer Wald, wagte meine Schwester zu protestieren.

Sie musste es wissen, sie war schon bei Omi gewesen. Ich noch nie.

Sei still, herrschte Mutti sie an und schob uns über die Straße in den Wald.

Bleibt ganz dicht hinter mir und bleibt ja nicht stehen.

Tapfer schlichen wir hinter unserer Mutter immer tiefer in den Wald.

Sobald wir etwas unruhig waren, stöhnten oder gar etwas sagten, flüsterte sie: Pscht, seid leise, ihr verscheucht ja die Tiere.

Ja, das wussten wir: Der Wald gehört den Tieren und die sollten keine Angst vor uns haben. Ab und an blieb Mutti stehen, schaute sich um und suchte irgendetwas am Wegesrand. Da müssen wir lang, sagte sie dann, und wir gingen weiter. Bis sich vor uns der Wald auftat und eine kleine Lichtung freigab, mit einer Baracke darauf.

Endlich, seufzte Mutti erleichtert.

Erschrocken über diese Hütte flüsterte ich: Das ist das Haus von Omi?

Nein! Damit zog sie uns zurück ins Unterholz.

Kinder, sagte sie noch einmal in sehr strengem Ton, merkt euch alles, was ich sage. Ab jetzt dürft ihr nichts mehr falsch machen.

Tun wir nicht, Mutti.

Kinder, hört zu, flüsterte sie. Da in dem Haus wartet ein Mann, und der bringt euch über die Grenze zu eurer Großmutter.

Du kommst nicht mit?

Oh, ich merkte es gleich, ich war zu laut. Nein Kinder, ich komme später nach. Jetzt müsst erst mal ihr rüber. Tut alles, was der Mann sagt, dann wird euch nichts geschehen, das verspreche ich euch. Seid immer leise, und egal was auch passiert, ihr dürft nicht weinen, und schon gar nicht weglaufen. Dann verlauft ihr euch und findet nie mehr zurück. Ich bitte euch, versprecht mir das! Habt ihr auch wirklich alles verstanden?

Mutti flehte uns förmlich an; eigentlich verstanden wir nichts von dem, was sie von uns erwartete, aber wir nickten bejahend mit dem Kopf.

So, Kinder, es ist alles besprochen, und jetzt laufen wir.

Wie von selbst öffnete sich die Tür der Baracke, wir wurden hineingezogen und die Tür sofort wieder geschlossen.

Eine sehr magere und bleiche Frau zeigte auf ein Bett, auf das wir uns setzen sollten. Ihr Mann sei heute den ganzen Tag unterwegs und könne die Kinder nicht bringen. Aber der Sohn müsse jeden Moment zurück sein, erklärte die Frau.

Sie meinen, ihr Sohn geht mit den Mädchen? Mutti schien verunsichert; wir rückten etwas enger zusammen.

Ja, entgegnete die Frau, er ist schon erwachsen und kennt den Wald in- und auswendig. Sie können sich auf ihn verlassen. Ich lasse sonst niemanden ins Haus, aber Sie mit Ihren Töchtern … Die Frau rührte für eine Weile schweigend in ihrem Kochtopf. Dann sagte sie: Sollte eine Kontrolle kommen, rede erst mal nur ich. Ich hoffe doch, dass ihre Töchter gut erzogen sind und nicht dazwischenreden. Dabei schaute sie böse zu uns herüber.

Zu dritt saßen wir auf dem Bett und wagten uns nicht zu bewegen. Ich glaube, wir warteten etwa eine Stunde. Genug Zeit, um das Leben in der Baracke zu beobachten. Ringsherum an den Wänden standen Betten. Gleich neben der Eingangstür befand sich der Herd mit etwas Kochgeschirr, daneben ein Waschbecken unter dem Fenster. Hier kochte die Frau das Essen, wusch nebenbei etwas Wäsche und schaute fortwährend aus dem Fenster. In der Mitte stand ein abgewetzter Tisch mit Stühlen. Ebenfalls mitten im Raum türmten sich ein Berg Brikettkohle und ein Berg Kartoffeln.

Drei halbnackte kleine Kinder beäugten uns scheu und taten so, als ob sie spielten. Spielzeug sah ich keines. Ein Junge stapelte die Briketts, als wären es Bauklötze. Wenn ein Kind dem Kartoffelberg zu nahe kam oder gar auf ihm herumrutschte, sagte die Mutter: Weg da! Viel wurde in diesem Haus nicht gesprochen.

Manchmal unterbrach die Frau das Schweigen, indem sie mehr zu sich selbst sprach: Er müsste längst zurück sein. Und wenn sie Umwege machen müssen, dann dauert es etwas länger, das ist nun mal so. Wenn nur die Kinder ruhig bleiben. Damit richtete sie ihren sorgenvollen Blick wieder auf mich und meine Schwester.

Endlich kam der junge Mann. Die Frau schien sehr erleichtert. Plötzlich ging alles wieder ganz schnell: Rucksäcke auf und eine letzte flüchtige Umarmung.

Grüßt mir die Omi und denkt daran, was ich euch gesagt habe, waren Muttis letzte Worte.

Ob der Sohn nicht noch schnell etwas essen wolle, fragte die Frau noch. Aber er lehnte ab, sagte, es sei schon viel zu spät, und schob uns zur Tür hinaus. Schnell rannten wir in den Schutz der Bäume.

Wir dürfen uns nicht aus den Augen verlieren, sagte er, also bleibt immer bei mir. Und ihr müsst leise sein, ganz leise, das ist sehr, sehr wichtig.

Wir beide hielten uns an der Hand, schauten zu dem Mann auf und nickten bestätigend. Der Weg war bequem, und er wartete sogar auf uns, wenn wir zu langsam wurden. Er war wirklich nett, und wir vertrauten ihm.

Unsere friedliche Übereinkunft änderte sich schlagartig, als wir an einen Fluss kamen, den wir auf einem Baumstamm überqueren sollten. Tief unter uns stürzte das Wasser tosend zu Tal. Niemals würde Lisa da rübergehen. Das wusste ich. Sie konnte nicht mal einen noch so kleinen Bach auf einem Steg überqueren. Da zog sie lieber ihre Schuhe aus und ging durchs Wasser.

Und richtig, das versuchte sie auch hier. Sie würde schon eine Stelle finden, wo sie durchgehen könnte, meinte sie, und suchte das steil abfallende Ufer ab. Darauf war der Mann nicht vorbereitet. Er rannte hinter ihr her, griff sich das Mädchen und zerrte sie vom Ufer weg. Nun wollte er sie zwingen, über den Fluss zu gehen, und stellte sie auf den Stamm. Aber Lisa wehrte sich mit Händen und Füßen, und plötzlich schrie sie auch noch ganz laut: Über diesen Balken gehe ich nicht.

Bist du still, wenn uns jemand hört, sind wir verloren, zischte der Mann und hielt ihr den Mund zu.

Ich stellte mich auf den Baumstamm. Der Balken ist ganz breit, siehst du, sagte ich beruhigend zu meiner Schwester. Du kannst gut drauf stehen. Wir können Hand in Hand gehen, schlug ich ihr vor. Komm, wir beide! Du schaffst das!

Traust du dich allein da rüber, fragte mich der Mann jetzt.

Ja, antwortete ich tapfer. Tief unter mir tobte das Wasser über große, dicke Felssteine hinweg. Ich sah hinunter, und meine Beine begannen zu zittern, ich konnte kaum atmen vor lauter Angst. Nicht nach unten gucken, rief er mir leise zu. Also sah ich zum anderen Ufer, und langsam schob ich mich vorwärts.

Sicherlich dachte er, wenn ich erst mal drüben wäre, würde Lisa mir folgen. Aber sie befand sich in einem Zustand panischer Angst und blieb wie angewurzelt stehen. Plötzlich packte er sie bei den Schultern und hob sie hoch. Sie wehrte sich heftig und strampelte mit Armen und Beinen, und trotzdem betrat er den Balken. Irgendwie klemmte er sich meine Schwester unter den Arm. Er muss ihr sehr wehgetan haben, denn nach einem kurzen Schrei war sie ohne Gegenwehr. Er hatte Schweißperlen auf der Stirn, als er sie vor mir absetzte, Lisa selbst zitterte am ganzen Körper.

Nun beschwor er uns wieder, leise zu sein und zog uns ins Unterholz. Hier hockten wir eine ganze Weile. Besänftigend sprach er auf sie ein und sagte, es tue ihm leid. Aber bitte seid leise! Ich streichelte meine Schwester. Bald sind wir bei Omi, versuchte ich sie zu trösten.

***

Trotz aller Aufregung kann ich mich nicht an wirklich ernsthafte Angst erinnern – etwa mit Zittern oder Panik. Vielmehr kostete es mich einen eisernen Willen, diese schwere Aufgabe zu lösen. Wir hatten damals zu gehorchen, und was meine Mutter sagte, war Gesetz. Dem mussten wir uns vor allem in Grenzsituationen widerspruchslos anpassen. An diesem ereignisreichen Tag hier im Harz war dieser fremde Mann die Person, der wir uns zu fügen hatten, das hatte Mutti uns gesagt. Lisa war nur schwach geworden, weil sie nicht auf einem Balken über fließendes Wasser gehen kann, obwohl sie über sonst jeden Balken balancierte – eben nur nicht über Wasser.

Wie schnell selbst kleine Kinder sich in bedrängter Situation anpassen können, ist wirklich ein Phänomen. Wie sonst konnten Eltern mit ihren Kindern über die DDR-Grenze flüchten, oder über jedwede andere Grenze irgendwo auf dieser Welt? Wie könnten Eltern sich mit ihren Kindern in den Kriegen durchschlagen, die ständig auf unserer Erde toben? Wie könnten sie sonst mit ihren Kinder in ein Boot steigen, das einer Nussschale gleich auf den großen Meeren einem fremden Ziel entgegentreibt?

***

Langsam erholte sich Lisa. Wir konnten weitergehen und gelangten nun relativ schnell auf einen breiteren Waldweg. Es war schön, auf dem weichen Boden zu gehen und nicht mehr, wie auf den kleinen Trampelpfaden, andauernd über irgendwelches Gehölz zu stolpern. Schon bald aber blieb der Mann stehen.

Mit einem Blick, der uns den ganzen Ernst der Situation verriet, blickte er zu uns herunter und sagte: Kinder, es ist nicht mehr weit, ab hier müsst ihr alleine gehen.

Ganz allein, fragten wir erschrocken.

Ja, ich muss zurück. Wie sind schon viel zu lange unterwegs.

Er wurde richtig nervös und trichterte uns ein, wie wir uns zu verhalten hätten. Ich glaube, wir taten ihm auch etwas leid.

Wenn uns jemand anspreche, sagte er, sollten wir sagen, wir hätten uns verlaufen. Und er nannte den nächstgelegenen Ort, den wir dann als Wohnort angeben sollten.

Könnt ihr euch das merken?

Ja, bestätigte Lisa und wiederholte diesen Ortsnamen. Sie sagte ihm auch vor, wie unsere Großmutter hieß und wo sie wohnte.

Na prima, sagte er erleichtert, du weißt ja alles. Und jetzt geht ihr nur noch geradeaus und bleibt immer auf diesem Weg, bis ihr zu einem Haus aus Holz kommt. Es steht auf dieser Seite.

Also links, bemerkte meine Schwester.

Und in diesem Haus wartet eure Großmutter. Es wird alles gut, Kinder! Und du achtest auf deine kleine Schwester, ja?

Und dann war er verschwunden.

Unversehens waren wir allein. Wir hielten uns bei den Händen, sahen in die Richtung, in die wir gehen sollten, machten aber keinen Schritt.

Nun geht schon, hörten wir seine Stimme.

Also gingen wir los, wir zwei, Hand in Hand und stumm vor lauter Angst. Leicht bergan zog sich der braune, erdige Weg zwischen hohen dunklen Tannen. Manchmal kam ein Pfad dazu, und einmal kreuzten sich die Wege, wir blieben auf dem großen. Wir müssten längst da sein, flüsterte Lisa, in einer halben Stunde hatte er gesagt, nun geh mal schneller. Ich weiß nicht, wann eine halbe Stunde um ist, erwiderte ich trotzig, und ich kann nicht mehr laufen und ich will auch nicht mehr. Langsam zockelten wir weiter, immer in der Angst, wir würden uns verlaufen. Das, so glaubten wir, sei wohl das schlimmste, was uns passieren könnte.

Aber dann kam eine lang gezogene Kurve. Dabei sollten wir nur geradeaus gehen, von einer Kurve hatte er nichts gesagt. Meine Schwester wollte erst mal sehen, was hinter dieser Kurve ist, und ich sollte so lange auf sie warten. Schon bald kam sie aufgeregt zurück. Ich habe das Haus gesehen, rief sie mir freudig entgegen.

Die Erleichterung ließ uns alle Vorsichtsmaßnahmen vergessen. So stapften wir munter unserem Ziel entgegen, quatschten, kicherten und freuten uns, während die Hütte vor uns Gestalt annahm. Es war eines dieser fensterlosen Schutzhäuser, wie sie oft im Harz stehen. Langsam schlichen wir uns heran und um das Haus herum – doch mit Entsetzen sahen wir auf der anderen Seite eine geschlossene Tür.

Ich wollte die Tür ja sofort aufmachen. Aber Lisa hielt mich zurück und flüsterte: Wenn da ein wildes Tier drinnen ist, oder ein fremder Mann?

So krochen wir erst mal unter die Zweige einer Tanne und beobachteten das Haus. Flüsternd machten wir uns gegenseitig Vorschläge.

Ich wollte ganz schnell hinrennen und die Tür aufreißen und mich dann hinter der Tür verstecken.

Ach, da findet dich doch sofort jeder, sagte Lisa. Dann fiel mir ein, dass ich meine Großmutter noch nie gesehen hatte und gar nicht wissen konnte, wie sie wirklich aussieht.

Verzweifelt und todmüde hockten wir beieinander und wussten nicht, was wir tun sollten.

Da nahm ich all meinen Mut zusammen und rief ganz laut: Oomiii!

Tatsächlich ging sofort die Tür auf. Aber es erschien ein Mann.

Siehst du, Omi ist nicht da drinnen, sagte Lisa angstvoll.

Aber noch ehe sie es ausgesprochen hatte, kam hinter ihm eine Frau heraus.

Das ist sie, rief Lisa überglücklich und begann zu weinen.

Schnell krochen wir unter den Zweigen hervor und liefen geradewegs in die Arme unserer Großmutter. Auf den Bänken in der Hütte saßen noch mehrere andere Menschen.

Freundlich begrüssten sie uns. Sie lobten uns sehr und waren entsetzt, als wir erzählten, wie lange wir allein hatten gehen müssen.

Kaum konnten wir uns etwas ausruhen, da drängte Groß-mutter schon zur Eile: Hoffentlich erreichen wir den Zug noch!

Die anderen wünschten uns Glück. Jeder gab uns die Hand, und jemand sagte: So tapfere Mädchen werden wohl Glück haben.

Ein Kind rechts und eines links an der Hand, mit unse-rer Omi in der Mitte, gingen wir nun weiter durch den Wald zum nächsten Ort, dort war der Bahnhof. Erleichtert, wie-der in gesicherter Obhut zu sein, quatschten wir alles durch-einander.

Langsam, langsam, Kinder, sagte Omi, eins nach dem anderen.

Sie gab uns Butterbrote mit dick Wurst drauf und Saft aus einer Flasche. Mmh, das schmeckte! Erst da fiel uns ein, das wir in unseren Rucksäcken auch zu essen gehabt hätten, das hatte Mutti zuletzt noch extra einmal gesagt.

Irgendwann am Nachmittag, es wird sicher schon leicht dämmerig gewesen sein, erreichten wir den Bahnhof. In dem Wartesaal sind wir beide auf einer Bank sofort einge-schlafen. Auch die Zugfahrt habe ich verschlafen und es war schon ganz dunkel, als wir durch Omis Dorf zu ihrem Haus gegangen sind. Endlich lagen wir erschöpft, aber wohlig warm und weich in ihren Betten. Und sie dufteten so schön.

Bei Großmutter in
Remkersleben

Wie schnell ich mich bei meiner Großmutter eingelebt hatte! Als hätte ich sie schon immer gekannt und als sei es völlig normal, nicht mehr bei meiner Mutter, sondern bei meiner Großmutter zu Hause zu sein.

Sicher half mir das Zusammensein mit Lisa sehr, die sich schon in allem auskannte. Wir waren damals tief und innig miteinander verbunden, und wenn es notwendig war, schwindelte auch schon mal die eine für die andere. Wir hatten durchaus unsere kleinen Geheimnisse und oftmals nur Unsinn im Kopf. Wir seien ja völlig verwildert, unsere Mutter habe uns nicht gut genug erzogen, war Omis Kommentar, wenn wir es mal wieder allzu bunt getrieben hatten.

Omi war eine sehr reinliche Frau, zudem sehr fleißig. Das konnte uns, wie sicherlich auch jeden anderen, schon mal an seine Grenzen bringen. Der Wecker stand grundsätzlich auf sechs Uhr. Nur als der Winter besonders kalt war, sagte sie zu uns: Kinder, bleibt man noch liegen, ich heize erst mal die Küche richtig ein.

Nach einem ruhigen Frühstück begann sie zu arbeiten. Um neun oder zehn war Omi schon seit Stunden im Garten, hatte längst dem Schwein das Futter gebracht, den Hühnern die Körner gestreut und den Hühnerkot von den Brettern unter der Stange abgekratzt. Die Wohnung hielt sie sehr sauber. Da war sie unglaublich penibel, jedes Fusselchen, jedes Staubkorn musste weggewischt werden. Später, viel später erst, würde sie sagen: Mein Gott, was habe ich mir das Leben schwer gemacht, als wäre Reinlichkeit das Wichtigste im Leben!

Ich war meiner Großmutter in dieser Beziehung sehr ähnlich. Schnell war ich bereit, Pflichten zu übernehmen, um dann nicht ohne Stolz mein Werk zu betrachten. Lisa war da anders, sie mogelte sich gern mal um die ihr übertragenen Aufgaben herum, etwa Staubwischen oder Abtrocknen, mehr war es ja nicht. Unsere Schuhe mussten wir selbst putzen, aber das machten wir ja nie gut genug.

Die Wäsche wurde noch mit der Hand gewaschen, die weiße Wäsche in dem eigens dafür vorgesehenen Kessel gekocht. Das machte meine Mutti auch so. Sicherlich wäre eine richtig funktionierende Waschmaschine damals der Traum einer jeden Hausfrau gewesen. Großmutter hätte hierfür allerdings noch nicht mal eine Wassserleitung gehabt. Jeder Tropfen Wasser musste von einer Pumpe auf der Straße geholt werden. Dabei hatte sie noch Glück, die Pumpe war nicht weit. Andere mussten die Wassereimer durch das halbe Dorf schleppen. Da überlegt sich ein jeder, ob das reine klare Trinkwasser einfach nur so verplempert werden sollte. Wenn ich heute so zurückdenke, habe ich an dieser Pumpe nie einen Mann gesehen. Ich befürchte, auch in unseren Breitengraden ist das Wasserholen reine Frauensache gewesen.

Der Herd war der Mittelpunkt allen Lebens. Geschickt heizte Omi den Kohlenofen, da durfte niemand anderes dran. Nur sie wusste, welche Temperatur nötig war, um zu backen und zu kochen. Herrlich duftende Kuchen zog sie aus dem Backrohr, in dem auch das eiserne Bügeleisen ständig warm gehalten wurde. Zur Erntezeit dampfte der Einkochtopf oder manchmal auch zwei. Sie pflanzte alles an, was an Essbarem möglich war, und im Herbst kochte sie alles, was der Garten hergab, in riesigen Mengen ein.

Der hohe Birnbaum trug süße und sehr saftige Birnen, es gab Süß- und Sauerkirschen, gelbe und blaue Pflaumen. Im Garten standen aber auch zwei Apfelbäume und sogar ein Pfirsichbaum. An einem sonnigen, windgeschützten Platz reiften die Pfirsiche zu großen Früchten heran.

Zauberhafte Rosenstöcke blühten in einem Rondell und rund um die Sitzecke an der Sonnenseite der Mauer. Buchsbaumhecken umsäumten die Beete. Jede einzelne Pflanze wurde von Großmutter mit sehr viel Liebe und Aufmerksamkeit gepflegt. Für mich war der Garten meiner Großmutter der Garten Eden. Wenn ich die Augen schließe, sehe ich ihn in allen Einzelheiten vor mir. Unvermittelt stellt sich in mir auch das Glücksgefühl von damals ein.

Großmutters Keller barg in diesen Hungerszeiten einen unermesslichen Reichtum. Bis unter die Decke waren die Regale vollgestellt mit eingekochtem Fleisch und Wurst vom Schlachten, Gemüse und Obst, mit Marmeladen und Fruchtsäften. Auch Äpfel lagen dort, die sie immer wieder drehte, damit sie ja nicht faul wurden. In der Mitte standen große Korbflaschen, in denen aus Obstsaft Essig wurde, manche Flaschen enthielten auch Liköre. Großmutter räucherte Schinken und Mettwürste und wusste genau, welche Hobelspäne den besten Rauch abgeben. Apfelspalten und Pilze wurden auf Fäden aufgereiht und über dem Herd getrocknet. Die Pflaumen trockneten im Backofen. Das Pflaumenmus schmurgelte in einem großen Topf auf dem Herd.

Sie sagte, es schmecke besser, wenn man ein paar Pfirsichkerne dazugibt. In einem Kellerraum lagerten die Kartoffeln, und die Möhren wurden unter Stroh frisch gehalten.

An den Abenden und auch sonntags nähte Omi aus ihren alten Sachen für uns Kleider, Hosen und Jacken. Aus aufgeribbelten Pullovern strickte sie uns neue. Wir hatten ja nichts mitgebracht. Großmutter hatte sogar die Berechtigung, Schuhe zu kaufen, weil sie von ihrem geschlachteten Schwein immer einen Teil zum Metzger brachte. Die ganze Haut kam sowieso in die Lederproduktion, als Gegenwert erhielt sie eben diese Berechtigung. Mit dem Bus fuhr sie eines Tages mit uns nach Magdeburg, wo sie uns richtig feste Winterstiefel kaufte.

Die brauchten wir auch dringend, denn der Winter 1946/47 wurde ein bitterkalter Winter. Sogar die großen Flüsse waren zugefroren. Der strenge Frost ließ die Versorgung der Bevölkerung, sofern diese überhaupt stattgefunden hatte, vollends zusammenbrechen. Alles, was nur einigermaßen brennbar war, wurde zum Heizen verbraucht. Der Strom war immer seltener da, in Ost und West hungerten die Menschen, und die Ärmsten erfroren in ihren Wohnungen. Unsere Großmutter war unser Schutzengel. Wir mussten nicht hungern und frieren – das verdanken wir ihr.

Da wir längere Zeit bleiben würden, musste Lisa auch in Remkersleben zur Schule gehen. Omi wird sie einfach angemeldet haben. Wahrscheinlich war der Schulwechsel damals kein komplizierter bürokratischer Akt: So viele Kinder kamen und gingen in dieser Zeit. Bei diesem Lehrermangel und allzu oft auch fehlenden Schulräumen konnte der Unterricht gar nicht straff gegliedert sein.

Ich war derweil im Kindergarten. Aus mir völlig unerklärlichen Gründen lag dieser etwas außerhalb vom Ort an einer geteerten Landstraße, wobei ich niemals erfahren werde, in welchen Ort diese Landstraße führte – so wie mir auch das Ende der Straße, die an Omis Haus vorbei weit hinaus über die Felder verlief, immer unbekannt geblieben ist. Oft folgte ich mit meinem Blicken ihrer leicht ansteigenden Spur: Da wurde mir etwas vorenthalten, und das ärgerte mich. Aber wir durften nicht so weit gehen, das war uns strengstens untersagt.

In deutlicher Erinnerung sind mir diese unglaublichen Toiletten in dem Kindergarten. Sie waren nach hinten außen an der Hauswand angebracht: eine ganze Reihe kleiner, durch Mauerwerk getrennter, aber nach vorne offener Toiletten, also ohne Türen. Wir saßen gewissermaßen im Freien. Die Wände waren ganz gemein; an ihrem Raupputz holten wir Kinder uns Schrammen, wenn wir daran anstießen. Es waren wohl Bretter zum Sitzen oben aufgelegt, dennoch hätten wir mit etwas Ungeschick in die Sickergruben fallen können. In ihrer Sorge liefen die Kindergärtnerinnen unentwegt vor uns Kindern entlang, indem sie andauernd sagten: Haltet euch fest, fallt nicht rein. Bei der ganz harten Kälte war der Kindergarten bestimmt geschlossen, schon allein, weil wir sonst draußen auf den Klos festgefroren wären.

Drinnen waren wir Kinder alle zusammen in einem größeren Raum, wo wir spielten und –marschieren lernten! Wir kleinen Döpkes lernten tatsächlich, zu zweit im Gleichschritt und im Kreis zu gehen, mussten besonders die Füße heben, und die Ärmchen hatten sich auch im passenden Rhythmus zu bewegen. Dazu sangen wir die neu erlernten

Lieder, wovon mir als einziges noch »Bau auf, Bau auf« einfällt. Fahnengeschmückt war der Raum auch, sie standen über Kreuz in einer Ecke. Was dies für Fahnen waren und welchem Zweck sie dienen sollten, ist mir entfallen. Da wir schon die Pionierlieder der Freien Deutschen Jugend sangen, wird aber höchstwahrscheinlich neben einer Sowjetflagge auch die Fahne dieser im März 1946 gegründeten kommunistischen Jugendorganisation dabei gewesen sein.

Zu Hause belehrte ich meine Schwester im Marschierschritt mit dem neuesten Kindergartenlied. Völlig entnervt sagte Omi dann immer: Elke, hör bitte sofort auf. Wenn sie »Elke« sagte, dann war sie ärgerlich; lieber sagte sie »Kind«.

Sonntags gingen wir zum Kindergottesdienst in die Kirche, schoben die Stühle zu einem Halbkreis um den großen knisternden Kamin und lauschten den Worten unseres Pfarrers. Er war ein bemerkenswert liebenswürdiger Mensch und stand so ganz im Widerspruch zu der rauen Wirklichkeit, in der wir Kinder damals aufwuchsen. Wir fühlten uns von ihm angesprochen und ernstgenommen, und er mochte Kinder wirklich gern. Unbewusst zwar, nur in meinen Träumen, glitt dieser junge Pfarrer so ein ganz klein wenig in die Vaterrolle, und mit Freuden erwartete ich jeden neuen Sonntag.

Wahrscheinlich war er gar nicht mehr so jung, wie ich damals glaubte: Es gab ja keine jungen Männer in unserem Umfeld. Eine ganze Generation hatte diesem gottlosen Krieg ihr Leben opfern müssen.

Mittlerweile hatte ich auch eine richtige Freundin. Nach ihrer Großmutter trug sie den Namen Irmgard. Ihre Mutter ging morgens in aller Frühe Zeitungen austragen. Wegen der Kälte jenes Winters waren die Straßen immer eisüberzogen, und sie drohte ständig ernsthaft hinzufallen.

Wenn ich mich nur erinnern könnte, was sie sich gegen die Rutschgefahr um die Schuhe gewickelt hatte! War das Zeitungspapier oder Stroh? Eigenartig, welche kleinen Details die Erinnerung plötzlich ans Tageslicht bringt: Früher streute man die Asche aus den Kohleöfen über die vereisten Wege. Erinnert sich noch jemand daran?

Irmgard lebte in winzigen Zimmerchen oben unter dem Dach auf der anderen Straßenseite mit einer sehr hilfsbedürftigen Großmutter und ihrer Mutter. Sie schämten sich ihrer behelfsmäßigen Behausung. Wir wohnten im Westen auch nicht gerade besser als sie hier, versicherte ich ihnen. Aber ob sie mir glaubten?

Oft waren wir drüben, Lisa und ich, und spielten Mensch-ärgere-dich-nicht. Im Mühlespiel setzte Lisa am flinksten die Steine und gewann immer. Manchmal spielte Irmgards Oma mit, manchmal war sie auch bei uns. Nach draußen zum Spielen durfte Irmgard ganz selten. Da mussten wir schon zu dritt ihre Mutter anbetteln. Aber nur eine Stunde, die erlaubte sie uns manchmal und mit vielen Ermahnungen zogen wir los. Glücklich über den kleinen Sieg, den wir errungen hatten.

Trotz der Kälte, die immer härter wurde, drängte es uns jeden Tag nach draußen, zu dem Eis auf dem Teich. Aber es dauerte nicht lange, und wir mussten vor lauter Frieren wieder nach Hause. Dann kribbelten die Hände und auch unsere Füße, und wir weinten vor Schmerz. Oft waren die Hosenbeine hart gefroren, und wir konnten die Hosen nach dem Ausziehen hinstellen.

Ihr seid es selber schuld, weshalb geht ihr auch immer wieder raus, sagte Omi schroff und goss lauwarmes Wasser in die Schüssel, damit wir Hände und Füße wärmen konnten.

Der tiefe Frost ließ Erde und Natur erstarren und zwang uns, immer mehr Stroh aus der Scheune zu holen und es über die Pflanzen zu decken. Umsichtig, wie meine Großmutter war, wurden auch die Bäume mit einem hohen Berg Stroh um den Stamm herum vor dem Erfrieren geschützt.

Diese Arbeit lohnte sich: Im Frühjahr trieben alle Pflanzen wieder neues Grün. Nur die Obstbäume auf einem Stück Land etwas außerhalb des Dorfes waren erfroren.

Wer weiß, wozu es gut ist! Das sagte Omi immer, wenn etwas Unvorhersehbares passierte. Ohnehin hatten die erst vor wenigen Jahren angepflanzten Bäume nicht viel Obst getragen; ich glaube, man hatte die falsche Apfelsorte gewählt. Nun verpachtete Omi dieses Land und erhielt als Pacht Mehl. Einen Teil des Mehls tauschte sie beim Bäcker gegen Zucker.

***

Über ein halbes Jahr waren wir schon bei meiner Großmutter, die Tage wurden wieder länger und Lisa erhielt ihr erstes Zeugnis. Obwohl wir so furchtbar verwildert waren, wie Omi uns des Öfteren schalt, hatte sie uns doch sehr, sehr lieb.

Ob ich in der Tiefe meines Herzens meine Mutter vermisst habe, daran kann ich mich nicht erinnern. In unserer Situation gab es wohl nichts zu hinterfragen, das war eben einfach so. Jedoch erinnere ich mich, wie groß die Freude war, als Omi uns Muttis Brief vorlas. Aber als Erstes musste sie die Briefe, die unsere Mutter schrieb, allein gelesen haben, da war Omi ganz streng.

Nun las sie uns vor: Unsere Mutter wohnte jetzt in Burg Neuhaus, hörten wir, und hatte in einem Kinderheim eine Stellung gefunden, das in einer Burg untergebracht war. Die Mädchen können jetzt kommen, las Omi weiter. Aus Freude hüpften wir im Wohnzimmer umher und riefen ein ums andere Mal: Wir dürfen wieder zu Mutti!

Sicherlich haben wir mit dieser überschwänglichen Freude unsere Großmutter sehr gekränkt, hatte sie uns doch mit so viel Liebe und Fürsorge über diesen harten Winter gebracht.

Wie undankbar wir damals waren!

Dann gab uns Omi auch noch das Versprechen, wir müssten nicht wieder durch diesen dunklen Wald gehen, sondern würden in einem Zug fahren und in einer richtigen Burg wohnen! Wir hatten so viel Glück – uns ging es wirklich gut!

Über die Streckenführung dieses Zuges weiß ich nicht das Geringste. Ich erinnere mich aber an eine lange Fahrt. In all den Jahren glaubte ich immer, wir seien über Helmstedt gefahren, aber jetzt bin ich mir nicht mehr sicher.

Wahrscheinlich war eine grenzüberschreitende Zugverbindung in diesen Jahren, wenn überhaupt, nur über Berlin möglich. Das würde auch die lange Strecke erklären. Jedenfalls fuhr Omi damals mit uns bis zu einem großen Umsteigebahnhof, es kann Magdeburg oder auch Berlin gewesen sein. Dort brachte sie uns in den passenden Zug und sorgte noch dafür, dass wir Sitzplätze hatten.

Seid brav, Kinder, verabschiedete sich unsere Omi, und Lisa, achte auf deine Schwester. Wo sollt ihr aussteigen?

In Vorsfelde!

Lisa hatte diesen Ortsnamen andauernd sagen und schreiben müssen.

Man schreibt ihn mit Vogel-V, hatte sie wissend zu mir gesagt, siehst du, so – und malte ein V auf den Gartenweg. Schnell wischten wir den Boden wieder sauber: Omi sah es nicht gern, wenn wir auf den Wegen kritzelten.

Elke, und du hörst auf deine große Schwester!

Ja Omi, ich verspreches es.

Sie war so besorgt und hatte uns seit Tagen immer wieder das Gleiche gesagt: Kinder, verpasst mir den Bahnhof nicht, und steigt um Himmels willen nicht beim falschen Bahnhof aus. Das war Omis größte Sorge.

Tschüs, Omi, wir kommen bald wieder, riefen wir munter zum Fenster hinaus.

Als der Zug anfuhr, weinte sie. Ich würde sie noch oft weinen sehen. Immer dann, wenn sie auf dem Bahnsteig allein zurückblieb.

Mit einer jungen Mutter, die mit ihren zwei kleinen Söhnen stehen musste, wechselten wir uns mit den Sitzplätzen ab, den Jüngsten hielt Lisa auf dem Schoß. Gerade in diesen Jahren waren die Menschen sehr misstrauisch. Sowieso war ein jeder nur darauf bedacht, ohne Probleme sein Ziel zu erreichen. Immerhin wechselte dieser Zug von einer Zone in die andere, so gesehen waren zwei allein reisende Mädchen nur ein weiterer Unsicherheitsfaktor, denn alles Außergewöhnliche konnte den Grenzposten Anlass für endlose Kontrollen liefern. Aber als wir die reichlichen Butterbrote und den Kuchen mit den anderen Kindern im Abteil teilten, war das Eis gebrochen.

Ich nehme an, es gab noch keine komplett organisierten Kontrollen; die endgültige Teilung Deutschlands war zu dieser Zeit noch nicht vollzogen, die Gesetzmäßigkeiten wohl noch etwas vage. Am Ende unserer ersten, langen Zugfahrt wünschten uns alle Mitreisenden viel Glück in der neuen Heimat, und ein Mann hob uns freundlich die Taschen hinaus. Der Schaffner auf dem Bahnsteig schien informiert. Kinder, da seid ihr ja, begrüsste er uns, als würde er uns kennen. Mit ihm gingen wir bis zur Straße wo, wie Mutti geschrieben hatte, das Pferdefuhrwerk uns erwartete.

Meine neue Heimat

Wohl stand der Wagen da mit einem Mann, der das Fuhrwerk lenken würde. Unsere Mutter aber war nicht mitgekommen. Ich weiß noch, wie sehr wir beide enttäuscht waren.

Immerhin durften wir vorn mit auf dem Kutschbock sitzen. Bald sahen wir die ersten Häuser von Burg Neuhaus, kamen zuletzt an einem Teich vorbei, fuhren weiter an den Außenmauern der Burg entlang, ehe uns die Pferde eine Auffahrt hochzogen durch ein riesiges Tor in den Hof der Burg. Das ist ja wirklich eine richtige Burg, entfuhr es Lisa. Sie schien sich mehr Gedanken darüber gemacht zu haben, wo wir zwei jetzt wohl hinkämen. Stimmt, und ich kuschelte mich an Lisa, das ist wie im Märchen und wir sind die Prinzessinnen. Zwar fuhren wir in keiner goldenen Kutsche, aber wir sind am Ende einer langen Reise in den Schutz einer Burg und zu unserer Mutter gelangt.

Mutti erwartete uns bei der Eiche, inmitten des Hofes. Diese Eiche steht noch heute da, von einer Bank umrahmt, genau wie damals. Noch ehe Mutti uns in die Arme nehmen konnte, waren wir umringt von einer Schar Kinder. Fragen prasselten auf uns ein, die wir nicht spontan beantworten konnten.

Kinder, nun lasst uns bitte durch, sagte Mutti, das sind meine Töchter Elke und Lisa, und die werden bei mir schlafen. Der Kreis der Kinder öffnete sich und ein enttäuschtes

Raunen begleitete uns bis ins Haus. Jedes neu ankommende Kind wurde umworben, sollte ich später erfahren. Stets in der Erwartung, es brächte Neuigkeiten, könnte vielleicht sogar etwas über den Verbleib der eigenen Angehörigen sagen.

Wir freuten uns sehr, wieder bei unserer Mutter zu sein. Mutti! Dieses Wort konnten wir nicht oft genug sagen, sie nicht oft genug berühren.

Dennoch war auch ein wenig Fremdheit dabei; scheu gingen wir durch die Räume, die Mutti uns zeigte, sagten artig Guten Tag zu Erwachsenen, deren Aufgaben uns später erklärt werden sollten.

Nicht jetzt gleich, sagte Mutti auf so manche Frage von Lisa oder mir, erinnert mich später daran. Es war auch zu viel, was hier auf uns einstürmte. In dieser Burg hatten wir übrigens nur unser Wohnzimmer. Alles andere jedoch, wie unsere Betten und die persönlichen Sachen, waren in einem ganz anderen Haus ein paar Minuten entfernt. Dieser ständige Wechsel von der Burg in das Haus war sehr gewöhnungsbedürftig. Zum Abendbrot saßen wir schon gleich mit allen Heimbewohnern in dem großen Speisesaal. Dies würde in Zukunft immer so sein.

Das Essen schmeckte nicht besonders und bestand hauptsächlich aus Kartoffeln, Gemüse, Brot und Sirup. Alles, was ich für lecker hielt, gab es nicht – ich war zu sehr verwöhnt von unserer Omi. Die Brotsuppe schmeckte einfach nur erbärmlich, mir wurde speiübel und ich verweigerte dieses Essen. Dennoch wurde auch diese Suppe gegessen, die Teller waren ruckzuck leer, und wer wollte, bekam nachgeschöpft.

Bei gutem Wetter wurden des Nachmittags die Butterbrote auf dem Burghof verteilt. Die ganzen großen Scheiben – das waren wirklich große Brote – wurden in der Küche mit Margarine und Marmelade oder Sirup bestrichen und dann auf einem Tablett nach draußen getragen. Jedes Kind nahm sich eine dieser riesigen Schnitten, die wir mit unseren kleinen Händen kaum halten konnten. Der ganze Burghof war voller Kinder mit Butterbroten in der Hand, die kauten und den süßen Belag oben ableckten. Die großen Jungen wurden wohl nie satt und nahmen sich eine zweite und auch dritte Scheibe. Draußen im Freien und in der Geborgenheit einer großen Gemeinschaft leckere süße Butterbrote essen zu dürfen, gab ein wunderbares Wohlgefühl.

Der Schulunterricht für das Heim fand auch in der Burg statt, Lisa wurde nahtlos eingegliedert. Nur ich war das einzige Kind hier, das noch nicht in die Schule ging. Mittags kam Lisa dann immer mit neuem Wissen und vielleicht auch etwas Gebasteltem, und ich kam mir ziemlich dumm vor.

Das Kinderheim war eines dieser provisorisch und schnell errichteten Heime, in denen die vielen elternlosen Flüchtlingskinder vorübergehend eine Bleibe fanden. Durch den Krieg und die Strapazen der Flucht waren diese Kinder stark traumatisiert. Unglücklich und ruhelos warteten sie Tag um Tag, ob nicht wenigstens ein Elternteil sie finden und abholen würde. Das Deutsche Rote Kreuz unternahm diese außerordentliche Anstrengung der Familienzusammenführung, und mehrmals am Tag sendete der Rundfunk Suchmeldungen, zu denen sich das ganze Heim vor dem Radio versammelte.

Der Tag, an dem eine Mutter und manchmal auch ein Vater oder andere Verwandte ein Kind abholten, war ein Festtag – für das jeweilige Kind und die erfolgreiche Arbeit des Roten Kreuzes, und aber auch für das Kinderheim. Doch danach blieben die übrigen Kinder traurig zurück und warteten weiter. Manchmal kamen Ehepaare, um ein Kind in Pflege zu nehmen, oftmals suchten sie sich ältere Kinder aus. Das war sehr schwer für diese Buben und Mädchen, und es flossen viele Tränen: Ihre Zukunft hing nun von diesem Ehepaar ab. Umso schmerzlicher empfanden sie den Verlust ihrer eigenen Eltern.

Wenn bei einem Kind aber die Suche nach Angehörigen erfolglos blieb oder, was noch viel schlimmer war, die Eltern und Geschwister tot waren, spielten sich sehr dramatische Szenen ab – zumal das arme Kind das Heim verlassen musste, da es als jetzt bestätigte Waise in einem regulären Waisenhaus untergebracht werden sollte. Über das ganze Kinderheim legte sich eine tiefe Depression, die sich erst wieder auflöste, wenn bislang vermisste Eltern ihr Kind zu sich holten. Dann konnten auch die übrigen Kinder wieder hoffen.

Laut Statistiken wuchsen 2,5 Millionen Kinder in Deutschland ohne Väter auf. Im europäischen Raum wurden durch den Krieg etwa 20 Millionen Kinder zu Halb- oder Vollwaisen.

Das Deutsche Rote Kreuz begann im Oktober 1945 mit der systematischen Bearbeitung von Suchanfragen. Bis Mai 1955 waren 17 Millionen Suchanfragen eingegangen. 1,3 Millionen Schicksale sind bis heute ungeklärt.

Im Februar 1946 erschien das erste Plakat mit Fotografien von Kindern, deren Identität nicht zu ermitteln war.

Diese Plakate wurden in allen öffentlichen Bereichen aufgehängt, 1982 ist das letzte dieser Plakatserie gedruckt worden. Insgesamt waren 500 000 elternlose Kinder in dieser Kartei aufgenommen. Davon 33 000 Findelkinder, das waren die Kleisten unter den Kindern, die weder ihren Namen wussten, noch sonstige Angaben machen konnten. Bei 300 Kindern konnte die Herkunft oder familiäre Zugehörigkeit bis heute nicht ermittelt werden. Seit Öffnung der Archive in den Osteuropäischen Ländern gehen beim Suchdienst des Deutschen Roten Kreuzes jährlich bis zu 8000 neue Anfragen ein.

Weihnachten auf der Burg

Im Jahr 1947 waren die finanziellen Mittel sehr begrenzt – auch für ein Kinderheim. Ohnehin gab es praktisch nichts zu kaufen. Dennoch bereiteten die Angestellten mit großer Hingabe und sehr viel Fantasie unser Weihnachtsfest vor. Unvergessen sind die vielen Plätzchen, die gebacken wurden. Tische, auf denen immer Bastelarbeiten und Strickzeug lagen, und Kinder, die sich die Rollen für das geplante Krippenspiel gegenseitig abfragten, Lieder sangen und Gedichte lernten.

In einem großen Saal waren Tische zu einer langen Reihe aneinandergeschoben, mit weißen Laken bedeckt und mit Tannenzweigen und Kerzen geschmückt. Vor jedem Stuhl stand ein Teller mit einem Namensschildchen. Neben jedem Teller lagen kleine Geschenke wie Bleistifte oder Anspitzer, ein Heft oder Buntstifte. Die Jüngsten bekamen eine Schiefertafel und Griffel. Auch ein wenig Spielzeug war dabei, etwa ein Jo-Jo, ein Holzauto, oder eine kleine, aus Stoffresten gefertigte Puppe. Bei einem Jungen, der in Mathematik sehr gut war, lag ein Zirkelkasten neben dem Teller, daran erinnere ich mich noch. Irgendwo hatten die Frauen ihn aufgetrieben.

Die Freude der Kinder über diese kleinen Geschenke war überwältigend. Sie wollten die Sachen nicht mehr aus der Hand geben, für die meisten war dies überhaupt das einzige, von dem sie sagen konnten: Das gehört mir.

Unser Weihnachtsbaum erstrahlte in schönstem Kerzenschein, der die Kugeln und das Lametta glitzern ließ. Mit freudigem Herzen sangen wir: Ihr Kinderlein kommet, oh kommet doch all, zur Krippe her kommet, in Bethlehems Stall. Es gab ein richtig leckeres Weihnachtsessen und Schokoladenpudding zum Nachtisch.

Später wurde das Krippenspiel aufgeführt, für das die Kinder so lange geprobt hatten. Sogar eine kleine Dekoration war hergerichtet, mit einer Krippe und dem Jesuskind. Lisa und ich hätten so gern mitgespielt. Aber das war Mutti gar nicht recht. Ich gab nicht auf und bettelte immer wieder.

Das ist das Fest der Kinder, wies Mutti mich zurecht, du hast doch alles, also nimm keinem Kind die Rolle weg.

Weil ich so oft bei den Proben zugesehen hatte, konnte ich das ganze Krippenspiel auswendig. Jetzt sprach ich den Text jedes Kindes mit, flüsternd, leise, nur für mich. Es war wunderschön, und ich lebte und litt mit jeder einzelnen Figur.

Dann plötzlich, es war schon sehr spät, polterte und rumpelte es draußen auf der Treppe: Kinder, hört ihr, der Weihnachtsmann kommt, setzt euch schnell auf eure Plätze!

Innerlich vor Erwartung zitternd schauten wir zur Tür, an die jetzt laut der Weihnachtsmann klopfte. Mit seinem Ruf »Seid ihr auch alle da?« kam er herein. Mit einem großen Sack auf dem Rücken ging er nun von Stuhl zu Stuhl, nannte jedes Kind beim Namen und sagte: Ich muss erst mal lesen, was die Engel für dich aufgeschrieben haben.

Bei mir sagte er, ich sei wohl ein liebes Mädchen, aber ich solle nicht immer so vorlaut sein. Das stimmte, meine

Gedanken eilten mir viel zu schnell voraus und ich musste auch immer gleich sagen, was ich dachte. Für jeden von uns holte er aus dem großen Sack eine kleine Tüte. Darin waren Kekse, sogar ein wenig Schokolade.

Dieses Christfest, das Fest der Liebe, erhielt hier seine wahrhafte Bedeutung. Niemals mehr habe ich ein so schönes und tief ins Herz dringendes Weihnachten erlebt.

Doch auch dieses Fest konnte nicht darüber hinwegtäuschen: Im Alltag mussten die Flüchtlingskinder große Entbehrungen auf sich nehmen. In erster Linie hätten sie Liebe und eine individuelle Unterstützung gebraucht, um diese Schrecken zu verarbeiten, die ihnen während der Flucht oder wann auch immer zugemutet worden sind. Viel zu viele Grausamkeiten waren ihnen passiert, viel zu viele Tote hatten sie gesehen auf ihrem langen Marsch. Niemand fragte sie nach diesem Leid, keiner nahm sich ihrer seelischen Qualen an.

Dieser Krieg, der ihre Familien vernichtete, brachte Millionen elender Kinder hervor. Es waren viel zu viele der gequälten Seelen, und zu mehr als einem freundlichen Wort, einer Unterkunft und den täglichen Mahlzeiten langte es nicht.

Erlebnisse auf der Burg

Der große Platz vor der Burg, ursprünglich eine Wiese, war gesäumt von hohen Ligusterhecken und ein idealer Spielplatz für uns Kinder. Später wurde noch eine Schaukel an der hohen Kastanie angebracht. Bei schönem Wetter waren wir alle dort. An einem dieser Nachmittage hörte ich das Geräusch eines Flugzeugs. Ich stand inmitten des Platzes und blickte voller Erwartung nach oben. Tatsächlich flog es direkt auf uns zu und sank ganz tief. Schon glaubte ich, es würde die Kastanie berühren. Für einen Moment sah ich sogar den Piloten. Da saß ein richtiger Mann drinnen! Endlich erfüllte sich mein Wunsch: Ich hatte ein Flugzeug von Nahem sehen können.

Viel zu schnell war es vorüber und in weiter Ferne kaum mehr als ein dunkler Fleck. Aber dieses furchtbar laute Geräusch rings um mich herum war geblieben. Eigentlich nahm ich es erst jetzt richtig wahr, und ich sah, wie sich die Kinder angesichts des nahenden Flugzeugs in panischer Angst auf den Boden geworfen hatten und in ihrer Not fürchterlich laut schrien.

Ich hörte, wie der laute Aufschrei langsam verebbte, um in einer ungewöhnlichen Stille zu enden. Die ersten Kinder erhoben sich und die übrigen folgten ihnen. Betäubt in ihren Ängsten kamen sie mir näher und umringten mich, manche berührten mich sogar, und alle bewunderten meinen Mut – den Mut, stehen geblieben zu sein.

Das werde ich nie vergessen, wie die Kinder auf dem Platz lagen und ich ungläubig ihre Schreie hörte und nicht wusste, weshalb sie dies taten. Ich hatte keine Erfahrung mit Flugzeugen, die ihre todbringende Last über allem abwarfen, was sich bewegte.

Doch auch in anderen Dingen lebte das Erbe der Kriegszeit fort. Zwar hatten wir im Kindergarten in Remkersleben schon unter kommunistischen Vorzeichen Marschieren gelernt, doch die allgemeinen Erziehungsmethoden waren, auch hier in diesem Kinderheim, immer noch sehr von dem uniformierten Drill der Nazizeit geprägt. Wehe, ein Kind fiel mit irgendeiner Macke aus dem Rahmen! Ich erinnere mich an einen Jungen, der Bettnässer war, vielleicht zehn oder zwölf Jahre alt. Wie sehr hat dieser Junge leiden müssen!

Einmal bekam ein Junge durch meine Schuld Schläge. Es war im Winter 1947/48, das erste Eis überzog den Teich. Vielleicht dreißig oder mehr Kinder standen vor dem Teich und rätselten, ob das Eis schon halten würde. Die Meinungen gingen hin und her, bis beschlossen wurde: Ich war die Kleinste und am leichtesten, ich würde es ausprobieren.

Wir suchten die schmalste Stelle. Dort lag in ungefähr fünf Metern vom Ufer eine kleine Insel, zu dieser müsste ich ungefährdet gelangen, meinten wir. Ich rutschte langsam, einen Fuß vor den anderen schiebend, vorsichtig über das Eis, es knackte noch nicht mal.

Nun war ich drüben, und unter den aufgedrehten Kindern kam die Frage auf, wer als Nächster ginge. Nur die großen Mädchen sagten, das sei zu gefährlich. Ein paar rannten schon mal vorsorglich zu einem der Erzieher.

Nun hatte ein Junge das Eis betreten und kam erst ganz gut weiter, bis plötzlich über den Teich hinweg ein lautes Knacken hörbar war. Dann mit einer zweiten Erschütterung brach er ein und stand bis etwa zur Hüfte im Wasser. Oh weh, das war gründlich schiefgegangen! Der Erzieher rannte noch mal zurück, um eine Leiter zu holen, die er über das Eis legte und so kam der Junge, zwar nass, aber unbeschadet an Land. Der Erzieher wartete erst gar nicht ab, bis der Junge sich von seinem Schreck erholte, er drosch einfach feste drauf.

Inzwischen war ich in einem größeren Bogen um das Loch trockenen Fußes zurück an Land gekommen und sogleich zu meiner Mutter gerannt, um ihr zu sagen, ich sei schuld, sie solle dem Erzieher verbieten, den Jungen zu strafen. Doch so schnell war ich nicht, es war bereits zu spät. Wahrscheinlich hätte es ohnehin nichts genützt: Grundsätzlich hatte meine Mutter organisatorische Aufgaben und sich in schulische oder erzieherische Belange nicht einzumischen.

Umzug ins Ungewisse

Bis zum Frühjahr 1948 hatten fast alle Kinder wenigstens einen Angehörigen gefunden und mit ihren wenigen Habseligkeiten das Heim verlassen. Manche wurden auch adoptiert oder in Pflege genommen. Die Kreisbehörde gab die wenigen noch verbliebenen Kinder in andere Einrichtungen und ordnete die Schließung dieses Heimes an. Meine Mutter verlor ihre Arbeit, wie die anderen Angestellten auch.

Uns blieben die zwei kleinen Zimmer außerhalb der Burg, hier würden wir von nun an wohnen. Unter der Schräge in den winzigen Kammern verloren die Möbel ihre Eleganz und wirkten unpassend groß. Der einzig beheizbare Raum wurde das Wohnzimmer, in dem Mutti auf der Couch schlief. Wir Mädchen hatten das andere Zimmer, in dem auch Muttis Kleiderschrank stand. Die provisorische Küche war in einem kleinen Abstellraum unter nackten Ziegeln, wo im Winter das Wasser gefror. Später werden wir noch das dritte Mansardenzimmer dazubekommen und hier die Küche einrichten.

Unser Dorf zählte zehn Bauernhöfe und fünf Wohnhäuser. Es hatte keinen Einkaufsladen, keine Schule, auch keine Kirche und kein Postamt. Zudem lag es sehr nahe an der Zonengrenze ohne jede Verkehrsanbindung, etwa an die Kreisstadt Helmstedt oder den fünf Kilometer entfernt gelegenen Bahnhof.

In ihrer aussichtslosen Lage lebte meine Mutter nun sehr

zurückgezogen. In den folgenden Monaten könnte sie die Miete, Strom und unseren Lebensunterhalt wohl noch aus ihrer »eisernen Reserve« bezahlen. Aber was folgte danach? So haderte sie mit ihrem Schicksal und konnte sich nicht verzeihen, den alten Wohnort so leichtfertig aufgegeben zu haben. Von dort hätte sie Salzgitter oder Braunschweig, vielleicht auch noch Wolfenbüttel recht gut erreichen können. Aber jetzt hier? Sie hatte die falsche Entscheidung getroffen! Zutiefst unglücklich und verzweifelt durchlebte sie diese ersten Wochen und Monate.

Kinder, wir sind am Ende der Welt, und wie es weitergehen soll, weiß ich nicht, sagte sie ein ums andere Mal, während wir mit Spielen beschäftigt waren und nicht so recht wussten, weshalb Mutti sich solche Sorgen machte.

Ihre Kontakte beschränkten sich auf die Frauen in unserem Haus. Unsere Mütter, drei junge Witwen allein in diesem Haus, rückten eng zusammen und diskutierten, wie sie es möglich machen könnten, ihre Kinder zu ernähren. Neun waren wir, neun Kinder etwa im gleichen Alter, und wir hatten eines gemeinsam: Wir erinnerten uns unserer Väter nicht.

Ich bin als uneheliches Kind meiner Mutter geboren, allerdings mit dem Gedanken aufgewachsen, der Vater meiner Schwester – mit dem meine Mutter vor meiner Geburt verheiratet war – sei auch mein Vater. Diese Lebenslüge sollte erst sehr spät aufgedeckt werden. Damals jedoch glaubten Lisa und ich, von dem gleichen Vater zu sein, somit waren wir beide Halbwaisen. Mit dieser Erkenntnis gab ich mich zufrieden.

Meine Mutter hätte indessen von meinem leiblichen

Vater den Unterhalt für mich einklagen können, tat es aber selbst in dieser angespannten finanziellen Lage nicht. Sie wird noch viele Jahre mit sich ringen, ehe sie sich im Sommer 1951 zu eben dieser Klage entschließen kann. Das geht aus den Unterlagen hervor, die erst mit dem Nachlass meiner Mutter in meine Hände geraten sind. Ein Jahr nur würde dieses Urteil Bestand haben, dann wird mein Vater auswandern – mit seiner Familie.

Meine Schwester und ich aber waren naiv, wie es Kinder eben sind. Wir lebten so sehr in der Gegenwart und es kam uns überhaupt nicht in den Sinn, die Erwachsenen könnten mit der Gestaltung unser aller Zukunft überfordert sein.

Diese kleinen Zimmerchen etwa empfanden wir Mädchen als so tragisch nun auch wieder nicht. Zwar musste Lisa schon wieder die Schule wechseln, ich aber war sowieso gleich im Nachbardorf eingeschult worden, und jetzt gingen wir eben zu zweit dahin. Es war nicht weit, vielleicht ein oder zwei Kilometer auf einer Landstraße. Ohnehin waren wir fast immer draußen und gingen unseren Spielen nach. Manchmal sehnten wir uns nach einem bestimmten Heimkind, das nun nicht mehr da war, und Lisa trauerte lange um den Verlust ihrer Freundin aus der Heimschule. Auch vermisste sie den Musikunterricht dort und das Singen im Chor, den eine Lehrerin in der Kürze der Zeit zu schon gutem Erfolg dirigiert hatte. Bei ihr hatte Lisa auch die ersten Übungen auf dem Klavier gemacht. Nur der Zielstrebigkeit dieser Frau war es gelungen, einen Klavierstimmer aufzutreiben, der dem alten Klavier, welches sie irgendwo in der Burg zwischen alten, abgestellten Möbeln entdeckt hatte, zu etwas mehr Wohlklang verhelfen konnte.

Die Währungsreform im Juni 1948 überrollte die meisten Menschen im Westen Deutschlands gänzlich unvorbereitet. Zu diesem Stichtag wurde die Bevölkerung aufgefordert, sich an bestimmten Sammelstellen zu melden. Die Reichsmark wurde durch die Deutsche Mark abgelöst, Spargelder bei nur minimalem Umtausch beinahe wertlos. Für jede behördlich angemeldete Person gab es an diesem Tag ein Kopfgeld von 40 D-Mark. Alle Bürger waren nun gleichgestellt, außer den Geschäftemachern, die in weiser Voraussicht Waren gehortet hatten. Wie sonst wäre es möglich gewesen, in den Schaufenstern bereits einen Tag nach der Währungsreform Waren zu sehen, von denen es bis dahin geheißen hatte, es gebe sie gar nicht.

Als wäre es gestern gewesen, sehe ich uns an dem runden Tisch mit den viel zu kurzen Beinen, die wegen der zu schmalen Treppe in die Mansarde abgesägt werden mussten. Seither wackelte der Tisch etwas. Auf dieser Tischplatte nun schob Mutti die wenigen Geldscheine hin und her, das sogenannte Kopfgeld, und sagte: Von diesem bisschen Geld müssen wir nun so lange leben wie nur irgend möglich. Jetzt, Kinder, sind wir wirklich arm.

Voller Schrecken fielen mir meine zwei Mark ein, die doch nicht etwa jetzt auch ungültig waren. Dieser Schein hat einfach nur so auf der Straße gelegen, und ich hatte ihn gefunden. Seitdem bewahrte ich ihn in der Vitrine in einer Kristallschale auf. Wie oft habe ich meinen Reichtum durch das Glas in dem Kristall angesehen. Ich wollte die zwei Mark erst ausgeben, wenn ich mal einen ganz, ganz wichtigen Wunsch hätte. Hätte ich mir doch nur Bonbons gekauft, jammerte ich und weinte.

Aber Kind, diese zwei Mark sind der geringste Schmerz, sagte Mutti, als ob meine zwei Mark gar nichts wären.

Da schwor ich mir, mein Geld von nun an immer sofort auszugeben. Niemals mehr in meinem ganzen Leben würde ich sparen!

Die separate Einführung der D-Mark im Westteil Deutschlands und wenige Tage später separat im Ostteil ist wohl als Meilenstein der endgültigen Trennung unseres Landes anzusehen. Zu diesem Zeitpunkt kann die Zusammenführung von Ost und West politisch nicht mehr gewollt gewesen sein, zumindest nicht von allen Seiten. Diese Währungsreform bildete im Westen den Auftakt zur Gründung der Bundesrepublik Deutschland nach Vorlage eines neuen Grundgesetzes und den ersten freien Wahlen, aus denen im September 1949 der erste Deutsche Bundestag hervorging. In der russisch besetzten Zone wurde am 7. Oktober 1949 die Deutsche Demokratische Republik proklamiert.

Die Deutsche Mark der DDR wird sich auf dem Weltmarkt nicht behaupten können. Um dennoch für ihren Außenhandel Devisen zu erwirtschaften, werden die Regierenden der DDR jedem Einreisenden einen Zwangsumtausch abverlangen und sich im Laufe der Jahre noch manch weitere haarsträubende List einfallen lassen.

Weil es damals nach dem Krieg kaum jemandem wirklich gut gegangen ist und die Armut ganzer Bevölkerungsgruppen allgegenwärtig war, sind wir mit kaum mehr als dem Notwendigsten auch nicht sonderlich aufgefallen. Hin und wieder verdiente unsere Mutter ein paar Mark mit dem Nähen und Ausbessern von Kleidern. Sie nähte alles, was ihr an Arbeit angeboten wurde.

Im August 1948, zu meinem siebten Geburtstag, saß zu meiner Überraschung eine echte Schildkrötpuppe auf meinem Geburtstagstisch, in selbstgenähtem Kleid und einer warmen Strickjacke. Glücklich drückte ich sie an mein Herz, sie war meine erste richtige Puppe. Ich gab ihr den Namen Bärbel und trug sie überall mit mir rum und sogleich hatte sie auch einen festen Platz in meinem Bett. Was ich damals nicht wissen konnte: Zu dieser Puppe hatten alle Mütter in unserem Haus Geld beigetragen. Erst viel später, als ich selbst erwachsen und schon eigene Kinder hatte, erzählte mir Mutti dies und ich danke all unseren lieben Müttern, die mir mit dieser Puppe meinen allertiefsten Herzenswunsch erfüllt haben.

Wenn ich heute zurückblicke, versuche ich mir vorzustellen, wie es meiner Mutter, völlig auf sich gestellt und ohne regelmäßiges Einkommen, möglich war, ihre beiden Töchter durchzubringen. Ohne die Unterstützung meiner Großmutter wäre dies wohl nicht möglich gewesen – obwohl es uns das Schicksal dadurch schwermachte, dass sie jenseits der Grenze wohnte.

Trotz alledem war bei uns immer was los, das Wort Langeweile kannten wir nicht. Gewissermaßen der ruhende Pol in unserem Haus war ein älteres Ehepaar mit ihrer bereits erwachsenen Tochter. Dieser Ehemann war auch unser Nikolaus, der in den ersten Jahren, solange wir Kinder noch einigermaßen an den Nikolaus glauben wollten, stets am 6. Dezember in unsere Wohnstube hineinpolterte.

Wie er das tat, ist eine ganz ureigene Geschichte, die übrigens auch nur in unserer Stube möglich war. Während wir Kinder halb ängstlich, halb freudig der Ankunft des Nikolaus entgegensahen, schlich er sich leise in unseren Flur und öffnete dort die Klappe zum Kamin. Von hier aus konnte er durch das Ofenrohr und die geöffnete Ofentür direkt zu uns sprechen. Dabei war seine Stimme dumpf und etwas verzerrt, als würde er von oben auf dem Dach durch den Schornstein reden. Nun, er kannte all unsere Eigenheiten und auch die schlimmen Taten, er sah uns ja jeden Tag. So drohte er uns mit Strafe für manche Ungezogenheit, von denen selbst die Mütter nichts wussten. Na, wartet nur, bis der Nikolaus wieder weg ist, drohten nun auch noch unsere Mütter. So zelebrierten wir ein heiteres Spiel, das sicherlich bei niemandem von uns, die wir diese Abende erleben durften, in Vergessenheit geraten ist.

Grenzübergänge

Unsere Ferien, wirklich alle Ferien, verbrachten wir von nun an in der Ostzone bei meiner Großmutter. Anders als bei meinem ersten Grenzgang, damals mit meiner Schwester durch den Harz, war Mutti jetzt immer dabei. Und im Sommer 1948 unternahmen wir drei unsere erste Reise, der noch viele bemerkenswerte und abenteuerliche Grenzüberschreitungen folgen würden.

Anfangs gingen wir einfach schwarz über die Grenze. Dabei kamen leicht 20 Kilometer Fußweg zusammen. Manchmal nahm uns das erste Stück ein Bauer mit, der mit dem Pferdefuhrwerk ohnehin zu seinem Feld musste. Bei einer Abzweigung an der Landstraße setzte uns der Bauer ab, und wir gingen zu Fuß weiter. Die kleine Straße nun führte direkt über die Aller nach Oebisfelde und war kaum mehr benutzt, weil in diesem Gebiet die Aller die Grenze markierte und Oebisfelde war schon ein Ort in Ostdeutschland. Anfangs war die Brücke noch intakt. Den Wachtposten auf der Brücke freundlich grüßend, gingen wir an ihm vorüber, und schon waren wir in der Sowjetzone.

Das war ja noch in einer Zeit, in der die Strukturen nicht eindeutig geklärt waren und viele Behörden ohnehin kaum mehr als provisorisch arbeiten konnten. So wurde auch die Sicherung unserer bis dahin unbefestigten innerdeutschen Grenze noch vergleichsweise lax gehandhabt. Erst mit dem Auftreten der unter strengen Grundsätzen ausgebildeten ostdeutschen Grenzsoldaten wurden die Kontrollen über die Maßen verschärft. Über die Jahre würden sie sich zu einer systematischen Bewachung des gesamten Grenzbereichs weiterentwickeln. Unmittelbar nach dem Krieg war es zwischen den westdeutschen Gebieten allerdings auch nicht ganz unproblematisch, von einer Zone in die andere zu gelangen. Mit der Gründung der Bundesrepublik Deutschland wird auch der Westen seine Grenzen durch Zoll- und Grenzbeamte zu sichern wissen.

In den ersten Anfängen bestand also die eigentliche Schwierigkeit nur darin, weiterzukommen und einen Bahnhof zu finden, der nicht kontrolliert wurde. Der nächstgelegene war sowieso immer bewacht, wir gingen also gleich zu einer entfernteren Station. Die folgenden Erschwernisse wiederholten sich bei jedem unserer Grenzgänge: Entweder war der Zug gerade weg, wenn wir den Bahnhof erreichten, oder wir mussten aus anderen Gründen stundenlang warten. Die Züge fuhren ja nicht sehr oft, zudem wurden sie manchmal umgeleitet oder wegen Gleisarbeiten auf offener Strecke angehalten. Es dauerte Jahre, bis die komplett instand gesetzten Bahntrassen eine regelrechte Einhaltung von Fahrplänen erlaubten.

Die Bahnhöfe aber waren sehr unangenehm und zugig, die Wartesäle schmutzig und ungeheizt und zu den Bahnhofstoiletten durften meine Schwester und ich nie allein gehen. Muttis häufig geäußerter Satz »Fass bloß nichts an« klingt mir noch heute im Ohr.

Der kleine Bahnhof war überfüllt mit Menschen, trotzdem war es gespenstisch still. Eine sehr unangenehme und lähmende Atmosphäre lag über dem ganzen Geschehen. Ein jeder hatte Angst um sein Gepäck. Niemand traute sich, etwas zu sagen. Jederzeit konnte eine Kontrolle kommen. Da war es wichtig, sich von allem fernzuhalten.

Lisa und ich benahmen uns noch relativ unbefangen und hüpften zwischen diesen abgehärmten und sehr schweigsamen Menschen herum. Wir spielten miteinander oder stritten uns. Jedenfalls vertrieben wir uns die Zeit. »Mutti ich bin so müde« – »Komm leg deinen Kopf auf meinen Schoß« – »Mutti wann fahren wir denn weiter?« – »Kind ich weiß es nicht.«

Entweder kam gar kein Zug und wir warteten Stunde um Stunde, oder der Zug war zum Bersten voll. So dicht, wie die Menschen beieinander standen, konnte wirklich niemand umfallen. Die ganz Verwegenen legten sich oben auf die Waggondächer oder sprangen in letzter Minute auf die Trittbretter und hielten sich während der Fahrt an den Griffen fest. Ich habe sogar Menschen auf den Puffern sitzen sehen. Auch wir drängten in die Menschenmasse hinein, schoben uns Zentimeter für Zentimeter vor und bahnten uns einen Weg, wenigstens bis zu einem Fenster im Gang. Aber weitergekommen sind wir immer, umgekehrt sind wir nie, das war wohl nicht in Muttis Sinn.

Einmal musste ich so nötig zur Toilette, dass ich nicht mehr einhalten konnte.

Ich mache jetzt gleich hier auf den Boden, stöhnte ich verzweifelt.

Nun endlich hatte ein Mann Erbarmen, er hob mich hoch über seinen Kopf und sagte zu den anderen: Hier die Kleine muss zum Klo.

So wurde ich weitergereicht über alle Köpfe hinweg bis

zur Toilettentür. Aber die Tür war zu und ließ sich nicht öffnen – und ich musste so nötig!

Na, das haben wir gleich, sagten die Männer, die mir am nächsten standen, und stemmten sich allesamt gegen die Tür. Sie sprang auf, und auf dem Klodeckel saß ein Mann. Er hatte den besten Platz von uns allen und war nicht zu bewegen, die Toilette für mich freizugeben. Da war nichts zu machen. Weil ich nicht mehr einhalten konnte, hockte ich mich hinter der Tür in die Ecke und pinkelte auf den Boden. Fluchend nahm er seinen Rucksack hoch.

Haste gut gemacht, Kleine, sagten die Männer, und hoben mich wieder über alle Menschen hinweg zurück zu meiner Mutter.

Irgendwann hatten wir die anstrengende Fahrt glücklich überstanden: Der Zug erreichte den kleinen Bahnhof von Remkersleben, sehnsüchtig von unserer Großmutter erwartet. Sie war den ganzen Tag über zu jedem möglichen Zug, in dem wir hätten sitzen können, wieder und wieder zum Bahnhof gegangen und das hätte sie fortgesetzt, mit der Stunde des ersten einlaufenden Zuges des folgenden Tages.

Froh, uns gesund wiederzusehen, umarmten wir uns und legten das Gepäck in Omis Handkarren. Glücklich zogen wir durchs Dorf, und hinter uns polterte laut der Bollerwagen über das Kopfsteinpflaster.

Jeder Tag bei meiner Großmutter war ein Festtag und wir konnten so viel essen, wie wir wollten.

Kinder, so viel verträgt euer Magen nicht, mahnte Mutti oft.

Lass sie nur, widersprach Omi, die Kinder brauchen das.

Wir bestaunten die Hühner und durften die Eier aus den

Nestern sammeln. Je nach Jahreszeit waren auch Küken oder kleine Gössel da. Mit lautem Grunzen sagte uns das Schwein, dass es zu fressen haben wollte. Es war auch eine Katze im Hof, aber die kam nicht ins Haus.

Katzen sollen Mäuse fangen und gehören nach draußen, sagte Omi.

Den ganzen Tag hatten wir Zeit zu spielen, ob drinnen oder draußen, wie es uns gerade einfiel. Manchmal halfen wir im Garten oder putzten Gemüse und rührten Kuchenteig. Allerdings machten wir vieles nicht richtig; meine Großmutter war sehr genau und erledigte am liebsten alles selbst.

Lisa spielte schon richtige kleine Stücke auf dem Klavier, die sie vom Notenblatt ablesen konnte. Voller Hingabe lauschte Omi Lisas Musik und wünschte sich nichts sehnlicher, als ihrer Enkelin richtigen Musikunterricht ermöglichen zu können.

Sehr schön, mein Kind, lobte Omi und ließ ihre Hand über Lisas Schultern gleiten.

Für ihren Sohn, der ihr so sehr fehlte und nach dem sie sich so sehr sehnte, hatten sie einst in guten Tagen dieses Klavier gekauft. Und als könne sie es nicht ertragen, von ihm zu reden, sagte sie schroff: Wenigstens eine, die was aus ihrer Musikalität macht.

Meine Mutter aber schluckte und sagte: Hast du vergessen, wie gern ich Klavierunterricht gehabt hätte?

Das nicht, aber damals konnten wir uns kein Klavier leisten, das weisst du doch.

Mit dem Ende der Ferien ließen wir unsere Omi wieder allein auf diesem Bahnsteig zurück. Die Fahrt zurück gestaltete sich meist etwas bequemer, und die Züge waren auch nicht ganz so voll. Trotzdem stieg Mutti immer schon eine Station vor Oebisfelde aus. Wer weiß, ob nicht doch der letzte Bahnhof unter Kontrolle stand.

Jetzt aber ließ uns der wachhabende Polizist auf der Brücke nicht so einfach durch. Da wir keinen Passierschein vorweisen konnten, mussten wir mit ihm zurück zur Kommandantur. Hier waren wir nicht die einzigen Grenzgänger, und so warteten wir eine Weile, bis man uns in ein Büro brachte. Überraschend schnell sprang ein Mann hinter seinem Schreibtisch auf, um uns zu begrüßen und unserer Mutter einen Stuhl vor seinem Schreibtisch anzubieten.

Unvermittelt entspann sich etwas Märchenhaftes zwischen diesen beiden Menschen. In ihrem Gespräch über seinen Schreibtisch hinweg waren sie ganz eins, obwohl sie sich zuvor noch nie begegnet waren. Ich sah diesem Spiel, diesem Schauspiel, ganz gespannt zu. Ja wirklich, ich sah sie wie auf einer Bühne. Ein paar freundliche Fragen richtete der Mann auch an uns Mädchen. Zum Schluss füllte er einen Zettel aus und gab seinen Stempel darauf. Ein junger Mann, den er hereingerufen hatte, nahm nun meinen und Lisas Rucksack und begleitete uns zu dieser Brücke zurück. Mit nur einem kleinen weiteren Schritt waren wir wieder in Westdeutschland. Die Sommerferien 1948 waren vorüber.

Auf der Rückreise aus den Herbstferien sollten wir diesen netten Herrn wieder treffen. Die Hinfahrt war so leicht und einfach gewesen. Deshalb wollte Mutti Omis Zweifel zerstreuen und sagte: Wenn das so weitergeht, kommen wir immer über Oebisfelde.

Jetzt wo ihr sogar schon eigenes Geld habt, entgegnete

Großmutter, werden die die Grenze doch nicht mehr lange offenhalten, das glaubst du doch selbst nicht.

Omis Skepsis war berechtigt, sie hatte einen siebten Sinn für politische Entwicklungen. Sie war es gewesen, die Mutti Anfang des Krieges davon abgehalten habe, in den Osten zu gehen.

Um Gottes willen, hatte sie damals erschrocken gesagt, tu das nicht, wenn alles zusammenbricht, sind das die Ersten, die dran glauben müssen.

Die Rückreise verlief ohne nennenswerte Probleme, wohl fuhr der Zug mit Verspätung und blieb etwas länger auf freier Strecke stehen, aber das war ja zu ertragen. Nur auf der Allerbrücke hinderte uns der Grenzsoldat daran, weiterzugehen, und wir mussten zurück zur Kommandantur. Der nette Herr, stets im Anzug, begrüsste uns, als wären wir alte Bekannte. Ach ja, ich sehe, Sie haben wieder Lebensmittel dabei, sah aber weiter nicht in die Rucksäcke. Zum Abschied sagte er: Na dann, bis Weihnachten.

Weihnachten machten wir uns voller Zuversicht in aller Frühe auf den Weg. In dichtem Nebel passierten wir die Aller und gingen gleich weiter, bis wir andere Grenzgänger trafen. Aber Mutti trennte sich sofort wieder von ihnen. Sie ging lieber nur mit uns, das schien ihr verlässlicher. Als wir am Bahnhof ankamen, hielt sich dort kaum jemand auf, und wir haben lange warten müssen, bis endlich ein Zug aufgerufen wurde.

Mit einem lang gezogenen Kreischen der Bremsen kam der so sehr ersehnte Zug endlich im Bahnhofsbereich zum Stehen, als plötzlich wie von Geisterhand von allen Seiten Menschen auf den Bahnsteig strömten. Wo hatten sie sich bisher nur aufgehalten?

In unglaublicher Hektik schubsten und schoben sie sich nach vorn und zerrten ihr Gepäck mit, um möglichst schnell in einem der einfahrenden Waggons verschwinden zu können.

Im Grunde genommen war es nicht ganz so wichtig, welche Strecke der Zug nehmen würde. Es galt vielmehr, erst einmal so schnell wie möglich aus diesem Grenzbereich wegzukommen.

Von Anbeginn hatten wir an einer Ecke des Bahnhofsgebäudes gestanden, von wo Mutti auch die Straße einsehen konnte.

Ich weiß nicht, ob sie diesen Platz in weiser Voraussicht gewählt hatte. Plötzlich jagten uns lautes Motorengeräusch von der Straße her und der harte Klang vieler Stiefel einen tiefen Schrecken ein. Fünf oder sechs Lastwagen schienen gerade anzukommen. Einige standen schon und von deren Ladefläche sprangen zügig, wie sie es gelernt hatten, die Grenzsoldaten herunter.

Im Nu war der Bahnhof besetzt, das heißt, niemand kam mehr ohne Kontrolle durch die errichteten Sperren. Die Menschen schrien und riefen sich Namen zu, und es entstand ein furchterregendes Durcheinander.

Halt! Stop! Stehen bleiben, riefen die Grenzsoldaten.

Ein Mann lief über die Gleise zu den Güterwaggons. Ein Soldat rannte hinterher und rief wieder: Halt, stehen bleiben! Dann fiel der erste Schuss.

Zwei, drei Soldaten liefen in die gleiche Richtung und schossen noch mehrmals. Indessen nutzte ein anderer Mann die Verwirrung und flüchtete in die entgegengesetzte Richtung. Wieder hallten laute Rufe und Schüsse.

Wir befanden uns mittendrin. Nein, nicht ganz, denn Mutti packte nun jede ihrer Töchter fest am Arm. Bei diesem Griff duldete sie keinen Widerspruch, das wussten wir. Sie hielt uns also fest und schob uns dicht an der Hauswand entlang langsam zur Straße hin. Noch waren wir Mädchen durch eine Hecke geschützt.

Kinder, ihr redet kein Wort, flüsterte sie uns zu. Wir gehen jetzt an diesen Lastwagen vorbei. Schaut nicht neugierig hin, tut so, als wären sie gar nicht da.

Dann drückten wir uns zwischen dem Haus und der Hecke durch. Scheinbar gelassen hielt Mutti uns bei der Hand, und mein Herz schlug mir bis zum Hals.

Langsam, nicht rennen, flüsterte sie, und um Himmels willen nicht umdrehen.

Dabei zerquetschte sie uns fast die Hände.

Eine Ewigkeit schien vergangen, bis wir auf der langen geraden Straße die ersten Häuser erreichten. Wohl vor Erleichterung stöhnten wir leise auf.

Ruhig, Kinder, noch können sie uns sehen, mahnte Mutti. Dreht euch nicht um, wir gehen langsam weiter, bis wir in einer Seitenstraße verschwinden können.

Diese Abzweigung sehe ich noch vor mir, nach rechts führte sie von der Hauptstraße weg. Etwas weiter kamen wir zu einem kleinen Platz mit einem Gedenkstein, ich glaube für die Toten aus dem Ersten Weltkrieg, wo wir erschöpft auf einer Bank niedersanken.

Ist ja noch mal gut gegangen, sagte Mutti und zog Schokolade aus der Tasche.

Es war immer gut, etwas Süßes dabeizuhaben. Das beruhigt die Nerven, und Mutti konnte nachdenken. Der Zug war schon längst an uns vorbeigerauscht, und gerade donnerten die Lastwagen über die Landstraße, die wir erst vor wenigen Minuten verlassen hatten.

Wisst ihr, sagte Mutti, ich gehe jetzt allein zurück und frage nach dem nächsten Zug. Ihr bleibt so lange hier und achtet auf das Gepäck.

Doch um keinen Preis der Welt wollten wir noch einmal zu diesem schrecklichen Bahnhof. Mutti jedoch suchte uns zu besänftigen, die Grenzsoldaten kämen so schnell nicht wieder und würden sich erst mal mit denen beschäftigen, die sie mitgenommen haben.

War unsere Mutter wirklich überzeugt vom dem, was sie uns sagte? Oder war dies der einzig mögliche Ausweg? Nur kein Aufsehen erregen und stets die Ruhe bewahren, das war unsere Devise in jeder Situation. Niemand durfte auch nur erahnen, dass wir gerade auf dem Bahnhof einer Kontrolle entwichen waren. Still hielten wir uns beieinander und warteten, bis Mutti zurückkam. Verstohlen sahen wir zu den Fenstern in dem Haus neben dem Platz, wo sich gerade eben schon wieder eine Gardine bewegte.

Diese Angst, die Mutter könnte niemals mehr wiederkommen, enthält wohl die namenlose Urangst des Menschen. So saßen meine Schwester und ich lange in Schweigen erstarrt. Aber dann war sie wieder da, unsere Mutter. Erleichtert und glücklich wollten wir ihr um den Hals fallen, sie aber drückte uns sanft auf die Bank zurück.

Kinder, in dreißig Minuten sind wir hier weg, sagte sie mit einem zuversichtlichen Lächeln, wir wollen doch heute noch bei unserer lieben Omi ankommen. Also, Kinder, seid nicht gar so traurig.

So ganz nebenbei, während wir die Rucksäcke schulterten, sagte Mutti: Er fährt zwar nicht genau in unsere Richtung, aber immerhin in Omis Nähe.

Mutti sollte recht behalten: Es war ruhig auf der Station, auch der Zug kam recht schnell. Rußschwarzer Dampf fauchte aus der Lokomotive und schon fuhren wir davon. Aber, wir waren zu spät dran und in Wanzleben endete an diesem Abend unsere Fahrt. Von hier gab es kein Weiterkommen.

Kinder, was meint ihr?

Wenn Mutti diese Formulierung wählte, war das keine Floskel. Sie erwartete wirklich unsere Entscheidung.

Wir können bis morgen hierbleiben, oder jetzt zu Fuß gehen, müssten aber bestimmt noch zwei Stunden laufen.

Mit Lisa war ich mir sofort einig: Lieber würden wir gehen, als eine ganze Nacht auf diesem öden Bahnhof zu verbringen. Ganz still und ruhig war die Nacht, nur unsere Schritte hallten über den Asphalt und Mutti sagte: Wir dürfen hier nicht so leise rumschleichen, das macht uns nur noch verdächtiger.

So begann sie eine Geschichte zu erzählen, einfach aus ihrer Fantasie. Aber mittendrin hatte sie sich dann meist völlig verfranst: Sie wusste nicht mehr weiter, woraufhin Lisa oder ich die Geschichte zu Ende spannen.

Unsere Großmutter hatte jeden Zug abgepasst und vorsorglich das Tor und die Haustür nicht verschlossen. Immer wenn wir unterwegs waren, quälte sie sich mit der Hoffnung, alles möge gut gehen, und einer unbestimmten bösen Ahnung. Aber in Wirklichkeit waren wir gar nicht so oft in gefährlichen Situationen – und sobald wir diese überwunden hatten, konnten wir unsere eigenen Ängste wieder able-gen. Zudem ist es erstaunlich, welch ein Geschick Mütter entwickeln, um ihren Kindern jene Sicherheit zu vermitteln, die ihnen selbst längst abhanden gekommen sein muss.

Omi aber litt unter diesen Vorstellungen, unter dem, was uns alles passieren könnte. Sie war ja nicht dabei. Diesmal hatte sie in der Küche auf uns gewartet, und eine Suppe stand warm auf dem Herd.

Ist ja noch mal gut gegangen, seufzte nun auch Omi und drückte uns an ihr Herz.

Wie jedes Mal, so war es auch diesmal: Hatten wir die ers-te Nacht geschlafen, war diese unmögliche, ja geradezu ver-rückte Anreise vergessen, und die Ferien konnten beginnen.

In zwei Tagen war Weihnachten. Der Baum war aufge-stellt und schon geschmückt. Sicherlich lagen auch unsere Geschenke schon darunter, denn die Tür zum Weihnachts-zimmer hielten Omi und Mutti stets verschlossen. Der Duft von Kuchen und Gewürzen zog durchs Haus, und von früh bis spät waren Mutti und Omi mit den Vorbereitungen be-schäftigt. Unser Fest feierlich zu gestalten, schien ihnen gro-ße Freude zu bereiten. Wir Mädchen genossen diese Zeit der frohen Erwartung und rätselten, welche Überraschung das verschlossene Zimmer für uns wohl verborgen hielt.

Weihnachten 1948

An Heiligabend mischte sich der Duft der gebratenen Gans mit dem Rotkohl. Der Tisch im Esszimmer war mit gutem Porzellan gedeckt. Das Gold der Teller glänzte mit dem frisch geputzten Silberbesteck um die Wette. Für die Erwachsenen gab es sogar eine Flasche Wein. Wir Mädchen tranken Apfelsaft und warteten voller Ungeduld auf die Bescherung und darauf, dass es endlich dunkel genug wäre, um die Kerzen am Baum anzuzünden.

Wann kommt denn nun das Christkind?

Noch etwas müsst ihr warten, Kinder, lasst uns erst den Tisch abräumen.

Dann aber läutete Omi mit dem Glöckchen und öffnete uns die Tür zum Weihnachtszimmer.

Einige wenige Kerzen strahlten am Baum, und es lag so vieles darunter. Dieser innige Moment voller tiefer Freude hält ein Leben lang und berührt mich noch immer.

Mutti und Omi hatten so viel genäht und gestrickt – wir wussten gar nicht, wonach wir zuerst greifen sollten. Eine warme Wollmütze oder Strümpfe waren uns immer willkommen: Wir wuchsen ja aus allem so schnell heraus.

Lisa bekam ihre erste Goldkette von Omis Schmuck und ich eine Puppe. Ihr Körper war aus Pappmaschee und der schöne Kopf aus Porzellan. Für unsere Mutter hatte Omi aus ihrem Pelzmantel ein Cape arbeiten lassen. Es reichte Mutti bis über die Hüften und war jahrelang ihr bestes Stück.

Aber noch war es nicht so weit, erst sagten wir Gedichte auf, und dann wurde abwechselnd aus dem Weihnachtsbuch gelesen. Mutti konnte am allerschönsten lesen, und unsere Omi hatte eine sehr wohlklingende Gesangsstimme.

Nun ja, ihr wisst ja, sagte sie manchmal, ich habe früher viel gesungen und damals in Osterode sogar in einem Opernchor. Ich war ja eigentlich im Kirchenchor, aber ein paarmal im Jahr sind wir rübergegangen, weil sie im Opernchor noch mehr Stimmen brauchten. Ich sage euch, allein die Kleiderproben und dann mit dem großen Orchester!

Die schönste Zeit ihres Lebens sei das gewesen. Niemals habe sie so liebe Freundschaften gehabt wie damals in diesem Chor. Ach, Kinder was rede ich da, viel zu schnell sind Träume ausgeträumt.

Mit einem stillen Seufzer wandte sie sich dem Christbaum zu, an dem eine Kerze umzufallen drohte. Die Qualität der Kerzen war sehr schlecht, sofern man überhaupt das Glück gehabt hat, welche kaufen zu können. Sobald sie angezündet waren, schmolzen sie auch schon dahin. Das Wachs war insgesamt viel zu weich, und mit dem warmen Licht sackten die Kerzen regelrecht in sich zusammen. Dennoch wurde jeder Kerzenstummel aufgehoben, um neue Kerzen daraus herzustellen. Hatte man genug beisammen, wurde das Wachs geschmolzen und mit einem Baumwollfaden als Docht in ein kleines Röhrchen geschüttet, wozu sich besonders diese schmalen Glasröhrchen eigneten, in denen Kopfschmerztabletten gehandelt wurden.

Auch Mutti und Lisa schienen Omis Musikalität geerbt zu haben, nur ich nicht. Deshalb beneidete ich sie, denn ich konnte nicht einen Ton halten, sang meistens viel zu tief und brachte alle Töne durcheinander. Am schönsten klangen die Lieder, wenn ich still war. Später in der Schule sagte der Lehrer: Elke, du brauchst nicht zu singen, ich gebe dir gleich eine Vier.

Musikalisch oder nicht – wir vier Weiber, wie wir uns manchmal nannten, waren lustig und fröhlich und machten uns die Zeit so angenehm wie irgend möglich. Von den Sorgen der Erwachsenen wussten wir Mädchen sowieso nicht viel, wir waren eben Kinder. Aber immerhin durften wir in dieser Silvesternacht von 1948 auf 1949 das erste Mal bis Mitternacht aufbleiben.

Am Ende der Weihnachtsferien nahmen wir wieder viele Lebensmittel mit und trugen schwer an der Last von Schinken und Dauerwürsten. Sogar zwei oder drei Gläser Wurst waren dabei, obwohl allein das Glas ja schon schwer wiegt. Konservendosen wären leichter gewesen, diese aber über die Grenze zu tragen, war weitaus gefährlicher. Schließlich kann man nicht hineinsehen in eine Dose, und selbst ohne den Vorwurf des Schmuggelns wären sie uns abgenommen worden.

Meine Puppe war zwar leicht, füllte aber fast den ganzen Rucksack aus. Umso mehr mussten Lisa und Mutti tragen. Die Tasche, die wir diesmal noch dabeihatten, wurde uns eine große Last. Waren Muttis Arme müde, nahmen Lisa und ich die Tasche an jeweils einem Henkel zwischen uns.

Aus unerfindlichen Gründen war in Magdeburg der Anschlusszug gestrichen. Wann der nächste kommen sollte, war ungewiss. Wenn ich bedenke, wie oft wir gewartet haben – und an den unmöglichsten Plätzen! Alles vertrödelte Zeit, wie Mutti zu sagen pflegte.

Erst in der Nacht waren wir dann endlich in Oebisfelde und tappten durch die Dunkelheit und sangen Lieder, oder unterhielten uns.

Nur nicht still sein, sagte Mutti wieder. Es ist besser, wenn sie gleich wissen, es sind Kinder dabei, dann schießen sie wenigstens nicht. Laut singend also zogen wir in den Grenzort Oebisfelde ein.

Eine einzige Straßenlaterne leuchtete inmitten des Ortes. Schon sahen wir die Brücke in greifbarer Nähe. Mit einem fröhlichen Wanderlied auf den Lippen schritten wir mutig voran – doch als wir bei der Laterne anlangten, traten die Grenzpolizisten aus ihrem Schatten heraus.

Wieder hatte Mutti keine gültigen Papiere. Im Übrigen sei der Übergang nachts sowieso gesperrt, sagten die Polizisten und nahmen uns mit. Noch dachten wir, wir würden zur Kommandantur gebracht. Stattdessen aber wurden wir in dem Keller eines kleinen Hauses eingesperrt, erst am nächsten Morgen sollte über uns entschieden werden.

Schockiert sah Mutti sich um. Einen leeren Kellerraum, in dem nichts weiter als schmale Bretter längs der Wände montiert waren, hatte sie nicht erwartet.

Und noch nicht mal eine Toilette, das ist ja wohl die Höhe!

Wütend schlug Mutti gegen die Tür und rüttelte an der Klinke.

Ist noch was? fragte ein Mann barsch.

Kinder in einen Keller sperren! Muttis Stimme überschlug sich. Aber zur Toilette dürfen sie doch wohl noch.

Selbstverständlich auch das, er wies auf eine schmale Tür und wartete, bis wir zurückkamen. Im Übrigen könne er nichts dafür, wenn unsere Mutter des Nachts mit ihren Kindern hier rumrennen würde. Sie müsse sich schon bis morgen gedulden.

Kaum hatte ich mich auf ein Brett gelegt, war ich schon eingeschlafen. Lisa ging es wohl nicht anders. Unsere Mutter hingegen brachte die Sorge vermutlich um den Schlaf.

Ungewöhnlich früh waren wir wach. Es war stockfinster in diesem Kellerloch und der Lichtschalter außen vor der Tür. So plapperten wir gegen die Dunkelheit an, hatten Hunger und Durst und wären gern zur Toilette gegangen.

Ich schwärmte von frischen Brötchen, fällt mir jetzt wieder ein: Ganz dick mit Butter, mit richtiger Butter, Himbeergelee, und am liebsten hätte ich schönen, warmen Kakao.

Sei still, reckte Lisa sich gähnend, mir läuft das Wasser im Mund zusammen.

Irgendwie brachten wir die Zeit hinter uns, allmählich wurde es Tag, und wir hörten die Männer ins Haus kommen. Sogleich schloss auch jemand unsere Tür auf. Wir dürften uns etwas frisch machen, meinte er. Diese kleine Toilette war sehr unangenehm; daneben gab es ein winziges Waschbecken, das auch nicht gut aussah. Wir putzten nur die Zähne. Lisa und ich standen vor diesem unreinen Becken mit dem blinden Spiegel darüber und sagten andauernd: Frisch machen, wir sollen uns frisch machen. Wir wiederholten diese seltsame Formulierung so oft, bis wir in lautes Gelächter ausbrachen. Angesichts unserer Situation und ihrer schlaflosen Nacht waren Muttis Nerven zum Zerreißen gespannt, und ihr Lachen erstickte, bis sie weinend auf einem Brett niedersank.

Jemand brachte uns zur Kommandantur. Hatten wir gerade noch geglaubt, wir wären so früh am Morgen die Einzigen, dann hatten wir uns geirrt. Erstaunt über die voll besetzten Bänke fragte Mutti, ob alle hier die Nacht verbracht hätten.

Ja, antworteten einige Leute missmutig, und müde wie sie waren, rückten sie für uns noch ein Stückchen enger zusammen.

Ein älterer Mann war damit beschäftigt, die Gänge und den Wartesaal zu fegen. Eigentlich tat er nur so, als würde er fegen, denn sein Anliegen war es, mit den Wartenden ins Gespräch zu kommen. So erzählte er uns, bei der Suche nach einem Weihnachtsbaum an Heiligabend auf ostdeutsches Gebiet geraten zu sein und seitdem wäre er hier quasi inhaftiert.

Inzwischen habe er auch Leute aus seinem Dorf getroffen, seine Familie wisse nun Bescheid. Im Übrigen gehe es ihm gut, erzählte er weiter, er müsse hier das Grundstück und das Haus fegen. Nachts werde er eingeschlossen. Er habe sogar ein Bett in dem Kellerraum, zu essen bekomme er auch genug, nur die Zigaretten seien knapp.

Die Raucher gaben gern ein paar Zigaretten ab, ein Streichholz flammte auf, es wurde ja sowieso sehr viel geraucht in dieser Zeit. In den ersten Nachkriegsjahren waren Zigaretten auf dem Schwarzmarkt die Kostbarkeit schlechthin und eine der sichersten Tauschwährungen. Um Zigaretten zu erhalten, war man bereit, jede Ware anzubieten, und im Tausch für Zigaretten bekam man Brot, Speck oder auch Schuhe, eben diese unschätzbaren Güter, die einem das Überleben ermöglichten.

Viel zu schnell wurde unser Name aufgerufen. Ein miss-billigendes Raunen all derer, die vor uns dran gewesen wären, begleitete uns. Schon zum dritten Mal kamen wir nun zu diesem freundlichen Herrn, der uns begrüsste, als seien wir mehr als nur Grenzgänger. Mit einem Lächeln sag-te er dann: Ich hatte sie gestern schon erwartet.

Sicherlich hätte er gern ein freundlicheres Wort gesagt oder etwas Privates, jedoch zögerte er, und es trat eine pein-liche Stille ein. Doch dann nahm er den Faden wieder auf, und bemüht um einen unverfänglichen Ton sagte er: Sie machen aber auch Sachen, gehen nachts hier singend zur Grenze. Was sollten meine Leute machen? Sie waren ja nicht zu übersehen, die mussten sie festnehmen.

Immer noch besser, als erschossen zu werden, erwiderte Mutti kühl.

Ich fand ihre Antwort mutig. Er nickte bejahend, und um das Thema zu wechseln, erkundigte er sich nach unseren Weihnachtsgeschenken. Bereitwillig zeigte ich ihm meine neue Puppe.

Es war wohl alles gesagt, denn nun beschäftigte er sich mit diesem Passierschein.

Übrigens, sagte Mutti plötzlich in diese Stille, wissen Sie überhaupt von dem Mann der da draußen im Wartezimmer ist, der schon seit Weihnachten hier festgehalten wird?

Ach, ist der immer noch da? Ich glaube, er tat nur so ahnungslos, wollte sich aber gleich darum kümmern. Immerhin würde er Wort halten und diesen Mann sofort nach uns aufrufen lassen. Mit einer leichten Verbeugung öff-nete er für unsere Mutter die Tür und reichte zunächst uns Mädchen die Hand. Wir seien sehr brave Kinder, bemerkte er lobend, und dann nahm er Muttis Hand. Außergewöhnlich lange und schweigend standen sie sich gegenüber. Ein schwieriger Moment sicherlich für beide, aber hier war nicht der Ort für private Kontakte. Schließlich gab er ihre Hand frei und sagte: Leben Sie wohl. Für einen kurzen Augenblick drehte ich mich um und sah ihn noch immer in der Tür stehen. Ich dachte: Er mag uns und schaut uns nach.

Mutti, das ist doch wirklich ein ganz lieber Mann, sagte Lisa, während wir die letzten Kilometer hinter uns brachten.

Ja, das stimmt, das ist er, pflichtete ich ihr bei.

Mutti, weshalb können wir nicht so einen netten Vater haben? fragte Lisa daraufhin.

Würde ich auch gern haben, sagte ich angeregt durch die Vorstellung, es könnte wahr werden.

Und er sieht so gut aus. Immer im schicken Anzug …

Kinder, das ist doch nicht alles. Ihr müsst wissen, der Mann lebt im Osten, hat sicherlich eine gute Position, meint ihr, der krempelt für eine mittellose Mutter mit zwei Kindern mal eben sein ganzes Leben um? Vielleicht hat er ja auch Familie, wissen wir das?

Schade, Mutti war immer so negativ. Dessen ungeachtet bin ich mir heute noch ganz sicher: Zwischen meiner Mutter und diesem Grenzkommandanten bestand eine große Anziehung; ich denke an ihre Gesten, an ihre Worte und an ihr Schweigen. Sogar damals als Kind spürte ich: Es lag etwas in der Luft, wenn die beiden miteinander sprachen.

Übernächtigt und müde kamen wir zu Haus in ein eiskaltes Zimmer. Kinder, legt euch schlafen, sagte Mutter, ich heize schnell den Ofen ein und lege mich dann auch hin.

Speiseplan der Nachkriegsjahre

Bis zu den nächsten Ferien musste Omis Vorrat uns wieder über Wasser halten, deshalb war er streng eingeteilt. Allerdings war ich mir stets über eines im Klaren: Unsere Situation konnte niemals mit einer tatsächlichen, lebensbedrohlichen Mangelernährung verglichen werden. Zudem besaß unsere Mutter die segensreiche Gabe, auch aus wenigem immer noch ein gutes und schmackhaftes Essen zu zaubern.

Dennoch, etwas mehr von allem wäre schöner gewesen. Meine große Schwester hätte gern auch öfter mal etwas mehr zu Essen gehabt. Die Ärmste war viel zu schnell gewachsen. Obwohl sie nur zwei Jahre älter war als ich, reichte ich ihr noch nicht mal bis zur Schulter. In der Volksschule, als sie noch in der vierten Klasse war, gab es überhaupt nur zwei Jungen aus der achten, die größer waren als sie. Sie träumte also von leckerem Essen und dem Wunsch, immer richtig satt zu sein.

Die Milch holten wir jeden Abend vom Bauern, sozusagen direkt von der Kuh. Ganz zulässig war das wohl nicht, zumal ich mich erinnere, dass eine Frau in unserem Dorf die Verteilung der Milch übernommen hatte. Des Morgens wurden ihr zwei Kannen vor die Haustür gestellt, in der einen war Vollmilch, in der anderen Magermilch. Draußen vor ihrer Tür fand auch der »Verkauf« statt. Je nach Alter und der Abgabe von Lebensmittelmarken erhielten die kleinen Kinder Vollmilch, die größeren die verdünnte Magermilch, die einen stärkeren bläulichen Schimmer annahm, je mehr sie verdünnt wurde.

Wassermilch wollte Mutti nicht bezahlen, da könnten wir ja gleich Leitungswasser trinken, meinte sie und widersetzte sich dem behördlichen Bestreben, die Vergabe von Milch auch unter der Landbevölkerung zu reglementieren. In unserem Dorf war dieses Projekt mangels Nachfrage ohnehin sehr bald gescheitert, wenngleich unbehandelte Milch gesundheitlich nicht ganz unbedenklich ist. Jeden Abend gab es bei uns Milchsuppe, dabei mochte ich gar keine Milchsuppen. Vor allem nicht diese Haferflocken, die damals furchtbar viele Spelten enthielten. Da war ein Grießbrei, vielleicht noch mit ein paar Rosinen darin, schon was Feines und noch eine Scheibe Brot dazu, dann war das wirklich genug.

Im Herbst lebten wir von Pilzen, die wir im Wald und auf den Wiesen sammelten. Die Pilzzeit begann mit den Champignons, die wir morgens um fünf auf uns näher gelegenen Weiden suchten. Dann kamen die Butterpilze, die gern zwischen dem Heidekraut wuchsen und nach dem Kochen so komisch glitschig waren. Dagegen schmeckten Steinpilze und Pfifferlinge wirklich gut. Ganze Nachmittage verbrachten wir im Wald und suchten den Boden ab. Mit der Zeit kannten wir uns gut aus und wussten genau, wann und wo welche Pilze zu finden sind. Es gab Pilze mit Pellkartoffeln oder mit Salzkartoffeln und Pellkartoffeln mit Pilzen und eben auch Salzkartoffeln mit Pilzen, bis wir sie nicht mehr sehen und riechen konnten. Dennoch, solange der Herbst uns die Pilze wachsen ließ, wurden sie gegessen.

Auf die Blaubeerzeit im Juni und Juli freuten wir uns ganz besonders. Mühsam zu pflücken sind sie ja, aber sie sind frisch aus dem Wald ausgesprochen lecker. Außerdem war es immer wieder eine Freude und Erholung zugleich, im Wald zu sein – auch wenn die Zeit uns lang wurde, bis wir ein größeres Gefäß voller Blaubeeren nach Hause nehmen konnten. Bei uns gab es Blaubeerkuchen, Blaubeermarmelade, Blaubeerkompott und Blaubeerpfannkuchen. Immer wurden auch welche eingekocht oder gleich mit Zucker gegessen.

Ähnlich war es mit den Brombeeren, die, obwohl die Sträucher kräftige Stacheln haben, leichter und schneller zu pflücken sind. Himbeeren waren selten, aber auch da wussten wir eine Stelle.

Aus dem Fallobst von den Apfelbäumen am Straßenrand kochten wir Apfelmus. Sowieso konnte meine Mutter wunderbaren Apfelkuchen backen. Der Hefeteig gelang ihr immer und war sehr locker und luftig – und ihre Dampfnudeln mit Vanillesoße waren ein Festessen.

Eines glücklichen Tages fanden wir mitten in unserer weiten Landschaft einen Pflaumenbaum, um den sich niemand zu kümmern schien. Zur Reifezeit bestimmten nun auch die süßen und saftigen Pflaumen unseren Speiseplan.

Die Kartoffeln kaufte Mutti immer direkt vom Bauern. Stets im Herbst aber kamen sehr viele Leute aus der Stadt durch unser Dorf, um die abgeernteten Felder nach Kartoffeln zu durchsuchen. Mit Hacke und Spaten gingen sie ans Werk. Letztendlich war die Erde so oft umgegraben und hin und her geschoben, dass sich der Bauer im Frühjahr das Pflügen hätte sparen können.

Einmal sind auch Lisa und ich gegangen, um Kartoffeln

zu stoppeln. Frohen Mutes begannen wir zu hacken und zu schaufeln. Wir würden schon welche finden, schließlich waren wir fest davon überzeugt, der Bauer habe diesen Acker erst am Vortag abgeerntet. Lisa hätte darauf schwören können. Wenn das so war, dann sind wir dennoch nicht die Ersten gewesen. Eisern hielten wir bis zum Dunkelwerden durch und hatten doch kaum mehr als für eine Mahlzeit, ganz kleine und kruppelige Kartoffeln in unserem Eimer.

Ihr wolltet mir nicht glauben, sagte Mutti, als wir ihr enttäuscht unsere »Ernte« zeigten.

Holz für den Winter

Gesammelt wurde damals ja vieles. Nichts lag herum, weder eine Flasche noch Dosen noch Papier. All das, was wir dann doch noch gefunden haben, gaben wir für ein paar Groschen dem Lumpensammler, der regelmäßig durch unser Dorf fuhr.

Auch jedes Stückchen Holz wurde aufgehoben und nach Hause getragen, denn Brennholz wurde in jedem Haushalt gebraucht. Obwohl es verboten war, gingen wir manchmal mit einem Handwagen in den Wald und sammelten die heruntergefallenen Äste auf. Allerdings waren wir nicht die einzigen, und es lag kaum noch etwas auf dem Boden. Der Wald war regelrecht aufgeräumt.

Nur deshalb kamen Lisa und ich auf die Idee, wir müssten mal einen richtig großen und dicken Stamm haben, der uns das Holz für mehrere Jahre liefert. Gleich neben unserem Haus begann der Park. Er war zwar verwildert, aber wir spielten sehr gern dort, und hier suchten wir uns den passenden Baum. Mit seinem dicken, gerade gewachsenen Stamm stand er bedrängt von großen Bäumen im Unterholz. Hier könne er sich sowieso nicht richtig entfalten, war unser fachmännischer Befund.

Da wir nichts von dem schönen Holz verschenken wollten, legten wir uns flach auf die Erde und setzten die Säge ganz unten an. Entsprechend mühsam gestaltete sich das Sägen. Schon schauten die ersten Kinder zu und sagten, das sei verboten. Ein Erwachsener schimpfte und meinte, eigentlich müsse er uns anzeigen, ob unsere Mutter davon wisse. Solche Dinge aber heckten wir immer alleine aus, sie war wirklich ahnungslos.

Egal, der Baum war nun mal angesägt, trotzig machten wir weiter. Wir sägten noch lange, bis er dann endlich umgefallen war und wir ihn von seinem Astwerk befreien konnten. Voller Stolz zogen wir nun den Stamm zu unserem Schuppen, die besten Äste nahmen wir auch gleich mit.

Zu Hause gab es erst mal ein richtiges Donnerwetter. Mutti schien wirklich sehr verärgert. Ganz bestimmt aber hatte sie sich tief in ihrem Herzen, genau wie wir, über das viele Holz gefreut. Was machte da schon das bisschen Ärger?

Erst mal musste der Stamm zersägt werden, in kurze, möglichst gleiche Teile. Manchmal half uns ein Nachbar. Endlich, nach langen Mühen, war es dann so weit: Wir konnten mit dem Holzhacken beginnen. So zerhackten wir einen Klotz nach dem anderen in schmale, ofengerechte Spalten. Nach und nach stapelten wir das gespaltene Holz an der Wand in unserem kleinen Schuppen hoch, so wie wir uns das immer erträumt hatten. Diese Arbeit beschäftigte uns einen ganzen Winter. Im kommenden Jahr sollte es trocken genug sein.

Aus Alt mach Neu

Lisa würde im Sommer 1949 zehn Jahre alt werden. Gleich nach Ostern schon wechselte sie in die Mittelschule nach Vorsfelde. Damals war das der Termin für den Anfang eines neuen Schuljahres. Die Lehrmittel würden dann teurer sein, darauf war Mutti vorbereitet. Viel schlimmer aber war: Lisa benötigte nun dringend ein Fahrrad für den Schulweg.

Seit Langem nahm unsere Mutter jeden ihr angebotenen Nähauftrag an. Damals, als an fast allem Mangel herrschte und insbesondere das Geld für Neuanschaffungen fehlte, wurden sogar Jacken oder Mäntel und manchmal auch ganze Anzüge gewendet. Gewendet wurden sie, weil die Kleidungsstücke abgetragen und ausgeblichen waren oder die Oberfläche durch zu häufiges Tragen glänzte.

Das Wenden war eine sehr knifflige und auch unangenehme Arbeit. Alle Nähte mussten aufgetrennt werden. Das machte Mutti mit einer Rasierklinge. Sie war sehr geschickt, aber die Stoffe waren alt und brüchig, und manchmal entstand trotz aller Vorsicht ein kleines Loch. Wenn nun die Teile, vor allem die aufgetrennten Nähte, unter feuchtem Tuch gedämpft waren, konnte das Stück mit der Innenseite nach außen erneut zusammengenäht werden. Auch diese Arbeit musste ganz sorgfältig geschehen. Schließlich sollte das Teil am Ende ja auch noch jemandem passen.

Einmal musste sie aus einem Herrenanzug einen Knabenanzug nähen und ist bei diesem schlechten und dazu alten Stoff beinahe verzweifelt. Der Lohn für diese unsägliche Arbeit waren damals fünf Mark.

Schaut euch das an, sagte sie zu uns, das ist alles, was ich mit dieser Quälerei verdient habe. Das hat sich nun wirklich nicht gelohnt.

Niemals wieder würde sie so einen Auftrag annehmen.

Mutti konnte wirklich gut nähen. Für uns zauberte sie aus karierten Bettbezügen und roter Litze richtige Dirndl. Aus ihren alten Kleidern nähte sie uns neue. Gemeinsam ribbelten wir Muttis alte Pullover auf.

Alles noch gute Vorkriegsware und sie strickte uns warme Wollsachen. Wintermäntel hatte Mutti uns aus blau eingefärbten Wolldecken genäht. Diese Mäntel sind mir gut in Erinnerung. Schließlich war ich die Kleinere und trug grundsätzlich die Sachen meiner Schwester auf, aus denen sie zu meinem Leidwesen immer viel zu schnell herausgewachsen war. Zumal Mutti uns stets das Gleiche nähte, trug ich zwangsläufig auch über mehrere Jahre dasselbe Kleid. Aber ich hatte auch mehr Auswahl, weil ich mit Lisa zusammen gleich wieder ein neues bekam.

Zu einem Sommerfest wollten wir beide unbedingt einmal ganz neue Kleider haben. Ich weiß noch, damals hatten manche Mädchen schon diese schönen Organzakleider, aus einem leicht durchsichtigen und meist pastellfarbenen Stoff. Solch ein Kleid war unser Traum. Mutti opferte ihre besten weißen Damastbettbezüge und verzierte sie mit etwas Spitze und bunter Bordüre, die, wie auch die Bettwäsche, natürlich aus der Zeit von vor dem Krieg stammte. Jedenfalls trugen wir Schwestern an diesem Festtag die allerschönsten Kleider.

Im Winter hatten wir schon lange Hosen, erst aus Wolldecken genäht, später kaufte Mutti Stoff dafür. Hosen zu tragen war nicht unbedingt üblich und galt sogar als unschicklich.

Unsinn, sagte meine Mutter. Meine Kinder sollen warm sein und nicht krank werden.

Außerdem würden gerade Mädchen viel schwerwiegendere Übel erleiden, die ganz und gar unschicklich seien. Und den sittlichen Wert an langen Hosen festmachen zu wollen, sei mehr als lächerlich.

Per Bahn und zu Fuß

Leben Sie wohl«, hatte der nette Herr an der Grenze noch im Januar zu Mutti gesagt. Zum Osterfest konnten wir schon nicht mehr rüber. Den Übergang bei Oebisfelde hatten sie also dichtgemacht. »Dichtmachen« war die gängige Umschreibung für das Schließen einzelner Grenzübergänge vonseiten der russischen Zone. Ein Mann soll dort auf der Flucht erschossen worden sein, ein anderer war beim Durchschwimmen der Aller ertrunken. Obwohl dieser Fluss nicht sehr gefährlich schien, sondern nur dunkles brackiges Wasser mit sich führte.

Nach diesen traurigen Ereignissen war der Übergang für uns tabu. Sogar die kleine Straße auf westdeutschem Gebiet, die zu dieser Allerbrücke führte, war plötzlich überflüssig geworden.

Tatsächlich bin ich etwa 20 Jahre später erst wieder einmal dort gewesen, bei einem dieser viel zu seltenen Besuche in meiner Kinderheimat. Das war 1979 und ich sah mit Erstaunen die Brücke, die etwa in der Mitte von ostdeutscher Seite regelrecht abgesägt worden war. Für eine Fotografie bin ich dann extra in die Hocke gegangen, um dicht neben diesem Hinweisschild zu sein, mit der Aufschrift »Halt! Hier Grenze. Bundesgrenzschutz«.

Bei Helmstedt verlief die Grenze durch ein sehr großes und dichtes Waldstück, dort sollte man angeblich noch ungehindert rüberkommen. Im Sommer wollte Mutti es hier versuchen. Das erste Stück ab Vorsfelde fuhren wir mit dem Zug, aber nach wenigen Stationen schon ging's dann zu Fuß weiter – Stunde um Stunde, und um uns herum nur Wald. Um die Grenzkontrollen in den Zügen zu vermeiden, wollten wir die grüne Grenze zu Fuß überschreiten und dann auf ostdeutscher Seite die Reise mit dem Zug fortsetzen.

Im Verlauf des Vormittags trafen wir auf andere Grenzgänger, denen Mutti sich anschloss. In Gruppen zu gehen, hatte sie bisher vermieden. Aber vielleicht war sie ja froh, jemanden dabei zu haben, der sich auskannte. Den ganzen weiteren Tag waren wir mit ihnen unterwegs.

Ausgerechnet dieses Mal hatte ich sehr schlechte Schuhe an. Es gab ja keine vernünftigen zu kaufen. Meine waren sofort hinten runtergetreten, weil die Hacke innen aus Pappe war. Eine einzige Pfütze und ein wenig Nässe im Schuh genügten, und schon war die Hacke aufgeweicht. Ebenso schnell hatten sich an beiden Fersen dicke Blasen gebildet. Ein Mann aus unserer Gruppe trug schon meinen Rucksack, vorne, während er seinen auf dem Rücken hatte. Besonders schwer war meiner allerdings nicht, wir waren ja erst auf dem Hinweg.

Wieder schlossen sich uns Grenzgänger an, inzwischen waren wir wohl zehn oder zwölf Leute. Lisa und ich die einzigen Kinder, wie immer bei diesen Unternehmungen. Mittags rasteten wir und teilten uns den Proviant. Ein junges Pärchen hatte gar kein Essen dabei, weil sie nicht wagten, irgendetwas mitzunehmen. Ohne Gepäck fühlten sie sich sicherer; falls sie gefasst würden, könnten sie immer noch sagen, sie hätten sich nur verlaufen.

Sehr lustig ging es in unserer Gruppe zu. Vor allem die Männer waren zu allerlei Scherzen aufgelegt. Niemals hatten wir solch einen Spaß wie bei diesem Grenzgang. Ein Mann konnte täuschend echt Vogelstimmen nachahmen, und wir sollten dann die Vögel erraten. Das vertrieb uns für eine ganze Weile die Zeit. Vielleicht war er Ornithologe, denn er wusste auch sehr viel über Zugvögel zu berichten. Darüber vergaß ich sogar meine schmerzenden Füße.

Einmal schlich er mit uns zu einem Baum, in dem er einen Buntspecht vermutete, und zeigte den Baumstamm hinauf: Seht ihr, flüsterte er, da ist auch seine Höhle.

Sogar den scheuen Eichelhäher bekam ich zu sehen, den man am leuchtend blauen Gefieder seiner Flügel erkennt. Der Häher ist größer als die kleinen Singvögel und hat einen laut zischenden, für unser Ohr eher unangenehmen Warnruf. Seinen Ruf höre ich heute noch des öfteren im Wald. Manchmal finde ich auch eine blaue Feder, nie wieder habe ich ihn aber so deutlich sehen können, wie auf dieser Wanderung.

Wir befanden uns vielleicht noch einen Kilometer vor der angestrebten Bahnstation, als uns zu unser aller Enttäuschung von dort Leute entgegenkamen, die diesen Bahnhof lange beobachtet hatten und sie sagten, er wäre ständig bewacht. Sie wollten jetzt zu einem anderen Ort.

Da blieb uns nichts anderes übrig als umzukehren und mit ihnen zu gehen. Mir half kein Murren und kein Flehen, auch ich musste mit, obgleich ich völlig erschöpft war. Aber hier war nicht der geeignete Augenblick, um lauthals zu protestieren, und so zog ich mit ihnen weiter.

Immerhin erhielt ich bald Gelegenheit zu einer längeren

Pause, weil eines der Pärchen erst mal als Späher alleine zur nächsten Station gehen wollte. Ihr Gepäck ließen sie solange bei uns. Es schien ihnen dort nichts Verdächtiges aufgefallen zu sein und ihre erlösende Nachricht brachte uns wieder auf Trab. Am Ende eines langen Tages hatten wir nun die letzten Kilometer hinter uns gebracht und bestiegen tatsächlich völlig unbeachtet den nächstbesten Zug. In welche Richtung er fuhr, weiß ich nicht mehr. Noch waren wir alle zusammen und trennten uns erst bei dem nächstgrößeren Bahnhof. Ab da ging ein jeder seinen eigenen Weg.

Man muss bedenken: Von diesen kleinen Bahnhöfen fuhren nicht stündlich die Züge in alle Richtungen. Wenn der passende Zug weg war, musste man zwangsläufig in einen anderen steigen, nur um erst einmal aus dem Grenzbereich wegzukommen.

Unsere genaue Route zu rekonstruieren, ist schwierig, weil ja in allen fahrenden Zügen ständig Bahnhöfe ausgerufen werden mit den jeweiligen Anschlusszügen. Sodass ich wohl als Kind diese und jene Ortsnamen wiederholt gehört habe, aber nicht sagen kann, ob ich tatsächlich diese Strecke gefahren bin.

Möglicherweise sind wir nach Haldensleben gefahren, auf jeden Fall nicht direkt nach Magdeburg. Wo wohl alle aus unserer Gruppe an diesem Tag hinwollten, um in ihre jeweiligen Richtungen zu gelangen, einige wollten weiter nach Leipzig, andere nach Berlin.

Manchmal sind wir auch über Oschersleben gefahren, daran erinnere ich mich genau. Ich war auch in Quedlinburg, das ganz abseits der Strecke liegt, auch Schönebeck ist mir bekannt.

Egal auf welchem Weg: Am Ende kamen wir erschöpft und wohlbehalten in Remkersleben an, und unsere liebe Großmutter konnte uns glücklich in ihre Arme nehmen.

Nach sechs Wochen unbeschwerter und fröhlicher Ferienzeit nahmen wir wieder alles Essbare mit, was uns zu Hause so sehr fehlte. Dieses Mal fuhren wir mit dem Zug bis zu einer letzten kleinen Bahnstation auf ostdeutscher Seite. Auch diesen Namen erinnere ich nicht, aber es war auf keinen Fall Marienborn.

Von hier aus sollten es nur etwa zwei Stunden durch einen Wald über die Grenze sein. Das kam auch so ungefähr hin. Omi und Mutti hatten also einen sehr guten Weg ausgesucht. Dies bestätigte auch der Mann, mit dem sich Mutti unterwegs kurz unterhalten hatte. Das sei der sicherste Übergang, hatte er gesagt. Er gehe hier mehrmals im Jahr, und weil kaum ein Grenzgänger diese Strecke nehme, fänden noch immer keine Kontrollen statt.

Elisabeth und Walter

Jedes Mal, wenn wir wieder von einer unserer Grenztouren angekommen waren, eilte Elisabeth unsere Treppe hoch und stürmte mit den Worten »Ich habe mir solche Sorgen gemacht« in die Tür. Sie wohnte mit ihren drei Söhnen in der Parterrewohnung, also direkt unter uns. Elisabeth war Witwe, wie viel zu viele junge Frauen dieser Zeit. Sie stammte, wie so viele andere, ursprünglich aus dem Teil Deutschlands, der inzwischen »der Osten« war. Ihr Vater war dort Lehrer in einer kleinen Gemeinde gewesen. Sooft sie sich etwas mitzuteilen hatten, kam Elisabeth rauf, oder meine Mutter ging runter. Trotz vieler Nöte und so mancher Aufregung um ihre Kinder, die ihnen zu verwildern drohten, wie beide Mütter sich so manches Mal in ihrem Ärger über uns Kinder gegenseitig bestätigten, bot ihnen das Leben dennoch viele lustige Seiten, über die sie oft herzhaft und laut lachen konnten. Manchmal hatte eine von ihnen sogar eine Zigarette.

Du, sagte sie dann, lass uns mal die Zigarette rauchen.

Eines Tages traf Mutti bei ihrer Freundin zufällig auf einen Gast, dem Elisabeth auf einem Vertriebenenfest begegnet war, wo beide sich als Gefährten aus Kindertagen wiedererkannt hatten. So trat Walter Göde in unser Leben, ließ er sich doch nicht mehr davon abbringen, auch meine Mutter vor vielen Jahren schon einmal getroffen zu haben. Sie wären doch zusammen gewandert und ob Mutti sich nicht mehr an das Gewitter im Harz erinnern könnte.

Völlig ausgeschlossen, wehrte Mutti damals ab. Wo sollte das gewesen sein, schließlich könne sie sich an ihn nicht erinnern. Zumindest seien seine dicken Brillengläser so markant, dass sie sich erinnern müsste. Er aber wusste es besser und versprach, Fotos mitzubringen von eben diesem Tag.

»Regenstein 1931, Tanzkreis«, ist auf der Rückseite einer postkartenähnlichen Fotografie notiert. Sie zeigt eine Gruppe junger Menschen, die auf einer Wanderung unter einem Felsgewölbe Schutz vor dem Gewitter gefunden haben. Regenstein im Harz ist die Ruine einer festungsähnlichen Burg aus dem 11. Jahrhundert und befindet sich in der Nähe von Blankenburg.

Staunend sah sich meine Mutter als schlankes 15-jähriges Mädchen neben Walter Göde stehen. Walter ist älter, das sieht man, sicher Anfang zwanzig. Auf einem zweiten, kleineren Bild sitzt die gleiche Gruppe etwas erhöht auf einem Balken, in jetzt veränderter Reihenfolge.

Walter stammte aus einer begüterten Familie, bei der es Sitte war, ihre Sprösslinge besten Internaten anzuvertrauen. In diesem Falle war es ein Ort im Harz, in dem Walter fernab von seiner Familie seine Schulzeit verbringen musste. Seine starke Sehschwäche und auch ein Hörfehler hatten ihn davor bewahrt, kriegstauglich zu sein; da seien seine Schäden nun mal wenigstens zu etwas nütze gewesen. Seine Familie war im Krieg umgekommen, das Vermögen verloren. Er selbst war Büroangestellter und lebte allein in Wolfsburg, ich glaube, anfangs noch in einem Wohnheim. Später wird er eine kleine Neubauwohnung in einem der ersten Hochhäuser Wolfsburgs, in der Verlängerung der Porschestraße, beziehen.

118

Erstaunlich schnell gehörte Walter Göde zu unserer Familie. Sonntags kam er am frühen Nachmittag, trank mit uns Kaffee, bei gutem Wetter machten wir Spaziergänge durch die Feldmark. Oft radelte er erst nach dem Abendessen wieder heim.

Wir Schwestern hatten uns schnell an ihn gewöhnt und ihn sozusagen als unseren Onkel adoptiert. Schließlich lebte niemand von unserer Verwandtschaft in unmittelbarer Nähe. Manchmal brachte er seinen Fotoapparat mit.

Die Fülle von Bildern aus den folgenden Jahren verdanken wir ihm; seit Kriegsende war nicht eine Fotografie von uns gemacht worden. Die Aufnahmen unserer Geburtstagsfeiern ließ er auch gleich für unsere Freundinnen mitentwickeln.

Außer der Fotografie liebte Walter Göde Trachten und das ganze Drumherum. Einmal fuhr er zu einem großen Fest bis in die Schweiz, von wo er mit vielen Bildern und begeisterten Erzählungen zurückkam.

Manchmal brachte er uns kleine Geschenke, was unserer Mutter gar nicht recht war.

Walter, kritisierte sie ihn, zu den Geburtstagen eine Kleinigkeit, aber sonst bitte nichts, du weißt, ich werde dich nicht heiraten. Mutti hielt die von ihr gewählte Distanz stets ein, und wir Mädchen sagten Herr Göde oder Walter Göde zu ihm. Auf diese korrekte Anrede legte Mutti größten Wert. Etwa Onkel zu sagen, hätte sie niemals zugelassen.

Und das war sein Problem. Er liebte unsere Mutter. Er hätte ihr buchstäblich den Boden geputzt, auf den sie tritt, aber sie liebte ihn nicht. Die Chemie zwischen beiden stimmte nicht, es gab keine Basis für ein glückliches Zusammenleben.

Im Grunde seines Herzens war er ein Eigenbrötler. Vielleicht weil er noch viel zu jung in den Internaten schon immer auf sich gestellt war, konnte er Zuneigung nur auf eine unerhört ungeschickte Art zeigen. Es tat weh, zu sehen, wie er meine Mutter anhimmelte und sich manchmal erlaubte, ihren Arm zu berühren.

Bei einem Wiedersehen wagte er es erstmals, Mutti zu umarmen, »Ingemaus« zu sagen und sie ganz feste zu drücken.

Kinder, was bin ich froh, dass ihr wieder da seid! rief er dann.

Seine letzte Frage beim Abschied war stets: Ingemaus, wann darf ich wiederkommen? Oder: Ich darf doch an dem Sonntag kommen, wenn ihr wieder aus der Zone zurück seid, nicht wahr?

Meine Mutter hatte es ihm angewöhnt, sie vor jedem Besuch zu fragen; sie wollte nicht so sehr vereinnahmt werden, wie er dies anfangs getan hatte.

***

In einer Holzkiste unten in meinem Keller liegen meine alten Schlittschuhe, die Walter Göde mir geschenkt hat. Mit der Marke Hudora – die gab es damals schon –, in der Länge verstellbar, wurden sie unter normalen Stiefeln verschraubt.

Lisas Schlittschuhe liegen auch dort. Sie haben vorne eine außergewöhnlichen Rundung nach oben und sehen viel altmodischer aus: Es waren Walters eigene gewesen, die er als Kind schon gehabt hatte.

Noch immer habe ich mich nicht daran gewöhnen können, mir lieb gewordene Menschen, die einen Teil meines Lebens ausmachten, so einfach zu verlieren. In Vergessenheit geraten sind sie bei mir nie – auch Walter Göde nicht, den ich nicht mehr gesehen habe, seit wir von dort weggezogen sind.

Manchmal schrieb Mutti, oder es kam ein Brief von ihm. Er war inzwischen verheiratet mit einer sehr nett aussehenden Frau, die er auf einem Trachtenfest kennengelernt hatte, und schien glücklich mit seinem Leben.

Geteiltes Deutschland
(1949–1989)

Räuber und Gendarm im Zug

Weihnachten waren wir auf der gleichen Strecke wie im Sommer unterwegs und kamen auch sehr gut durch. Schon gleich, nach kurzer Wartezeit, konnten wir mit einem Zug weiterfahren. Ich weiß nicht, wie es dazu gekommen ist, und woher Mutti immer diese Ahnungen hatte. Jedenfalls standen wir drei noch im Gang, hatten die Rucksäcke auf dem Boden abgelegt, als der Zug noch im Bahnhofsbereich wieder zum Stehen kam und zehn oder auch zwanzig Grenzsoldaten zustiegen. Gerade waren sie aus dem Nichts erschienen, schon hatten sie sich auf die einzelnen Waggons verteilt. Das ging ja immer ganz schnell. Immer zu zweit kontrollierten sie nun jeden Reisenden.

Den Blick durch das Fenster gerichtet, starr vor Schreck, rührten wir uns nicht von der Stelle. Die Uniformierten ließen sich viel Zeit, kontrollierten mehr als gründlich die Papiere und sahen manches Gepäckstück durch. Wortfetzen drangen bis zu uns. Einmal nahmen sie jemanden mit, der zunächst im Gang warten musste. Langsam, von Abteil zu Abteil, kamen sie uns näher. Nun war das Abteil hinter uns dran. Wenn sie jetzt weiter gingen, mussten wir ihnen auffallen. Schon standen sie dicht neben uns, es kostete Anstrengung, sich nicht zu bewegen und sie nicht etwa versehentlich anzustoßen. Sich leise unterhaltend, schoben sie die Tür hinter uns auf. Allerspätestens aber, wenn sie aus diesem Abteil kamen, mussten sie auf uns aufmerksam werden.

Jetzt war es so weit: Das kratschende Geräusch der Tür ließ mich leise zusammenzucken. Nicht auszudenken, wenn sie uns jetzt in ihrer Aufgabe als Kontrolleur wahrnehmen würden! Wieder trennten uns nur wenige Zentimeter von ihnen, kaum wagte ich einen Atemzug. Nur keine Berührung provozieren! Meine Angst steigerte sich. Mein Herz raste – ich glaubte, es würde zerspringen und uns verraten. Vorsichtig drückten wir uns noch fester zur Wand, um noch schmaler zu sein, mit dem Blick fest geradeaus zum Fenster. Nur nicht bewegen, bloß nicht umdrehen!

Wieder sprachen sie leise miteinander und dann, als gehörten wir nicht zu den Reisenden, die es zu kontrollieren galt, bogen sie nach links, in das nächste Abteil. Dann weiter und weiter, bis sie endlich diesen Waggon verlassen hatten. Wenige Minuten später hielt der Zug bei einem kleinen Bahnwärterhäuschen. Eilig sprangen die Grenzsoldaten heraus, ebenso die Reisenden, die sie mitgenommen hatten. Kräftig blies die Lok ihren Qualm aus, unter lautem Zischen nahm sie Fahrt auf, wurde schneller und schneller und klang wie Musik in unseren Ohren.

Ein hysterisches Lachen zwickte in meinem Bauch, kullerte dort herum und wollte nach oben, herausgelassen werden. Ich schaute zu Mutti und Lisa, auch sie pressten ihre Hände gegen den Mund. Statt des Lachens kamen Tränen. Räuber und Gendarm, ein damals sehr beliebtes Kinderspiel, hatten wir soeben in echt erlebt.

Es war unsere Gewohnheit, immer in gleicher Position zu stehen, wenn wir zu dritt waren: Unsere Mutter in der Mitte, Lisa stand links von ihr und ich immer rechts. So konnte sie beide Töchter gleichzeitig in den Arm nehmen. Das tat sie jetzt auch und drückte uns ganz fest an sich. Kinder, da haben wir ja noch mal Glück gehabt, sagte sie erleichtert, jetzt suchen wir einen Sitzplatz und freuen uns auf unsere liebe Omi und das Weihnachtsfest.

Ach, und die liebe Großmutter, sie hatte wieder tausend Ängste ausgestanden. Lachend kam sie über den Bahnsteig, und mit leuchtenden Augen küsste und umarmte sie uns. Niemals habe ich sie so glücklich gesehen, wie in diesen Momenten der Begrüßung, wenn sie uns samt Gepäck an sich nehmen konnte und wir mit dem polternden Handkarren ihrem Haus zustrebten.

Flucht in den Westen

Wie ich es immer tat, wollte ich gleich am nächsten Morgen zu meiner Freundin Helene, die mit ihrer Mutter und Großmutter schräg gegenüber wohnte. Auch sie lebten ohne Vater. Noch musste ich das Frühstück abwarten. Aber endlich konnte ich weg, freudig zog ich mir die Jacke an.

Gerade wollte ich die Schuhe zubinden, als Omi sagte: Elke, da kannst du nicht hin.

Wieso nicht, was ist passiert? Ist ihre Oma gestorben?

Nein, ihre Oma ist bereits im Sommer gestorben, erwiderte meine Großmutter. Aber die sind nicht mehr da.

Weshalb sind sie nicht mehr da und wo sind die jetzt? Hast du wenigstens die neue Adresse?

Kind, jetzt stell dich nicht so an. Omi wurde ungeduldig, ich merkte es an ihrem Ton.

Irgendetwas war passiert, das ich nicht verstand, aber ich ließ nicht nach zu fragen, ich wollte es wissen.

Die sind im Westen, erwiderte Omi barsch, meiner vielen Fragen müde. Frag nicht weiter und sprich mit niemandem darüber, sonst bringst du uns noch in Teufels Küche.

Im Grunde meines Herzens wusste ich, unsere Trennung würde endgültig sein, aber noch wehrte ich mich und mochte nicht aufgeben und fragte, hast du ihnen wenigstens unsere Adresse gegeben, dann könnten wir …

Kind, aber das brächte uns nur alle in Gefahr, unterbrach Omi mich schnell. Stell dir mal vor, die werden aufgegriffen und haben auch noch eure Adresse bei sich! Elkekind, nun sei vernünftig, es ist besser so.

Was sollte daran besser sein? Ich hatte eine Freundin verloren und war zutiefst unglücklich. Mit ihr hatte ich so viele freudvolle Ferien verbracht. Wo war meine Helene jetzt, die schon einmal flüchten musste, aus Schlesien, als alle Deutschen nach dem Krieg von dort wegmussten. Da war die Mutter mit ihr und der Großmutter geflüchtet. Gerade wieder etwas heimisch geworden und noch nicht mal zehn Jahre alt, musste sie schon wieder in die Fremde und erneut das, was ihr lieb geworden war, zurücklassen. Was mag aus Helene geworden sein? Und wo waren all die anderen Kinder, die wir sonst auf der Straße getroffen haben? Mussten die Kinder jetzt immer im Haus bleiben?

Es ging sowieso kaum jemand noch über die Straße. Hätte sich nicht wenigstens hin und wieder mal eine Gardine an einem Fenster bewegt, würden wir glauben müssen, alle Häuser seien leer. Auch bei den kleinen Hütten unten am Teich war es unwirklich still. Gerade hier, wo bisher so viele Menschen gelebt haben! Jedes Haus war nur ein paar Quadratmeter groß, kleine Vierecke, aus deren einzigem Fenster das Ofenrohr herausragte. Nun waren die Türen aus den Angeln gerissen und die Ofenrohre qualmten nicht mehr. Furchtbar elend sah es hier aus.

Wir wollten den Jungen suchen, mit dem wir uns angefreundet hatten: ein sehr blasser, schmaler Junge, etwa in unserem Alter, der immer barfuß ging. Nur im Winter trug er so etwas Ähnliches wie Schuhe. Wir hatten uns wegen meines Kleides kennengelernt. Es war rot, richtig leuchtend rot, mit weißen Punkten. Dieses Rot hatte es ihm wohl angetan inmitten dieser Farblosigkeit, die ihn umgab. Obwohl er sehr scheu war, kam er doch eines Tages zu mir, um mich zu fragen, ob er das Kleid einmal anfassen dürfe. Ja, warum nicht, sagte ich, ich hätte nichts dagegen. Da nahm er etwas Stoff von meinem Rock zwischen seine Finger, rieb ihn sanft und hielt ihn noch eine Weile. Dann sagte er Danke, er sagte tatsächlich Danke, und ließ den Stoff fallen. So hatten wir uns etwas angenähert und spielten nun auch manchmal zusammen. Er war ein ernster Junge und sehr wortkarg, bei Weitem nicht so lustig und übermütig im Spiel wie meine Schwester und ich. Ich mochte ihn und hätte ihn gern wiedergesehen. Deswegen fragte ich meine Großmutter, wo die Leute aus den Hütten hingekommen wären.

Ihr kennt welche von da unten?

Ja, antwortete ich etwas keck, einen Jungen, aber wo ist er hingezogen?

Wo sollen die wohl sein? Omi war meine Fragerei leid.

Also auch im Westen, sagte ich enttäuscht. Aber dann fiel mir ein – und ich sagte es auch –, er lebte wohl jetzt in einem Auffanglager und hatte dort hoffentlich ein eigenes Bett und auch jeden Tag genug zu essen.

Kind, du sagst Sachen, wenn du uns damit nicht doch noch mal in Schwierigkeiten bringst! Zu meiner Mutter fügte sie missbilligend hinzu: Sprich du mit ihr, auf mich hört sie ja nicht.

Das stimmt doch! Oder etwa nicht, rief ich aus und ging wütend aus dem Zimmer. Die hatten sowieso so viel zu besprechen, was wir Mädchen nicht hören sollten. Nie wusste ich, worüber sie redeten, sofort waren sie auch still und ich konnte sie wieder nicht belauschen, das war schon ärgerlich.

Weihnachten 1949

Die beiden Frauen bereiteten unser Weihnachtsfest vor, sie taten dies mit der gleichen Sorgfalt wie immer. Auch wir Mädchen hatten unsere Aufgaben und erwarteten hoffnungsvoll das Fest. Dennoch fehlte uns die Hingabe und die aus tiefstem Herzen kommende Vorfreude: Das Haus war unsere Burg geworden, und über allem lag eine stumme, unausgesprochene Melancholie.

Wohl wurden unsere Gedichte von Mutter und Großmutter gelobt, und gedankenverloren strichen sie uns übers Haar. Doch bei den Weihnachtsliedern zitterte Großmutters Stimme und war nicht so wohlklingend wie sonst. Plötzlich hielt sie inne und klappte das Liederbuch zu. Ich kann nicht, sagte sie verzweifelt und wischte sich über die Augen. Nun war es an Mutti, sie zu trösten.

Vielleicht würde ja alles gar nicht so schlimm werden, und wir sollten auf das nächste Jahr hoffen.

Aber Omi wehrte ab. Tochter, lass nur, sagte sie zu meiner Mutter, das ist erst der Anfang, das wird noch schlimmer, mit jedem Tag. Uns blieb die Erwartung von etwas Schlechtem, von dem wir nicht wussten, was es sein könnte.

Der Gabentisch war wieder reich gedeckt. Für Lisa hatte das Christkind sogar ein Akkordeon. Vielleicht war es schon immer in Großmutters Besitz gewesen, vielleicht hatte sie es aber auch gegen etwas Wertvolles aus ihrem Haushalt getauscht.

Selbst Mutti war überrascht und sagte: Das wäre nun aber wirklich nicht nötig gewesen. Tochter, es ist so vieles nicht nötig, entgegnete Omi. Jetzt könnt ihr es noch mitnehmen, wer weiß, was im nächsten Jahr ist. Und das Klavier kann ich euch ja schlecht mit rüber geben.

Ich erinnere mich noch deutlich, wie sehr Lisa sich freute, als sie das Akkordeon ausprobierte und wir gleich eines der bekannten Lieder sangen, das sie mit ein paar Tönen schon begleiten konnte.

Das Teffen am Vormittag des ersten Feiertages mit den anderen Kindern auf der Straße war uns zu einer lieben Gewohnheit geworden. Also zogen wir uns nach dem Frühstück die Wintersachen an, ohne extra zu fragen. Das wäre auch der Tag gewesen, an dem wir sonst zu meiner Freundin gegangen sind, jetzt blieb mir nur der Wunsch, ihr vielleicht eines glücklichen Tages doch noch in Westdeutschland zu begegnen.

Bleibt aber vor dem Haus, oder geht am besten gleich hinten auf den Hof und in den Garten, das wäre Omi am liebsten gewesen.

Aber wir wollen zum Kirchplatz, sagten wir erschrocken.

Lass sie, die Kinder müssen mal raus, mischte Mutti sich ein. Dankbar für ihr Verständnis rannten wir los. Wir trafen nicht ein einziges Kind, auch nicht auf dem Kirchplatz, der im Grunde genommen ein alter und sehr vernachlässigter Friedhof war. Die verblassten Inschriften auf den großen, verwitterten Grabsteinen mit den Eisengittern, die jetzt im Rost zerfielen, zeugten von einem gutbürgerlichen Wohlstand in früherer Zeit. Um die Osterzeit verzauberten wild wachsende und ganz zarte blaue Blümchen, die wir Schornsteinfeger nannten, die Wege und Gräber in ein Blütenmeer. Es gab sogar eine richtige Gruft mit einem großen Monument, einer geborstenen Treppe und der inzwischen völlig zerfallenen Tür. Diese Gruft zog uns Kinder, als wir hier noch spielten, magisch an und erregte immer wieder unsere kindliche Fantasie und Neugier. Die Mutigsten oder die, die sich dafür hielten, sagten dann immer: Ich gehe jetzt da rein. Wir übrigen liefen kreischend weg und versteckten uns hinter Grabsteinen. Deshalb konnte ich auch niemals richtig erkennen, ob ein Kind je weiter als bis zu dieser Tür gegangen ist. So blieb das Geheimnis dieser unterirdischen Grabstelle für immer im Dunkeln.

Die Kirche inmitten des Kirchhofs war verschlossen und wurde ganz offensichtlich nicht mehr gebraucht. Wir dachten an die vielen Sonntage, die wir hier im Kindergottesdienst waren, und auch an den netten Pfarrer, der nun irgendwo anders war.

Ach, lass uns nach Haus gehen, sagte Lisa gelangweilt, da kommt keiner mehr.

Schon schickten wir uns an zu gehen, als dann doch mit schnellen Schritten ein Mann an uns vorüberging. Augenblicklich erinnerten wir uns an unsere gute Erziehung, und im Gleichklang sagten wir: Fröhliche Weihnachten. Er aber beachtete uns nicht, bis er abrupt stehen blieb, sich kopfschüttelnd umdrehte und uns fragend ansah, als kämen wir aus einer völlig anderen Welt.

Das laute Muhen von Kühen, eher schon ein Brüllen, und das unentwegte Quieken von Schweinen hatten wir schon eine ganze Weile gehört, ohne es wirklich zu beachten. Jetzt aber gingen wir näher zu der Mauer, hinter der wir die Ställe wussten. Laut und deutlich hörten wir nun die Klageschreie und auch das nervöse Herumflattern von Hühnern, die an diesem Tag offensichtlich nicht aus dem Stall gelassen worden waren. Vorsichtig näherten wir uns dem Eingangstor, das ungewohnt weit offen stand, und schauten neugierig in den Hof. Wir sahen keinen Menschen, und alle Fenster und Türen waren geschlossen. Wäre nicht das Gebrüll der Tiere, hätte man glauben müssen, der Hof sei verlassen.

Aufgeregt rannten wir nach Hause.

Omi! Omi, die Kühe und Schweine toben in den Ställen und es ist niemand da!

Ja, Kinder, ich weiß das, erwiderte sie beherrscht, eher etwas abweisend.

Weshalb ist da niemand, war wieder eine dieser unbequemen Fragen von mir.

Weil sie weg sind, Kind, frag nicht weiter. Lass es gut sein, Elke, das Vieh kommt bestimmt noch heute in die großen Ställe, die da draußen vor dem Dorf gerade neu gebaut sind.

Aber ich war total aufgebracht.

Omi, die Kühe müssen gemolken werden, die haben Schmerzen in ihren Eutern.

Elke, ich weiß das, es wird schon jemand kommen, erwiderte sie schroff und drehte sich weg.

Verstört gingen wir in unser Zimmer rüber und wussten nichts mit uns anzufangen. Lisa klimperte auf dem Klavier, tiefe, traurige Töne.

Ich sagte: Spiel lieber was Schönes.

Das Klavier verstummte. Sie sagte: Mir fällt nichts ein.

***

Bereits 1945 waren in der Sowjetzone Bodenreform-Verordnungen erlassen worden. Sie sahen die Enteignung aller landwirtschaftlichen Betriebe über 100 Hektar vor. Nach 1952 wurde das enteignete Land zum Großteil in landwirtschaftliche Produktionsgenossenschaften umgewandelt, somit würde also jede dörfliche Gemeinschaft aus einer einzigen großen Bewirtschaftung von Land und Vieh bestehen.

Die Enteignungen führten zu einer verstärkten Flucht der Bauern in den Westen. Mit anderen Worten: Der Bauer verließ sein Land, auf dem schon viele Generationen vor ihm geackert, gesät und geerntet hatten. Den Grund und Boden ihrer Vorfahren verließen sie, auf dem eines Tages wiederum ihre Kinder die täglichen Mühen der Landwirtschaft hätten fortsetzen sollen, ganz so, wie es über Jahrhunderte Sitte gewesen war.

**

Wie sehr diese tragischen Ereignisse in unser aller Leben noch eingreifen würden, konnten wir Mädchen nicht erkennen. Mutti und Omi jedoch sahen ihre letzte Hoffnung schwinden, dass Ost und West binnen kürzerer Zeit wieder vereint wären.

Ich erinnere mich ihrer Gespräche, die sie wohl zwei oder drei Jahre zuvor hatten: Voller Zweifel und Sorge glaubte Mutti, es sei wohl besser, mit uns in den Osten zu gehen. Das war, nachdem sie ihre Arbeit in dem Kinderheim verloren hatte. Bei Omi war der Wohnraum, der uns fehlte, und vielleicht hätten wir vier ja auch sehr gut zusammen leben können. Aber Omi hatte ihr abgeraten.

Ich würde euch gern hier haben, das muss ich dir doch wohl nicht erst sagen. Aber du musst an die Zukunft der Kinder denken. Und die liegt im Westen.

Dennoch muss Omi sehr einsam gewesen sein. Außer mit einem älteren Ehepaar schien meine Großmutter keine weiteren Kontakte zu haben. Jedenfalls kam niemand zu ihr, solange wir da waren, und sie ging auch nirgendwo hin. Dieses Ehepaar besuchten wir an dem zweiten Weihnachtsfeiertag.

Es soll niemand sehen, was wir dorthin tragen, sagte Omi und steckte uns und auch sich selbst ein paar Konserven und frische Eier in die Manteltaschen.

Weshalb nimmst du keine richtige Tasche, fragte Mutti.

Du hast doch gehört, das soll niemand sehen, erwiderte Omi voller Ungeduld. Diese ewige Fragerei machte sie wirklich sehr nervös.

In Decken gehüllt saß der alte Mann in einem Sessel und entschuldigte sich, weil er zur Begrüßung nicht aufstehen könne. Sogleich leerten wir unsere Manteltaschen.

Siehst du, Vater, jetzt haben wir doch noch etwas Weihnachten, sagte die Frau, und ein leises Lächeln umspielte ihren Mund.

Man spürte ihre Einsamkeit. Sie war allgegenwärtig, beinahe greifbar schwebte sie in diesem Raum, und das machte mich tieftraurig. Ich sehe alles genau vor mir, die über der Decke gefalteten mageren Hände des Mannes und seine zierliche Frau die, noch etwas wendiger, uns jetzt echten Bohnenkaffee einschenkte.

Das war nun aber wirklich nicht nötig, sagte meine Großmutter und wehrte ab, damit sie nicht auch uns Mädchen

Kaffee einschenkte. Sie müssen doch nicht Ihre raren Kaffeebohnen für uns verbrauchen.

Oh doch, erwiderte die Frau und lächelte, Ihnen verdanken wir viel, Sie haben uns so viel Schönes mitgebracht.

Wie sie noch lächeln konnte bei dieser Bedürftigkeit, in der sie lebte! Ich bedankte mich für den Kaffee und sagte ihr, dies sei meine erster echter Kaffee und deshalb etwas ganz Besonderes.

Wie es uns im Westen gehe, wollten sie wissen. Nur ganz Alltägliches, nichts Politisches.

Politik, sagten sie, haben wir hier genug. Sie sprachen sehr viel von ihren Kindern und Enkeln, die schon lange im Westen sind. Die Enkel, es waren vier, hatten sie noch niemals gesehen. Wenn erst der Vater wieder gesund sei, würden auch sie in den Westen übersiedeln.

Aber erst musst du gesund sein, wiederholte die Frau, auf jeden Fall kämen sie bald rüber.

Wenn es nur schon Frühjahr wäre, erwiderte er, Mutter, dann geht es mir bestimmt auch wieder besser.

Begegnung im Niemandsland

Wieder hatten wir uns an den Köstlichkeiten aus Omis Keller rundum satt gegessen. Die Rucksäcke waren vollgestopft bis in die kleinste Lücke mit Schinken, Wurst, Speck, Schmalz und dem getrockneten Obst. Ganz oben aus Lisas Rucksack lugte das Akkordeon hervor. Wir deckten notdürftig einen Pullover darüber und hofften, dass es nicht regnet.

Für die bevorstehende Rückreise hatte Mutti sich wieder für das dichte Waldgebiet entschieden, durch das wir im Sommer so lange gegangen waren. Ganz bestimmt gebe es da für uns noch irgendwo ein Schlupfloch, sagte sie, als wollte sie uns Mut zusprechen.

Wenn nur die Züge jetzt nicht schon zur Grenze hin kontrolliert werden, waren Omis Bedenken.

Mutti suchte sie zu beruhigen, sie solle sich nicht unnütz Sorgen machen, irgendwie müssten wir diese Reise zu Ende bringen. Bis zu der Endstation war auch alles gut gegangen, erleichtert entstiegen wir dem Zug und machten uns zu Fuß auf den Weg.

Eine ganze Weile waren wir schon im Wald, aber irgendetwas hatte sich verändert. Es war nichts wirklich Greifbares, eben nur so eine Ahnung. Tief in uns spürten wir diese Unruhe. Und schon wieder schreckten Krähen auf und erhoben sich laut krächzend hoch hinaus. Mit ihrem schrillen Warnruf senkten sich die Amseln aus den Bäumen nieder, um flach über dem Erdboden davonzufliegen. Mal knackte es irgendwo neben uns im Gebüsch, dann wieder hinter uns. Dann aber hörten wir lange nichts mehr und dachten, es sei wieder nur ein Tier gewesen.

Erschreckend laut hallte plötzlich der Schrei einer Frau durch den Wald, und ein Mann rief verzweifelt: Komm zurück! Gleich darauf folgte der Befehl »Stoj!« Und dann fiel ein Schuss.

Eine unsägliche Angst überfiel uns. Ich erinnere nicht, wie es wirklich geschah, aber zwischen uns Mädchen und meiner Mutter fand so etwas Ähnliches wie ein Kampf statt. Einerseits klammerten wir uns an ihr fest, andererseits wollten wir unbedingt von unserer Mutter weg und wieder zurücklaufen. Nur schnell fort, weg aus diesem Wald!

Ich weiß auch nicht genau, wie sie reagierte, aber irgendwie war es meiner Mutter gelungen, uns zurückzuhalten und uns einigermaßen wieder zu Verstand zu bringen. Mutti, das sind Russen, jammerten wir und bettelten, mit uns umzukehren.

Kinder, nun schaut mich erst mal richtig an – und bitte glaubt mir, wir sind am sichersten, wenn wir weitergehen.

Aber Mutti, wenn die Russen uns finden, was passiert dann?

Kinder, das weiß ich auch nicht. Aber bestimmt werden wir schon lange beobachtet. Also tut, was ich sage, da vorne liegt ein Stamm, und da machen wir erst mal Rast.

Sie gab uns Butterbrote, aber wir hatten keinen Appetit.

Mutti sagte: Esst und trinkt jetzt richtig, wer weiß, wann wir das nächste kriegen.

Wir weinten leise vor uns hin, doch Mutti ließ sich nicht

erweichen. Wir würden weitergehen und auf gar keinen Fall umkehren, sagte sie.

Glaubt mir, das hat keinen Zweck. So sind wir am sichersten. Sollten wir aufgegriffen werden, wisst ihr ja, was ihr zu tun habt.

Ja, Mutti, keine Angst zeigen und nicht weinen, und wir wischten uns die Tränen weg, die schon wieder kommen wollten. Aber würden wir uns an diese Ermahnungen erinnern können, wenn es wirklich darauf ankam? Würde das Vertrauen zu unserer Mutter dann stark genug sein?

Schweigend gingen wir weiter. Schon wieder hörten wir so ein verdächtiges Knacken im Unterholz, blieben stehen und horchten in den Wald hinein. Wenige Augenblicke später gab sich ein Soldat zu erkennen.

Stoj, sagte er und hielt uns sein Gewehr entgegen. Aber wir waren sowieso schon stehen geblieben. Nun gingen wir den gleichen Weg zurück, der Soldat hinter uns, das Gewehr im Anschlag auf unsere Rücken gerichtet.

Bis zu dem Sammelplatz auf einer Lichtung war es wieder ein gutes Stück Weg. Dort standen schon einige Gruppen, jeweils von einem Soldaten bewacht. In genügendem Abstand stellten wir uns dazu, Lisa wieder links und ich rechts von Mutti. Direkt vor uns postierte sich der Soldat mit vorgehaltenem Gewehr.

Erst mal passierte gar nichts. Es wurden lediglich immer mehr Grenzgänger gebracht. So auch die Eltern mit diesem kleinen Kind, welches wir schon von Weitem hatten weinen hören. Es war ein Junge, vielleicht fünf Jahre alt, und er schrie ganz erbärmlich. Wie hypnotisiert sahen die Eltern in den Gewehrlauf des Soldaten vor ihnen und waren außerstande, sich um ihr weinendes Kind zu kümmern. Dabei hätten sie es nur an die Hand nehmen müssen, aber sie taten es nicht.

Nach einer Weile schaute Mutti zu ihnen und sagte: Sie sollten nun endlich ihr Kind trösten. Das war sehr mutig von meiner Mutter. Wir durften uns nämlich nicht bewegen und auch nicht sprechen. Aber die Eltern hörten nicht, was Mutti sagte, und der Junge weinte.

Inzwischen hatten wir schon lange nur auf einem Fleck gestanden, und meine Beine taten sehr weh.

Flüsternd sagte ich: Mutti, ich kann nicht mehr stehen.

Pscht, machte sie leise und stieß mich sanft an.

Noch immer wussten wir nicht, was mit uns geschehen würde, aber wenigstens begann der Befehlshaber mit den Verhören. Er ging von Gruppe zu Gruppe und sprach dort einzeln mit jeder Person. Am Ende des Verhörs brachte der jeweilige Soldat seine Gefangenen dann weg von dieser Lichtung. In gewisser Weise war dieser Befehlshaber sogar freundlich, zumindest war er nicht wirklich boshaft. Schließlich waren wir ja seine Gefangenen, und er hätte auch ganz anders mit uns umgehen können.

Allerdings machte ihn dieses weinende Kind immer wütender, bis er zu ihnen ging, obwohl sie noch nicht dran gewesen wären.

Frau, du Kind still, sagte er in barschem Ton.

Doch sie reagierte nicht, noch nicht mal eine einzige Geste machte sie in Richtung ihres Kindes. Ich glaube, er hätte die Frau, weil sie so störrisch war, am liebsten geschlagen. Jedenfalls zitterte er vor Zorn und gab dem Soldaten, der sie bewachte, einen Befehl, worauf dieser mit seinen drei Gefangenen den Platz verließ. Das Weinen des Jungen verlor sich in Richtung Osten und wurde leiser und leiser, bis sie weit genug waren und wir es nicht mehr hörten.

Danach kam er gleich zu Mutti. Was im Einzelnen gesprochen wurde, daran erinnere ich mich nicht mehr. Auch nicht an das, was er zu mir und meiner Schwester sagte. Aber ich weiß noch, wir konnten ihm relativ unbefangen antworten. Mit uns war er wieder angenehm freundlich. Natürlich, der scharfe Ton war da, er war ja schließlich der Kommandeur dieser Truppe. Gemessen an den Umständen aber, schließlich waren wir die Besiegten und er der Sieger, war er durchaus korrekt. Der Soldat nahm unsere Ausweise, und dann marschierten auch wir los, wieder mit dem Gewehr im Rücken.

Auf dem breiten Waldweg befahl er uns, nach links zu gehen. Das war die Richtung, aus der wir gekommen waren. Also gingen wir gen Westen, zumindest im Augenblick, wir konnten etwas durchatmen und Zuversicht schöpfen. Das machte es uns schon etwas leichter, dennoch wäre es tröstlich gewesen, wenn wir miteinander hätten reden dürfen.

Recht bald schulterte der Soldat sein Gewehr und ging dann neben uns. Erst neben Lisa, aber sie kam sofort zu mir herüber, so ging er neben Mutti weiter.

Unvermittelt begann er mit Mutti zu reden. Mit den wenigen deutschen Worten, die ihm zur Verfügung standen, versuchte er sich zu erklären. Er fragte, ob sie einen Mann habe, wie alt wir Mädchen seien und ob wir in eine richtige Schule gingen. Er wollte wissen, wie wir im Westen leben und wo wir zu Hause sind.

Mutti sprach kein Russisch, aber irgendwie ging die Unterhaltung voran. Da wurden die Begriffe umschrieben, und man nahm die Hände zu Hilfe, wie das so ist, wenn man mit Menschen spricht, deren Sprache man nicht kennt.

Mutti gab sich viel Mühe, damit er sie auch wirklich verstand, und manchmal lächelte sie sogar – nicht übertrieben, nur sehr leicht. Voller Bewunderung schaute ich zu ihr auf und liebte sie sehr. Sie erzählte auch von unserer Großmutter, von der wir kämen, die uns so sehr helfe in dieser schweren Zeit.

Jedes Mal, wenn Mutti Großmutter sagte, sagte er »gute Frau«. Großmütter scheinen in Russland wohl immer gute Frauen zu sein.

Vorsichtig schielte ich zu ihm hinüber und dachte: Eigentlich sieht er ganz nett aus. Noch immer wussten wir nicht, wo er uns hinbringen würde. Der Weg nahm einfach kein Ende.

Plötzlich, völlig überraschend, zog er uns in ein Gebüsch. Wir mussten die Rucksäcke abnehmen und uns auf die Erde setzen. Er setzte sich zwischen Mutti und Lisa, das Gewehr legte er hinter sich. Ich saß neben Lisa, also nicht ganz so nahe, aber die Angst beherrschte mich so sehr, dass ich zitterte. Wie wir Mädchen diese kritische Situation überhaupt gemeistert haben, ohne völlig panisch zu werden, ist mir unerklärlich.

Als Erstes wollte er den Inhalt von Muttis Rucksack sehen. Bereitwillig breitete sie all die guten Lebensmittel vor ihm aus.

Das ist vom Schwein, erklärte Mutti, unsere Omi habe auch einen großen Garten und mache alles selber. Wir im Westen hätten nicht so gutes Essen.

Oma gute Frau, wiederholte er, klappte sein Taschenmesser auf und schnitt von dem Schinken ab.

Gut, gut, lobte er kauend, und Mutti legte noch Brot dazu. Auch für uns schnitt er von dem Schinken ab und reichte ihn uns noch auf dem Messer. Ich wagte kaum den Schinken zu nehmen, weil ja noch die Klinge darunter war.

Mutti öffnete die Thermosflasche, und der Duft heißen Kaffees zog uns in die Nase. Er trank ihn wirklich gern. Sie schenkte noch mal nach. Aber er wollte nicht mehr und sagte: Für Kinder. Er solle ruhig nehmen meinte Mutti, es sei noch genug da, und wir Mädchen versicherten, wir hätten auch noch Fruchtsaft dabei.

Was uns aber davon abgehalten hat, nicht zur Bestätigung auch noch unsere Saftflaschen aus den Hosentaschen zu ziehen, weiß ich nicht. Aber es war gut so. Denn diese vier kleinen Flaschen, die uns Mutti mit den Worten »Das ist Johannisbeersaft« in die Hosentaschen gesteckt hatte, hätten uns in Teufels Küche gebracht.

Er aß in aller Ruhe. Nach und nach probierte er alles durch und schnitt sich fragend eine halbe Dauerwurst ab, die er zu unserer Verwunderung lose in die Jackentasche steckte.

Er könne auch die ganze Wurst nehmen, bot Mutti an, aber er wehrte ab und sagte: Nein, für Kinder.

Für Tochter, sagte Mutti, und er wiederholte: Tochter.

Er hatte ein neues Wort gelernt, lobte die gute Oma, die gute Mutter und die liebe Tochter.

Die süßen Trockenpflaumen hatten es ihm sehr angetan. Wieder reichte Mutti ihm die ganze Tüte, er griff noch mehrmals rein, gab sie dann zurück und sagte: Für Tochter.

Meine Urgroßeltern bei der Feldarbeit. Uroma Frieda hält den Korb voller
Kartoffeln, als hätte er kein Gewicht.

Stolze Mama und ganz Dame: Emma präsentiert ihre Tochter Inge.

Inge, etwa 3 Jahre alt, mit ihren Eltern im Sonntagsstaat. Der Brocken hüllt sich an diesem Sommertag in Nebel. »Es ist schön hier oben, nur wir haben leider keine Aussicht«, wird der Vater auf der Rückseite dieser Karte schreiben, die den Originalstempel des Brocken trägt.

Regenstein 1931: Inge ist 15; dies ist das einzige Foto aus ihrer Jungmädchenzeit. In hellem Kleid ist sie die Vierte von rechts. Neben ihr steht Walter Göde, der 20 Jahre später in meiner Mutter eben dieses junge Mädchen unter dem Felsen wiedererkennt.

Muttertag 1940: Omi Emma und Tochter Inge. Es scheint kühl gewesen zu sein an diesem Sonntag im Mai. Die beiden Mütter hatten zu ihrem Feiertag das sonnige und windgeschützte Eckchen vorne am Tor gewählt.

Februar 1944: Mutti auf der Freitreppe vor dem Holländerheim. Erschöpft schaut meine Mutter aus, sie hat mich gerade heimgebracht aus dem Krankenhaus, wo sie mich über drei Monate gepflegt hat. Die Brosche an ihrem Revers, Silber mit blauen Perlchen zu einer Blüte geformt, hat Mutti mir vor ihrem Tod in die Hände gelegt. Deshalb glaube ich – und ich wünsche es mir sehr –, dass diese von meinem Vater sei.

Februar 1944: Schnee liegt auf der Treppe, Lisa wird sich in ihrem Kleidchen erkälten. Elke, gerade genesen und warm eingepackt, macht erste unsichere Schritte an Onkel Dans Hand. Mutti fotografiert. Eine schwere Zeit liegt hinter ihnen.

Sommer 1954: Lisa mit ihren Freundinnen. Sie feiern Lisas 15. Geburtstag und haben sich auf der Suche nach einem schönen Motiv auf die Terrasse der Burg begeben. Der umgebende Wassergraben war lange trockengelegt, und hinter dem Erker, in dem Kaminzimmer, befindet sich heute ein kleines heimatkundliches Museum.

Winter 1954: Lisa und Elke in »modernen« Skianzügen demonstrieren ihre Künste auf dem Eis.

Hier nun sind die Jungens mit ihren Hockeyschlägern, deren Revier man tunlichst nicht durchlaufen sollte. Zwischen Lisa und mir ist Moni, meine liebste Schulfreundin, die zum Schlittschuhlaufen aus einem entfernteren Dorf zu uns gekommen ist.

Juni 1956: Unsere Omi in ihrem Garten. Ob sie sich bereits mit dem Gedanken trägt, dies alles hier zu verlassen?

Sommer 1951: Lisa ist zwölf, Elke zehn, mit unserer Mutti in der Mitte.
Die Kleider von uns Mädchen sind aus Bettbezügen, Muttis aus Vorhangstoff.
Lisa macht wie stets den Versuch, kleiner zu wirken, während Elke sich
streckt, um größer zu sein.

Elke zu Hause im Garten – sie wird in diesem Sommer zwölf – mit Puppe Helga, dem jüngsten Mitglied ihrer Puppenfamilie. Helga hat Schlafaugen, »echte« Wimpern und lange blonde Zöpfe, um die Elke ihre Puppe glühend beneidet.

Auf Nachbars Terrasse, 1954 – Elke (4. von rechts) hat zu ihrem 13. Geburtstag geladen, auch Anna (3. von rechts) ist gekommen.

Englandreise 1957: Abschlussfoto unserer Gruppe zu dem Empfang durch den Bürgermeister von Vauxhall. Meine rückseitigen Notizen nennen »Lord und Gattin« an sechster und siebter Stelle von rechts in der oberen Reihe. Ganz links weitere Offizielle. Lisa ist die Fünfte von links in der unteren Reihe, Elke ist die Dritte von rechts oben.

Herbst 1978:
Das Ende einer Straße
Die Brücke zerstört
Oebisfelde unerreichbar

Unsere Zwei-Klassen-Schule in Reislingen: Rechts unten der Raum für die vierte bis achte Klasse. Darüber wohnte der Lehrer.

Dies war meine Klasse mit der Erinnerung an glückliche Schuljahre, trotz qualmenden Bollerofens und rußgeschwärzter Wände gegen Ende eines Winters.

Frühjahr 1990: Mit dem Westen im Rücken, auf geebnetem Weg in den Osten.

Frühjahr 1990: Ich bin angekommen! Stehe vor der Mauer zu Omis Grundstück, ein Zweig zarter Blüten neigt sich herüber zu mir.

Frühjahr 1990:
Nichts scheint verändert
Alles ist Erinnerung
Vergangenes bleibt unberührt
Die Zukunft ein Geschenk

Er hatte Fotos dabei, von seiner Tochter und seiner guten Frau, die er uns jetzt zeigte. Gern wäre er bei ihnen gewesen, seit zwei Weihnachten hatte er sie nicht mehr gesehen. Ich weiß noch, das Mädchen trug in ihrem dunklen Haar eine große weiße Schleife.

Erst jetzt nahm er sich den Rucksack mit Lisas Akkordeon und forderte sie auf, zu spielen. Nervös, wie sie war, klimperte sie nur, doch Mutti stimmte ein Lied an – es war, glaube ich, »Am Brunnen vor dem Tore«. Lisa begleitete, so gut sie eben konnte. Sie solle weiter studieren, meinte er und nahm ihr das Akkordeon ab. Liebevoll betrachtete er es von allen Seiten, strich sanft über die Tastatur, und dann begann er russische Weisen zu spielen.

Virtuos glitten seine Finger über die Tasten. Der Klang seiner Musik war so vollkommen – er war ein echter Künstler. Dazu kam seine wunderbare Stimme, tief und voller Melancholie.

Manche Lieder, die auch Mutti kannte, sang sie in Deutsch mit, andere summte sie nur leise. Seine Melodien erfüllten diesen Wald und schwebten mit unserem letzten Rest Misstrauen davon. Diese Musik war wie ein Wunder hier mitten im Niemandsland.

Mit einem allerletzten Ton schloss er das Instrument und drückte die dafür vorgesehenen Lederbänder zu. Noch einmal strich er zärtlich über jede Taste, ehe er es sorgfältig wieder in Lisas Rucksack verstaute.

Wir sollten jetzt weitergehen, bedeutete er uns. Plötzlich hatte er es sehr eilig, half uns in die Rucksäcke und hängte sich das Gewehr wieder über die Schulter. Jetzt ging er vor uns, direkt zwischen den Bäumen hindurch. Schon recht bald aber blieb er wieder stehen. Wir kamen hinzu und trauten unseren Augen nicht.

Vor uns tat sich der Wald auf, und wir sahen auf eine breite, frisch gepflügte Schneise, die sich mitten durch den Wald zog, so weit wir sehen konnten. Vor zwei Wochen hatten hier noch Bäume gestanden.

Jetzt wird es ernst, sagte Mutti, sie machen ganz Ostdeutschland dicht.

Der Soldat reckte die Arme in die Höhe und deutete einen Zaun an, der mehr als mannshoch sein würde.

In diesem Moment begriff ich die Teilung Deutschlands als etwas Bedrohliches, als etwas, das Bestand haben wird.

Allein wollte er das Gelände sichten, also ging er auf diesem Grenzstreifen entlang, der später nach absoluter und konsequenter Sicherung der Todesstreifen genannt werden würde. Einmal zu der einen und dann zu der anderen Seite ging er auf dieser noch feucht glänzenden, beinahe schwarzen Erdscholle. Sehr oft blieb er stehen und horchte in den Wald oder verschwand eine ganze Ewigkeit zwischen den Bäumen auf der anderen Seite.

Der kommt nicht mehr, sagte Lisa trocken, Mutti, was machen wir dann?

Habt noch etwas Geduld! Mutti schien zuversichtlich.

Aber was ist, wenn er nicht kommt? So viel Angst und Unsicherheit, und vor uns die sichtbar gewordene Grenze!

Leise, wir hörten kaum seine Schritte, war er wieder neben uns. Schnell mussten wir sein, so schnell wir konnten, vor allem über diesen Grenzstreifen hinweg. Aber auch noch danach, wenn es dann mitten durch den Wald ging. Nur immer geradeaus. Das war ganz wichtig. Später, auf dem

Waldweg, sollten wir nach links gehen, auf gar keinen Fall nach rechts. Mit Händen und Füßen wies er uns die Richtungen und Abzweigungen.

Nun liefen wir auf Kommando los über diesen Grenzstreifen der, falls wir entdeckt wurden, uns keinen Schutz bieten würde. Noch im Weglaufen sah ich, wie Mutti dem Soldaten die Tüte mit den Trockenpflaumen in die Hand drückte. Wir liefen weiter, immer weiter, mitten durch den Wald, und mir blieb die Luft weg. Lisa und Mutti waren schneller, und ich bekam Seitenstiche. Atemlos folgte ich ihnen; ungeduldig warteten sie auf mich.

Wir müssen weiter, drängte Mutti, und schon liefen wir wieder. Noch immer waren wir nicht an diesem Weg, den der Soldat uns beschrieben hatte. Waren wir auch wirklich geradeaus gelaufen und nicht etwa im Kreis? Wer wusste das schon so genau, ohne Orientierung und in dieser Hast! Ob Lisa auch so viel Angst hatte wie ich? Gingen wir den richtigen Weg? War Mutti davon überzeugt? Nur nicht nachdenken!

Ich japste schon wieder. Gleich würde ich keinen Schritt mehr machen können.

Und was ist, wenn Lisa und Mutti dann weg sind?

So stolperte ich weiter, hastete zwischen den Bäumen hindurch, andauernd schlug ich gegen herunterhängende Äste.

Nur nicht Mutti und Lisa verlieren!

Lisa kam als Erste an. In einem erlösenden Freudenschrei rief sie: Wir sind durch!

Das war viel zu laut, aber noch einmal rief sie: Wir sind durch!

Bist du still! Schon war Mutti bei ihr.

Können wir nicht erst mal ausruhen, bettelte ich, nur eine Minute.

Aber Mutti nahm mich bei der Hand, zog mich weiter und meinte, wir seien vielleicht noch gar nicht aus der Gefahrenzone raus.

Also kommt, Kinder!

Mit energischem Schritt bog Mutti nach links auf diesen Waldweg. Immerhin gingen wir nun langsamer. Bald hatten wir auch das Ende des Waldes erreicht. Über die Felder hinweg sahen wir in der Ferne einen Kirchturm. Da musste also ein Dorf sein. Ein gutes Stück vor uns mündete die geteerte Straße, auf der wir jetzt gingen, in eine Kreuzung. Dort waren auch Verkehrsschilder zu erkennen, wenn auch noch sehr undeutlich.

Wir sind in Westdeutschland, behauptete Lisa, da vorne, das sind Westdeutsche Schilder, glaubt mir das.

Mutti, wir haben's geschafft, riefen wir ihr zu, voller Freude sprangen wir neben ihr her.

Aber Mutti blieb merkwürdig still. Dabei musste sie sich doch auch freuen, oder etwa nicht?

Mutti, wir sind in Westdeutschland!

Ja, Kinder, wir wissen es aber noch nicht genau. Erst muss ich lesen, was auf den Schildern steht.

Helmstedt, stand darauf und: Fünf Kilometer. In nur einer Stunde konnten wir dort sein. Aber wenn man so müde ist, wie wir an diesem Abend, können fünf Kilometer sehr lang werden.

Erschöpft setzten wir uns bei einer kleinen Brücke auf die Mauer und wurden sogleich schläfrig. Inzwischen war es richtig dunkel.

Du, da kommt ein Auto, sagte Lisa plötzlich in meine müden Gedanken hinein. Vielleicht nimmt der uns mit!

Wir waren ganz aufgeregt. Gespannt sahen wir den Lichtern entgegen und hofften sehr, der Wagen werde nicht noch zuvor abbiegen. Dieses Auto hier auf der Landstraße war schon eine Seltenheit, denn kaum jemand hatte ein Auto.

Lass es halten, flehte Lisa.

Bitte, bitte lass es anhalten, wiederholte ich, und die Lichtstrahlen tanzten über die Straße hinweg. Noch immer fuhr es in unsere Richtung. Dann war es bei uns, und unser Wunsch ging in Erfüllung, das Auto blieb tatsächlich stehen.

Ob er uns helfen könne, fragte der Fahrer.

Ja bitte, wir müssen nach Helmstedt, antworteten wir Mädchen, schon mit den Rucksäcken in der Hand, und rannten zum Auto.

Unsere Mutter war viel zu müde, um wirklich ernsthaft protestieren zu wollen. Nun saß sie vor uns im Auto.

Welch ein Glück, stießen wir Schwestern uns lachend in die Seite. Hatte dieser Tag am Ende nicht doch noch eine gute Wendung genommen? Wir zwei waren so glücklich und übermütig und erzählten, was uns passiert war. Unsere Geschichte schien ihm wohl zu abenteuerlich.

Sie sind noch über diesen Grenzstreifen gekommen, wie war das möglich?

Zweifelnd schaute er zu Mutti.

Ja, bestätigte sie, und wir haben sehr, sehr viel Glück gehabt.

Nun wollte er wissen, wo wir wohnten. Wenn es nicht allzu weit sei, würde er uns auch gern nach Hause fahren. Ehe

Mutti etwas erwidern konnte, hatten wir schon unser Dorf genannt. Womöglich hätte sie abgelehnt.

Das sei ja nicht weit, mal gerade 20 Kilometer, meinte er. Gern fahre er uns gleich ganz nach Haus.

Erst vor unserer Haustür hielt er den Wagen wieder an. Etwas mühsam, wie mir schien, stieg Mutti aus. Sie war schon während der ganzen Fahrt merkwürdig still gewesen. Hatte sie überhaupt »Danke« gesagt? Lisa und ich krabbelten von hinten aus dem Wagen, schleppten das Gepäck bis vor die Haustür, rannten zurück, um uns zu bedanken und zu winken. Er war bereits angefahren, stoppte dann aber noch mal kurz und sagte zum geöffneten Fenster hinaus: Mädchen, passt gut auf eure Mutter auf.

Unsere Mansarde war total ausgekühlt. Sie erschien uns kälter als sonst irgendwo an diesem langen Tag, deshalb wagten wir nicht, die Jacken auszuziehen. Lisa und ich zündeten als Erstes den Ofen an. Das ist wirklich eine eigenartige Sache: Gerade erst knistert das Feuer, aber schon bildet man sich ein, es sei wärmer.

Mutti war total erschöpft. Sie sah sich gar nicht richtig um, sondern setzte sich sogleich an den Tisch und legte den Kopf in ihre Hände. So verharrte sie eine ganze Weile, und das machte uns hilflos und ängstlich. Es ist doch alles noch mal gut gegangen, Mutti! Hörst du uns überhaupt?

Nein, sie reagierte nicht und hatte noch immer ihre Jacke an. Wir wussten nicht, wie wir tun sollten, schließlich aber habe uns der Autofahrer doch so sehr geholfen. Siehst du, und jetzt sind wir auch viel schneller zu Hause. Ohne zu wissen, was mit ihr geschah, sagten wir irgendetwas, das sie vielleicht aufmuntern konnte.

Mit Erleichterung hörten wir Muttis Freundin die Treppe raufkommen, als hätten wir um Hilfe gerufen. Elisabeth – Mutti sagte Elli – würde wissen, was zu tun war.

Ist eure Mutter krank, war dann auch gleich ihre erste Frage.

Wir wüssten es nicht, meinten wir, aber richtig krank sei sie nicht.

Da legte sie tröstend ihren Arm um Muttis Schulter und sagte: Nun, mein Mädchen, jetzt erzähl mir mal, was alles passiert ist.

Anfangs noch etwas stockend erzählte Mutti von dem russischen Soldaten und dem Grenzstreifen und ihrer Sorge, dass wir in einem Gefängnis oder gar in Russland landen würden. Nicht alles, was sie sagten, war zu verstehen, aber gewiss sprachen sie jetzt von den Flaschen, die wir in unseren Hosentaschen hatten.

Wo sind die Flaschen jetzt, wollte Elli wissen.

Ach die, die haben wir in die Küche gestellt. Bereitwillig holten wir sie. Es waren kleine Flaschen, vielleicht für einen Viertelliter.

Du meine Güte, rief Elli aus, du hast doch nicht etwa …? Kinder, ist das Schnaps?

Nein, das ist Fruchtsaft, hat Mutti jedenfalls gesagt.

Ihr macht mich aber neugierig. Eilig holte sie Gläser aus unserem Schrank, die kleinen, auf denen handgemalt Edelweiß und Enzian zu erkennen waren.

Leicht klirrten die Gläser, als sie sich zuprosteten, und dann nahm Elli den ersten Schluck. Tatsächlich, ja bist du denn noch gescheit? Du hast Alkohol geschmuggelt! Wusste deine Mutter davon?

Mutti schüttelte den Kopf, nahm jetzt selbst einen Schluck.

Siehst du, dachte ich bei mir, erwachsene Töchter tun auch nicht immer das, was ihre Mütter sagen.

Was hätte euch alles passieren können, ereiferte sich die Freundin, zumal die Russen euch aufgegriffen haben. Ihr wärt verloren gewesen. Ist dir das klar?

Bitte sei still, erwiderte Mutti, und mach mir keine Vorwürfe, ich habe genug Ängste ausgestanden. Vor allem um die Mädchen, das kannst du mir glauben.

Sie schenkten sich wieder ein, und Elli lobte: Wie vor dem Krieg! Der Tropfen sei wirklich gut.

Das kleine Fläschchen war schnell leer.

Nun ist es aber spät geworden, sagte Elli mit leicht geröteten Wangen. Morgen fängt die Schule wieder an, und meine Jungens sind noch nicht im Bett.

Der mittlere ihrer Söhne ging in Lisas Klasse, und mit dem Jüngsten war ich zusammen in der Schule.

Ach ja, die Schule! Beinahe hatten wir sie vergessen …

Gleich morgens am ersten Schultag gab mir Mutti einen Brief für Omi mit. Wer weiß, wie lange der wieder unterwegs ist, sagte sie, und unsere arme Omi wartet auf Nachricht. Telefonieren konnten wir ja nicht: Kaum jemand verfügte über einen eigenen Anschluss.

Im Hausflur von unserem Schmied war das öffentliche Telefon. Wollte jemand aus dem Dorf telefonieren, musste er sich bei ihm melden, und die jeweiligen Gebühren errechnete der Schmied über einen gesonderten Zähler. Sicherlich hat es auch in Ostdeutschland öffentliche Telefone gegeben, aber so genau weiß ich das nicht. Ohnehin waren Ferngespräche dieser Art kaum möglich, weil jedes Gespräch zuvor angemeldet werden musste und man dann Stunden auf die Schaltung wartete. Das wäre über öffentliche Anlagen kaum möglich gewesen. Zudem konnte man sich nie sicher sein, ob das Gespräch nicht abgehört wurde. Allein durch diese Tatsache erübrigte sich sowieso jedes Telefonat.

Sicher ist sicher, meinte Mutti, und gab mir am nächsten Tag gleich wieder einen Brief mit. Der erste konnte ja verloren gegangen sein.

Bestimmt aber gingen Briefe nicht so einfach verloren, sondern wurden im Osten bei der Postkontrolle festgehalten. Nicht umsonst mussten wir jedes Wort nach all seinen möglichen Bedeutungen abwägen. Niemals hätte Mutti einen Brief von Lisa oder mir abschicken lassen, den sie zuvor nicht kontrolliert und verbessert hatte. Oft mussten wir einen Brief noch mal schreiben. Die Erwachsenen wussten sich zu schützen und hatten ungeachtet aller Kontrollen Formulierungen vereinbart, die unverfänglich waren. So konnte ein völlig harmlos erscheinender Brief viele Informationen enthalten. Manchmal, weiß ich noch, rätselte Mutti allerdings tagelang, weil sie eine Bemerkung in Omis Brief nicht sofort oder nicht richtig deuten konnte.

Mein Dorf Burg Neuhaus

Das Postamt war in Reislingen gleich gegenüber meiner Schule, etwa zwei Kilometer von uns entfernt. Eigentlich war das Postamt eine Schuhmacherei, und der Schuster war auch unser Briefträger.

Mein Schulhaus bestand aus zwei Klassen und ich ging gern in die Schule. Kannte jedes Kind dort und wir hatten einen guten und sehr sozialen Lehrer. Er mochte uns Kinder wirklich.

Ich war in der Klasse von eins bis vier, dann gab es noch die fünfte bis zur achten Klasse. Dieses System hatte durchaus auch Vorteile. War ein Kind in einem Fach etwas schlechter, konnte es in der Klasse darunter mitarbeiten. Lernte es dagegen etwas besser als der Durchschnitt, kam das Kind in diesen Fächern in die nächsthöhere Klasse. Noch schlechter lernende Kinder saßen neben den Besseren. Diese hatten darauf zu achten, dass im Diktat nicht gar so viele Fehler gemacht wurden. Es sollte also schon während des Schreibens auf Fehler aufmerksam gemacht werden, desgleichen beim Lesen.

So gern ich die Schule mochte: Im Winter war mein grösstes Vergnügen das Schlittschuhlaufen. Gleich nach dem Mittagessen ging ich zum Teich und schnallte mir die Schlittschuhe an, die mir Walter Göde geschenkt hatte. Freudig erregt glitt ich über das Eis und atmete die klare Luft ein. Immer waren ein paar Freundinnen da, auch Lisa und überhaupt alle Kinder des Dorfes. Wir drehten uns im Kreis, spielten Fangen oder liefen um die Wette. Es war herrlich dort draußen. Bis zum Abend wurden wir nicht müde zu laufen. Am nächsten Tag ging es weiter und am übernächsten auch. Vor mir erstreckte sich eine schier endlose Reihe von Tagen voll dieser Freude und meinem außerordentlichen Gefühl der Freiheit.

Wenn das Eis zu schmelzen begann, war ich traurig, fettete meine Schlittschuhe ein und wartete auf den nächsten Winter. Sollte mir in dieser dörflichen Idylle etwas gefehlt haben, dann war es der Sportverein, in dem man lernt, schnell Schlittschuh zu laufen und die Kufen richtig voreinander zu setzen, um das Gleichgewicht zu halten – vor allem in den Kurven.

Mit der ersten milden Sonne lugten auch schon die Gänseblümchen und die leuchtend weißen Schneeglöckchen hervor. Später wuchsen im Park die Buschwindröschen zu einem großen weißen Teppich zusammen. Dann war mein Futterhäuschen verwaist, das ich den Winter über für die Vögel füllte.

Hier bei uns hatten wir sehr viele Vögel, und ich verbrachte viel Zeit damit, sie zu beobachten. Bei ganz starkem Frost kam sogar ein Buntspecht – immer zur gleichen Zeit, er schien eine Uhr zu haben. Der Grünfink war richtig frech, und wir mussten ihn oft wegscheuchen. Mit seinen ausgebreiteten Flügeln deckte er alle Körner ab, um dann in aller Ruhe einen Sonnenblumenkern nach dem anderen zu knacken. Solange er da war, kam kein anderer Vogel mehr an das Futter.

Eines schönen Tages, nach dem regenreichen April, waren

auch endlich die Störche wieder da, deren Nest auf dem Kuhstall des benachbarten Bauernhofs hergerichtet war. Mit ihnen kam der Sommer mit den hellen Abenden, an denen wir länger draußen bleiben durften. Wir spielten Hinkekästchen oder Murmeln: Wer die meisten bunten Glasmurmeln gewann, galt als reich.

Ganze Nachmittage spielten wir mit Bällen an unserer Hauswand; dafür hatten wir ein richtiges Punktesystem. Meine Freundin Helga konnte sogar mit drei Bällen spielen.

Beim Völkerball trieben sich die Gruppen gegenseitig durch das ganze Dorf und am Abend, wenn es schon dämmerte, spielten wir Fangen oder Verstecken.

War der Sommer endlich richtig warm, badeten wir im Mittellandkanal. Die Mutprobe, den Kanal zu durchschwimmen, hatte ich schon im Jahr zuvor bestanden. Jetzt kletterten wir wagemutig auf eine Eisenbahnbrücke, um von dort ins Wasser zu springen. Aber nur vom Geländer und nicht wie die großen Jungen von ganz oben. Die Kanalbrücken hatten ja zu beiden Seiten diese hochragenden Bögen, die wahrscheinlich aus Gründen der Statik notwendig sind. So übermütig oder lebensmüde, je nachdem wie man dies betrachten will, waren Lisa und ich nun doch nicht.

Abschied von Urgroßvater

Die meisten Geschwister meiner Großmutter lebten in dem Umfeld von Seesen, dort wo sie geboren waren, vielleicht 100 Kilometer von uns entfernt. Dort wohnten auch Onkel Karl und Tante Gerlinde. Sie war meine Lieblingstante, ich vergötterte sie geradezu. Auch zu Onkel Karl hatte ich sehr viel Vertrauen, so war auch er mein allerliebster Onkel. Drei Söhne hatten die beiden, einer war etwas älter, die beiden jüngeren in unserem Alter. Wir waren halt eine Generation weiter, denn alle meine Cousinen und Cousins sind die Kinder der Geschwister meiner Großmutter. Ich fühlte mich sehr wohl mit ihnen und war stets froh, wenn wir ein paar Tage bei Tante Gerlinde verbringen konnten.

Seit Urgroßvater nicht mehr schwer arbeiten konnte, lebte er in Karls Familie, bei seinem jüngsten Sohn. Tante Gerlinde versorgte den »Vater«.

Sonntags und meistens während des Mittagessens fragte Onkel Karl, ob wir schon auf dem Friedhof bei der »Mutter« gewesen seien. Beim ersten Mal war ich sehr erschrocken, weil ich nicht wusste, wessen Grab er meinte.

Das ist unsere Oma, klärten mich die Jungens auf, also deine Urgroßmutter.

Ihr wart schon lange nicht mehr da und könnt gleich mitgehen, sagte Onkel Karl nun auch zu seinen Söhnen.

So trabten wir durchs Dorf, die Jungens etwas lustlos und wir Mädchen neugierig: Es wäre doch gelacht, wenn uns unterwegs nicht noch irgendetwas Unterhaltsames begegnen würde! Ich erinnere mich an einen mit Schilf umwachsenen Teich mit einem Holzsteg, an dem ein Boot festgebunden war. Wir drehten eine Runde mit dem Boot, vertäuten es wieder, und die Blumen in Lisas Hand knickten langsam ein.

Auf dem Umweg über einige Begegnungen mit anderen Kindern landeten wir dann doch endlich da, wo wir hinwollten: auf dem Friedhof. Die Jungens waren es gewohnt, Gräber zu pflegen, sie machten das wirklich ordentlich. So war es Sitte in der Familie.

Später würde ich meinen Urgroßvater dort besuchen, nachdem man ihn neben seiner Frieda zur letzten Ruhe gebettet hatte.

Mein Urgroßvater sprach das norddeutsche Platt, das ich leider nur ansatzweise verstand. Hinzu kam, dass er in hohem Alter auch nuschelte, was das Gesagte noch unverständlicher machte. Deshalb sah ich ihn meist nur fragend an und konnte ihm selten antworten, falls nicht einer der Cousins in der Nähe war, der mir übersetzen konnte. Hierzu wiederum fehlte dem Urgroßvater die Geduld.

Einmal, als wir zu Besuch waren, hatten sie so ein süßes kleines Schäfchen in einem Gatter, das wir leidenschaftlich gern mit Mohrrüben fütterten und dem Gras, das wir überall ausrissen.

Wir sollten man nur so weiter machen, das Schäfchen müsse noch viel essen, sagte der Urgroßvater, als er zu dem Gatter kam, um das Lämmchen zu begutachten.

Was hat er gerade gesagt, fragte ich; ein klein wenig hatte ich verstanden, aber der Zusammenhang fehlte mir. Die

Cousins lachten: Ob ich nicht wisse, dass das unser Osterlamm sei.

Hast du noch nie eins gegessen?

An Ostern verdarb mir der Gedanke an das süße kleine Schäfchen, das jetzt in der großen Schüssel lag, den Appetit. Ich konnte nicht essen.

Elke, du hast noch gar nichts gegessen! Tante Gerlinde nahm besorgt meinen Teller und legte mir etwas darauf: Genier dich nicht, Kind. Ich beugte mich über meinen Teller, wusste nicht, wie ich weiteressen sollte, stieß Ulf an, den ältesten Cousin, der neben mir saß, und sagte: Willst du das haben?

Gib her! – und er wartete auf einen günstigen Moment, bei dem seine Mutter nicht hinsehen würde.

Ich war elf Jahre alt, da starb mein Urgroßvater. Mit 88 Jahren verließ er diese Welt. Urgroßvater war lange rüstig und munter gewesen, hatte so manche Arbeit im Garten noch verrichten können. In seinen letzten Wochen aber hatte Tante Gerlinde ihn aufopfernd gepflegt. Nun war er gestorben.

Eine Sitte, die mir heute fehlt, ist das Aufbahren des Verstorbenen in seinem Umfeld. Den Urgroßvater hatten sie im Flur aufgebahrt. Es war etwas eng, aber man kam durch. Der Sarg allerdings war zu – ob er schon richtig verschlossen war, weiß ich nicht. Die ganze Verwandtschaft war gekommen, um den Vater zu beerdigen, Kinder und Kindeskinder und Angeheiratete. Das Haus war voll, und andauernd wurden Beileidsbekundungen abgegeben. Einzig meine Großmutter fehlte.

Ob sie sich wirklich nicht über die Grenze getraut hat?

Zugegeben, es war nicht gerade eine Stärke unserer Familie, sich über Vergangenes zu unterhalten. Offenbar war die Bewältigung der Gegenwart stets anstrengend genug. Dennoch hätte ich es in späteren Jahren nicht versäumen sollen, Omi danach zu fragen, weshalb sie die Beerdigung ihres Vaters verpasst hat.

Mutti, Lisa und ich waren schon einen Tag vor der Beerdigung angekommen. Wir zwei Mädels heckten mit den drei Cousins so manchen Unsinn aus. Oft genug musste Tante Gerlinde uns zur Räson bringen; wenn das nicht half, drohte sie, es dem Vater zu sagen.

Wir fünf schliefen in einem Zimmer, schließlich waren noch mehr Gäste unterzubringen. An diesem Abend benahmen wir uns unmöglich, so ganz und gar nicht wie Trauernde, und tobten lauthals in den Betten herum. Tante Gerlinde war schon ein paarmal oben gewesen, zuletzt mit der Drohung, als nächstes den Vater zu schicken. Weshalb machten wir ausgerechnet an diesem Abend so unerhört viel Blödsinn? Onkel Karls Schritte auf der Treppe waren dann das Alarmzeichen: Geschwind krochen wir unter die Bettdecke, er brauchte nicht mal mehr reinzukommen.

Früh am nächsten Tag wurde in zwei miteinander verbundenen Zimmern Tisch an Tisch gerückt, sodass sich eine lange Tafel ergab. Trotz ihrer Länge fanden wir Kinder keinen Platz, so viele Trauergäste waren schon am Morgen da. Mit meinen Cousinen und Cousins, die nun vollzählig waren, saßen wir also in der Küche.

Ich soll doch wohl nicht erst rüberkommen müssen, warnte Onkel Karl, noch ehe er die Küche verließ. Das aber hätten wir uns nicht erlaubt – nicht an diesem Tag.

Wirklich strafend oder zornig habe ich Onkel Karl nie erlebt.

Urgroßvaters Sarg wurde auf einem flachen, von Pferden gezogenen Wagen gefahren. Seine Söhne gingen rechts und links des Sarges. Angenehm ruhig rollte der Wagen mit seinen Gummirädern durch das Dorf. Die Reihe der Trauernden, die Urgroßvater auf seinem letzten Weg begleiten wollten, wurde länger und länger. Vor jedem Haus erwarteten Freunde, Nachbarn oder Bekannte den Zug, reihten sich ein und gaben meinem Urgroßvater das letzte Geleit. Als Ältester seiner Gemeinde hatte er immer hier gelebt, fast alle seine Kinder waren in diesem Ort ansässig, hier verheiratet und verschwägert.

Bis zum Abend waren die meisten Trauergäste abgereist, ein jeder hatte ja seine Arbeit. Wir würden noch einige Tage bleiben. Man sah das damals nicht ganz so streng, wenn ein Kind mal für einige Tage nicht zur Schule kam, zumal wenn es gut in der Schule war. Lisa war mit einer Schwester von Omi und den Cousinen nach Seesen gefahren. Die Jungens waren morgens in der Schule, und Tante Gerlinde und Mutti holten die Hausarbeit nach, die über die letzten Wochen liegen geblieben war. Vor allem gab es einen riesigen Berg Wäsche, der abgearbeitet werden musste.

Ich war also des Vormittags allein und konnte wohl einiges in der Küche helfen. So kam ich irgendwann mit grünen Bohnen, die ich gepflückt hatte, aus dem Garten und ging über den Hof zur weit offenen Waschküchentür, um Tante Gerlinde zu fragen, ob ich die Bohnen gleich abfädeln sollte. Da hörte ich plötzlich Tante Gerlindes Stimme, und zwar – das war bei ihr sehr ungewöhnlich – etwas lauter als sonst.

Unwillkürlich blieb ich stehen und hörte, wie sie sagte: Aber Inge, hast du ihr das etwa immer noch nicht gesagt?

Muttis Antwort konnte ich nicht genau hören, sie sprach zu leise. Tante Gerlinde dagegen hörte ich umso besser, als sie nun ihrerseits sagte: Das kannst du mir nicht erzählen, sie ist ein so verständiges Mädchen.

Wieder eine Pause, Mutti war wohl dran, worauf Tante Gerlinde erwiderte: Inge, das sind alles Ausreden, glaub mir, wenn du es ihr jetzt nicht sagst, wirst du es später bereuen.

Als ich in die Waschküche kam, legte Tante Gerlinde sogleich ihren Arm um meine Schulter und sagte irgendetwas Nettes, vielleicht um mich abzulenken.

Verunsichert und fragend schaute ich zu Mutti. In Muttis Blick drückte sich eine unendliche Liebe aus, und ich schämte mich, weil ich einen Moment lang geglaubt hatte, sie hätten über mich gesprochen.

Dieses Gespräch hatte ich im Grunde genommen sofort wieder vergessen und es sollen Jahre vergehen, bis mir diese Szene wieder in Erinnerung kommt.

Der Interzonenzug

Ich rechne nach und überlege, wie viele Male wir wohl
schwarz über die Grenze gegangen sind. Vielleicht zehnmal.
Vielleicht aber auch öfter, schließlich haben wir in den ersten Jahren fast alle Ferien bei Omi verbracht.

Inzwischen schrieben wir das Jahr 1950, und die grüne
Grenze gab es nicht mehr. Stattdessen war mitten durch
unser Land ein übersichtlicher Grenzstreifen angelegt – und
nach und nach kam als erstes Hindernis ein hoher Zaun
dazu. In den folgenden Jahren sollte die Abschottung der
DDR zu einem unüberwindbaren Hindernis ausgebaut werden: Mit dem entsprechenden Erlass vom 26. Mai 1952
begann man von Seiten der DDR, diese Demarkationslinie
– so nannte man sie im Amtsdeutsch – verstärkt abzuriegeln.
Ab 1954 wurden die Einreisen formal geregelt, der Grenzbereich war offizielles Sperrgebiet. Während wir im Westen
Zonengrenze sagten, war die amtliche Bezeichnung des
Politbüros »Staatsgrenze der DDR«.

Weil man nun also nicht mehr über die grüne Grenze
wandern konnte, fuhren wir im Sommer 1950 zum ersten
Mal mit dem Interzonenzug und einer legalen Aufenthalts-
genehmigung hinüber. Zweimal musste Mutti deswegen in
die Kreisstadt fahren, erst um sie zu beantragen, dann um
sie abzuholen.

Von Oebisfelde, dem uns am nächsten gelegenen Bahnhof auf ostdeutscher Seite, war nach Instandsetzung der

Gleisführung der erste Zug bereits am 8. Juli 1945 gefahren. Der erste Interzonenzug Hannover – Helmstedt – Magdeburg – Berlin und zurück war am 12. Mai 1949 gefahren, nach dem Ende der Berliner Blockade.

Mir bleibt die Frage, wie Mutti die Zugfahrkarten in der DDR bezahlt hat. Bis 1948 hatten wir ja die gleiche Währung. Danach aber brauchte sie Ostgeld. Das muss sie theoretisch aus dem Osten mit in den Westen genommen haben, um bei der nächsten Fahrt wiederum im Osten die Fahrkarten zu bezahlen. Wohl deshalb hatte Mutti anfangs über Helmstedt keinen durchgehenden Zug genommen, weil sie dann im Westen mit Westgeld die ganze Strecke hätte bezahlen müssen. Das sind allerdings nur meine Vermutungen.

Immerhin würde das Reisen nun bequemer sein, so glaubten wir zumindest. Frühmorgens nahm uns der Milchwagen, der jeden Morgen die Milchkannen in die Molkerei brachte, mit bis zum Bahnhof Vorsfelde. Von dort fuhren wir mit dem Zug bis zu der Endstation in Helmstedt, wo ein Bus stand, der uns zur Autobahn brachte. Nach einem kurzen Fußweg, erst neben und dann auf der Autobahn, erreichten wir die Baracken der Kontrollstelle Helmstedt-Marienborn.

Es gab zwei lange Warteschlangen. Als erstes stand man für die Kontrolle der Papiere an. War man da endlich durch, stellte man sich erneut an, für die Gepäckkontrolle. Darüber vergingen die nächsten Stunden.

Gleichgültig, wie hoch der Andrang von Reisenden war, die Kontrollen wurden auf das Genaueste durchgeführt. Jedes Teil aus unserem Gepäck wurde demonstrativ in die Höhe gehalten und gedreht und gewendet, ob nicht doch irgendwo etwas versteckt sein könnte, das nach DDR-Gesetz nicht erlaubt war. Sogar die Nähte und Kleidersäume wurden abgetastet. Und so ganz nebenbei und zwischendurch wurden die erstaunlichsten Fragen gestellt, als wären wir Schwerverbrecher. Oder als stellten etwa die Socken, die sie da gerade in die Höhe hielten, für die DDR eine außerordentliche Gefahr dar.

Das waren schon sehr entwürdigende Maßnahmen, noch dazu mit einem Lächeln serviert. Im Grunde genommen warteten sie ja nur darauf, dass der Einreisende sich verplapperte, um dann einen Grund zu haben, ihn noch genauer unter die Lupe zu nehmen.

Je mehr Zeit aber verging, umso unruhiger waren die Menschen, die noch hinter einem standen. Alle wollten ja weiterreisen, und das war eben nur möglich, wenn sie hier sachgemäß abgefertigt waren. Da gab es keine Ausnahme, jeder musste da durch. Zudem durfte nichts eingepackt werden, bevor nicht auch das letzte Stück kontrolliert war.

Schlussendlich waren unsere Sachen zu einem unübersichtlichen Berg auf dem Tresen angehäuft – und dann hieß es plötzlich: Schnell, schnell, weg von hier. Wahllos stopften wir erst mal alle Klamotten in die Rucksäcke, um sie dann in einer ruhigeren Ecke auf dem Boden neu zu sortieren. Schließlich muss so ein Rucksack einigermaßen im Gleichgewicht sein.

Es ist kaum zu glauben, wie viele Menschen sich in einer stickigen Baracke aufhalten können, wenn sie sich nur eng genug zusammendrängen.

So, Kinder, und jetzt tief einatmen, sagte Mutti, als wir endlich draußen waren.

Mit einem bereitstehenden Bus konnten wir nach Marienborn fahren, und von da ging's mit dem Zug weiter.

Wir sahen sie gleich, unsere Großmutter. Sie war schon mehrmals auf dem Bahnhof gewesen, so spät hatte sie mit uns nicht mehr gerechnet. Aber jetzt waren wir ja da, und mit leuchtenden Augen umarmten wir uns. Froh und glücklich gingen wir zu Omis Haus. Merkwürdig still war es heute im Dorf, wo nur unser Handwagen diesen holpernden Lärm machte.

Ganz anders als bei uns, wo der Bauer mit dem Trecker zum Feld fuhr und auf dem Hof die Hühner gackerten und Hunde bellten, Nachbarn sich am Gartenzaun unterhielten, während Kinder miteinander lachten und spielten und das Hämmern aus der Schmiede noch weithin hörbar war. Dagegen war es hier in Omis Dorf auffallend still. Jetzt im Sommer, wo sich die Menschen normalerweise mehr im Freien aufhielten, fiel das noch mehr auf als bei unserem Besuch vergangene Weihnachten.

Wo waren die vertrauten Geräusche allen dörflichen Lebens? Ich vermisste Nachbarn, die sich auch auf der Straße unterhielten und ihre spielenden Kinder. Gab es das nicht mehr? Beschränkten sie sich alle nur noch auf das Bewegen der Gardinen an ihren Fenstern?

Nichts war mehr so, wie es sein sollte. Sogar Omis Haus schien stiller geworden. Sie glaubte, nicht mehr lange ein Schwein halten zu dürfen. Wahrscheinlich mussten die Hühner auch bald weg. Das alles galt als private Landwirtschaft, und die sollte unterbunden werden.

Dann hält mich hier nichts mehr, sagte Omi deprimiert, was soll ich in einem Haus ohne Leben.

Das wird nicht passieren, sagte Mutti, du wirst sehen, die DDR kann sich nicht so lange abschotten.

Ob Mutti ihr nur Mut machen wollte, oder wirklich daran glaubte, dass die DDR sich bald wieder öffnen würde? Omi aber blieb skeptisch und meinte, Mutti wisse nicht, wovon sie rede. Dies alles sei erst der Anfang.

Bis vor Kurzem war wenigstens noch das Geschäft in ihrem Haus offen gewesen, wenn es auch oft kaum mehr als einen Kohlkopf zu kaufen gab.

Früher, da war das mal ein richtiger Gemischtwarenladen, erzählte Omi gerne. Wir verkauften alles, was eine Landbevölkerung im täglichen Leben brauchte.

Aber während des Krieges hatte meine Großmutter den Laden mangels Ware schon schließen müssen. Sogleich nach dem Krieg war die ganze untere Etage ihres Hauses enteignet worden, und man richtete dort den Konsum ein, der von einem jungen Ehepaar bewirtschaftet wurde, das gleich unten in den Räumen wohnte. Aber die Regale blieben leer, bis das Geschäft dann nur noch ein paar Stunden in der Woche geöffnet war. Nun war es geschlossen, und das junge Paar wohnte nicht mehr da.

Auf meine Frage antwortete Omi: Ja, wo sollen sie wohl sein?

Auch einen Bäcker gab es im Dorf nicht mehr, und der Metzger machte nur an einem Tag in der Woche auf.

Ein unpersönlicher HO-Laden, einer Halle ähnlicher als einem Geschäft, versorgte jetzt die Bevölkerung nur mit dem Allernötigsten. Wenn man auf Omis Straße in das Dorf ging, dann auf der Hauptstraße nach links, war dort nach wenigen Gebäuden auf der linken Seite ein Hof, in den man gehen musste, vor dem Gebäude der Rückseite war eine Verladerampe, über diese Rampe kam man tatsächlich in eine Halle. Ich weiß nicht, was es dort überhaupt zu kaufen gab, aber es sah schlimm aus. Kaum Regale, fast alles nur in den Kisten, in denen es gebracht worden war.

Wie schön war dagegen Omis Laden gewesen, mit seinen Regalen aus dunkel glänzendem Holz, die bis unter die Decke reichten, und den weißen Emailleschildern vor den Schubkästen! Einmal, nur ein einziges Mal, als die Tür vom Hausflur zum Geschäft offen stand, habe ich hineingesehen und konnte bewundern, was ehedem der ganze Stolz meiner Großmutter gewesen war. Noch immer stand die Kasse oben auf der großen, langen Theke. Es war eine von diesen silbern verzierten Kassen, die heute als Sammlerobjekt so begehrt sind, wo man vorne die Ziffern verschob und mit einem Drehknauf an der Seite einen Klingelton auslöste, woraufhin sich die Kasse öffnete.

Alles schien in einem extremen Rückschritt begriffen. Traurig sahen die verlassenen Bauernhöfe aus, auch die Häuser, in denen niemand mehr wohnte. Viele Äcker waren schon im vorigen Jahr nicht abgeerntet worden und im Frühjahr nicht bestellt. Brach lagen die Felder, und längst war die Ernte verfault.

Dann aber, im Sommer, kamen plötzlich Trecker, und in Tag- und Nachtschichten pflügten sie die Äcker um. Noch immer gab es in den Haushalten Stromsperren, aber nun leuchteten die Scheinwerfer des Nachts weit über das Land. Eine seit Generationen gewachsene Aufteilung der Landschaften wurde vernichtet. Fortan gab es kaum mehr Feldwege. Bäume, die diesem Projekt im Wege standen, wurden gefällt. Auch die Hecken und Zäune verschwanden. So entstand eine völlig neue monotone Landschaft, mit großen und sehr übersichtlichen Flächen. Keine Hecke und kein Baum störte mehr die Sicht. Weithin war jedermann zu erkennen, der über die Felder lief.

Je einsamer Omi wurde, desto schwermütiger war der Abschied. Wir ließen sie nur noch ungern zurück. Auch sie wollte uns kaum mehr gehen lassen. Sie weinte oft und glaubte, wenn wir jetzt führen, gäbe es kein Wiedersehen.

Um sie abzulenken, zählte Mutti ihr all die Tätigkeiten auf, die jetzt im Haus und Garten anstünden. Sollst du mal sehen, wie schnell die Zeit vergeht, und Weihnachten sind wir wieder bei dir.

Ach, was nützt das denn alles, ich bin allein, seufzte Omi, und diese Einsamkeit macht mich krank.

Ein Fahrrad für Mutti

Kinder, setzt euch mal zu mir, sagte Mutti eines Tages: Wir seien nun alt genug und sie habe sich das alles ganz genau überlegt. Sie müsse Geld verdienen und unbedingt ein dauerhaftes Einkommen haben. Hierzu muß sie in die Stadt, das wüssten wir ja, wahrscheinlich sogar nach Wolfsburg. Nicht sofort, meinte sie, es dauere sicher eine Weile, bis sie eine Stelle gefunden habe. Aber sie müsse jetzt mit der Suche beginnen, das Nähen brächte nichts mehr ein.

Ihr seht es ja selbst, Kinder, in Wolfsburg und Vorsfelde kann man in den neuen Textilgeschäften die schönsten Konfektionskleider »von der Stange« kaufen. Nun hört mir bitte zu: Dann wäre ich nämlich nicht mehr den ganzen Tag zu Hause. Aber das spielt sich ein, also macht euch nicht unnötig Sorgen und denkt daran, unsere Zukunft hängt von meiner Arbeit ab. Bis es so weit ist, Elke, bist du sicher zehn und Lisa, du wärst schon zwölf. Dann müsst ihr so weit sein, dass ihr euch über Tag allein versorgen könnt. Als Erstes aber brauche ich ein Fahrrad, wir müssen also ganz schön sparen.

Nach einer Pause fügte sie etwas beschämt hinzu: Viel schlimmer noch, ich kann gar kein Rad fahren.

Mutti, das geht ganz leicht, wir zeigen es dir, sagten wir begeistert und froh, auch etwas beitragen zu können zum Gelingen unserer Zukunft.

Mit dem Rad, das sie bei einem Händler auf Abzahlung kaufen konnte, war sie nun endlich mobil, wie sie es nannte. Aber davor stand das Üben. Wir gingen etwas aus dem Dorf hinaus, es sollte niemand zusehen. Anfangs liefen wir neben dem Rad her und hielten sie fest. Schnell schon konnte Mutti das Gleichgewicht halten. Tapfer fuhr sie nun auf einer kleinen Strecke zwischen Lisa und mir hin und her.

Hätte nicht gedacht, dass Radfahren so leicht ist, sagte sie begeistert, jetzt kann's losgehen.

Um sich bei allen möglichen Stellen zu bewerben, musste Mutti nun oft in die Stadt. Manchmal war sie geradezu euphorisch und meinte: Das könnte was werden! Ein andermal gefiel ihr die angebotene Stelle, der Chef oder die ganze Firma nicht. Was jedoch bei fast allen Bewerbungen hinzukam: Der Lohn war beleidigend niedrig. Ich denke im Besonderen an diese Firma, die Nähmaschinen produzierte und in Wolfsburg eine Filiale eröffnen wollte. Mutti sollte dort alle Verkaufstätigkeiten und Büroarbeiten machen, aber auch Schneiderlehrgänge abhalten mit der kompletten Anleitung zum Selberschneidern.

Ja, natürlich, sie könne auch zuschneiden. Später komme noch Wolle hinzu? Stricken könne sie auch.

Mutti war begeistert: Mit so viel Verantwortung zu Beginn ihrer neuen Berufstätigkeit hatte sie nicht gerechnet. In der Folge gab es ein Gespräch mit dem übergeordneten Geschäftsführer, wozu sie nach Braunschweig bestellt wurde. Das Gehalt für sechs Tage Arbeit in der Woche, bei durchgehenden Geschäftszeiten, sollte zweihundert Mark brutto sein. Dafür müsse sie aber auch bereit sein, des Abends die Lehrgänge abzuhalten, nicht wie von Mutti angenommen während der Geschäftszeiten.

Ihre Kinder, sagte der Herr überfreundlich, sind ja groß

genug und können ruhig mal einen Abend in der Woche allein verbringen.

Muttis Hoffnungen stürzten in sich zusammen. Der Herr aber saß lächelnd hinter seinem großen und komfortablen Schreibtisch, als sei die Zumutung eines Zwölf-Stunden-Tages mit einem Haushalt und zwei unversorgten Kindern das Normalste auf der Welt.

Gleich während der Unterredung war sie gewiss, diese Arbeit nicht anzunehmen. Bei solch einer langen Arbeitswoche wollte sie nicht auch noch zusätzlich ihre Kinder bis spät in die Nacht allein lassen, schon gar nicht für diesen Hungerlohn.

Wie schnell Hoffnungen zunichte werden können und sich Zukunftsträume verlieren! Auch diese Enttäuschung wollte erst wieder überwunden sein. Ich habe meinen Schwur von damals gehalten und niemals ein Produkt dieser Firma gekauft.

Auf dem Feld, bei der Kartoffelernte, verdienten wir Mädchen im Herbst unser erstes eigenes Geld. Der Bauer sagte, ich sei noch zu klein und könne noch nicht so viel arbeiten. Deshalb gab er mir 50 Pfennig für den ganzen Nachmittag, Lisa bekam eine Mark.

Seinerzeit wurden die Kartoffeln noch mit einer rotierenden Maschine, die der Bauer hinter dem Trecker herzog, aus der Erde geholt. Furche für Furche ging es voran, wobei sich die ständig kreisende Forke in das Erdreich grub, um die Kartoffeln nach oben zu befördern und über den Acker zu werfen. Die Kartoffeln verteilten sich auf einer Breite von etwa zwei Metern; immer flog auch reichlich Erdreich mit. Das Auflesen dieser Kartoffeln war dann unsere Arbeit. Es musste recht schnell gehen, denn gleich fuhr der Bauer die nächste Reihe. Zwischendurch leerte er unsere vollen Körbe in einen bereitstehenden Hänger.

Wir Kinder, etwa fünf oder sechs, waren miteinander befreundet. Während wir über den Acker krochen, um nacheinander die herumliegenden Kartoffeln aufzulesen, trieben wir auch so allerhand Späße. Ich erinnere mich gern, wir hatten eine fröhliche Zeit. Schmerzte der Rücken gar so sehr, rutschten wir auf den Knien weiter und zogen den schweren Korb mit uns. Bis wir dann endlich zu der heiß ersehnten Kaffeezeit die Bäuerin mit einem Korb voller Butterbrote den Feldweg entlangkommen sahen. Mit Freuden stürzten wir uns auf die dick belegten Schnitten und tranken warmen Malzkaffe und Milch dazu. Müde und gesättigt ruhten wir noch ein wenig im Gras und blödelten herum, als würden wir ein gemütliches Picknick veranstalten.

Gegen Abend schmerzten uns wirklich alle Glieder, und hundemüde kamen wir heim. Aber wir hatten einen schönen Nachmittag gehabt und freuten uns, man mag es kaum glauben, schon auf den nächsten Tag. Nach zwölf Nachmittagen harter Arbeit hatte Lisa zwölf Mark und ich sechs Mark verdient. Im nächsten Herbst würden wir wieder gehen, alle zusammen, beim gleichen Bauern. Voller Stolz trugen wir unser Geld nach Hause und dachten darüber nach, was nun am nötigsten zu kaufen wäre.

Ich will euch da nicht reinreden, sagte Mutti. Das ist euer Geld, ihr habt es schwer genug verdient.

Kontrollpunkt Marienborn

Wie schon so oft, fuhren wir in den Weihnachtsferien 1950 wieder zu Omi. Per Zug und Bus und mit neuen Aufenthaltspapieren in der Tasche kamen wir beim Kontrollpunkt Marienborn an. Bis dahin war alles gut gegangen.

Aber hier trafen wir auf zwei lange Reihen wartender Menschen. Die Reihen waren viel länger als noch im Sommer, und es ging nicht voran. Wie es aussah, würde es Stunden dauern, bis wir zumindest in den Baracken wären. Zudem fegte über die Autobahn ein eisiger Wind, der einsame Schneeflocken vor sich hertrieb. Alle froren und zitterten in der Kälte.

Merkwürdig, solange wir schwarz über die Grenze gegangen sind, kann ich mich an kein Wetter erinnern. Dabei muss es auch öfters kalt gewesen sein oder stürmisch, oder es muss zumindest mal geregnet haben.

Nach längerem Warten meinte Mutti, wir sollten uns aufteilen. Sie bliebe hier bei der Passkontrolle, während wir uns an der Schlange für die Gepäckkontrolle anstellen sollten.

Anfangs sahen wir sie ja noch, aber bald schon hatten wir Mutti aus den Augen verloren und schoben weiter das Gepäck in die Richtung des Eingangs. Als wir endlich drinnen waren, stellten wir das Gepäck erst einmal an die Wand und überlegten, was jetzt zu tun sei.

Schnell erkannten wir: Bei einem der vier oder fünf Schalter standen keine Leute zur Kontrolle davor. Prima, sagten wir, da kommen wir gleich dran, und hievten schon mal das Gepäck auf den Tresen.

Es dauerte nicht lange, da ging hinter dem Schalter eine Tür auf, und eine Frau in Uniform kam heraus. Weshalb wir hier stünden, fragte sie. Unsere Mutter müsse jeden Moment kommen, erwiderten wir, sie sei wohl bei der Passkontrolle noch nicht durch.

Soso, sagte die Frau, drehte sich um und ging. Noch einmal kam die Uniformierte, aber Mutti war noch immer nicht da. Wieder sagte sie »Soso« und ging.

Es war nicht leicht, unter diesen vielen Menschen jemanden auszumachen, aber endlich entdeckten wir unsere Mutter. Während sie sich zu uns durchzwängte, schob sich Lisa ihr entgegen. Nicht ohne Stolz präsentierten wir das auf dem Tresen liegende Gepäck und sagten: Wir kommen auch gleich dran. Die Frau wartet schon auf dich.

Bevor Mutti noch hätte reagieren können, war die Volkspolizistin auch schon da. Im ersten Schreck fiel Mutti der Kiefer runter. Ich sah es genau, für Sekunden entgleiste ihr Gesicht. Das sind die Momente, in denen ein Kind glaubt, es sei schuld, wenn etwas passiert. Verwirrt sahen Lisa und ich uns an und drängten zu unserer Mutter, die sich jetzt zu einem Lächeln zwang und mit überfreundlicher Stimme Rede und Antwort stand.

Das ganze Gepäck nahm die Uniformierte auseinander, jedes Teil nahm sie mindestens zweimal in die Hand. Dass sie nicht noch die Futterstoffe in den Jacken zur Kontrolle aufschnitt, grenzte an ein Wunder.

Alles, was die Volkspolizistin sagte, kam in absolutem Befehlston. Meine Mutter, um Fassung bemüht, reagierte mit dem Versuch, konstant freundlich zu bleiben. Ganz nebenbei wanderte der Pralinenkasten für unsere Omi unter den Tresen. Ihn im Gepäck zu haben, war allerdings von vornherein ein Wagnis gewesen.

Aber es ist Weihnachten, hatte Mutti gesagt, vielleicht machen die Kontrolleure eine Ausnahme.

Hier aber konnte man den Eindruck gewinnen, wir hätten die Pralinen extra für diese Dame mitgebracht.

Während dieser ganzen langen Zeit kam niemand sonst an diesen Schalter. Nur wir waren so dumm gewesen, dieser bösen Frau in die Falle zu gehen. Ich wünschte mir heftig, Mutti würde dieser alten Hexe so richtig eins in die Fresse hauen. Ich war ein Kind und konnte nicht wissen, dass man durch ein einziges falsches Wort oder eine unbedachte Geste zum Staatsfeind erklärt werden konnte.

Hier hatte die Frau die Macht, und sie gebärdete sich immer herrischer. Inzwischen hatte sie auch jedes Döschen und Tütchen auf seinen Inhalt überprüft. Dann endlich schien sie ihren Spaß gehabt zu haben und schob alle Sachen ein wenig mehr in unsere Richtung. Ich sehe diese Hand noch, wie sie verächtlich unsere Sachen von sich schiebt. Gott sei Dank, das ist vorbei, dachten wir einen kurzen glücklichen Augenblick lang.

Dies war ein Trugschluss, denn sogleich befahl sie unserer Mutter: Und Sie kommen mit.

Sprachlos sahen wir, wie unsere Mutti ohne ein weiteres Wort, etwa an uns, mit dieser schrecklichen Frau in Uniform durch die Tür hinter diesem Tresen verschwand. Erst mal hatten wir genug zu tun. Wir wollten wieder alles so verpacken, wie es vorher gewesen war, damit Mutti, wenn sie zurückkam, nicht enttäuscht war. Über unserem Streit, welches Teil wohl in welchen Rucksack gehörte, vergaßen wir sogar die Zeit. Bis wir das Sortieren, Falten und Verstauen beendet hatten und wieder aufsahen, war die Baracke recht leer geworden. An der Rückwand entdeckten wir eine Bank, die gerade frei war. Schweigend saßen wir nun da und warteten, ängstlich lehnten wir uns aneinander. Mittlerweile hatten auch die letzten Reisenden mit neu geordnetem Gepäck die Baracke verlassen.

Jetzt sind wir ganz allein, flüsterte Lisa, und Mutti kommt nicht.

Wir sehnten ihr Kommen herbei, sie war schon so lange da drinnen. Aber wir konnten nichts tun, als zu warten. Später kamen aus den Türen, die wir bisher nicht beachtet hatten, Uniformierte heraus, um hinter einer anderen Tür erneut zu verschwinden. Einige trugen auch Zivil. Schöne Ferien sagte manch einer, oder auch schönen Feierabend. Wieder kam ein Mann in Uniform, der schon ein paar Mal an uns vorbeigegangen war, aus einem Zimmer, um schnellen Schrittes einer anderen Tür zuzustreben. Die Klinke bereits in der Hand, drehte er sich nochmals zu uns um: Auf was wartet ihr denn, fragte er.

Auf unsere Mutter, antworteten wir gleichzeitig und wiesen zu dieser Tür, hinter der sie verschwunden war.

Er räusperte sich, ich würde meinen, er habe »Soso« gesagt, und verschwand in dem Büro.

Ich will meine Mutter wiederhaben, hätte ich ihm am liebsten nachgerufen. Aber bestimmt würde ich dann losheulen, und das sollten wir ja nicht.

Nicht eine einzige Sekunde ließen wir diese Tür aus den

Augen. Ich weiß noch, wie dumpf sich jeder einzelne Schritt auf diesem Holzboden anhörte – und dann war da dieser eigenartige Geruch von den ölgetränkten Hölzern, der sich in der ungelüfteten Baracke mit dem Mief all derer vermischt hatte, die hier am Tag durchgeschleust wurden.

Weder wussten wir, wie spät es ist, noch wie lange wir hier schon warteten. Die Zeit schien uns abhandengekommen. Bereits vor sechs Uhr waren wir aus dem Haus gegangen, gegen sieben war der Zug abgefahren. Folglich mussten wir spätestens etwa um zehn Uhr hier gewesen sein – und jetzt machten sie Feierabend!

Hoffentlich schließen die nicht noch die Türen ab, dann müssen wir die ganze Nacht hierbleiben, sagte Lisa trocken.

Wieder kam dieser Mann, der uns als Einziger bisher beachtet hatte. Hoffnungsvoll hefteten sich unsere Blicke auf ihn. Tatsächlich blieb er vor uns stehen. Ihr seid ja immer noch da, sagte er und schien nun etwas freundlicher.

So nahm ich all meinen Mut zusammen und sagte: Wir wissen nicht, was wir tun sollen. Wir können doch nicht unsere Mutter allein lassen.

Ärgerlich schüttelte er den Kopf und ging nun schnell auf diese besagte Tür zu, die er laut hörbar hinter sich ins Schloss fallen ließ. Vielleicht war er sich der Tragweite erst jetzt bewusst. Jedenfalls kam nur wenige Augenblicke später unsere Mutter heraus.

Erleichtert riefen wir: Mutti, Mutti, liefen ihr entgegen und wollten sie nicht mehr loslassen.

Doch Mutti schien sehr erschöpft, ordnete ihre Kleider, die aus irgendwelchen Gründen in Unordnung geraten waren. Auch die Haare sahen nicht mehr gut aus. Aber das kümmerte sie wenig, denn sogleich griff Mutti nach ihrem Rucksack und sagte: Bloß raus hier.

Der letzte Bus war längst gefahren, also gingen wir gleich weiter. Wir waren viel zu spät dran, und Mutti bezweifelte, dass wir noch einen Zug erwischen könnten. Hungrig und erschöpft – wir hatten seit dem Morgen nichts gegessen – kämpften wir gegen den eisigen Wind an, der jetzt am Abend noch kälter war.

Ohne Hoffnung sei sie schon gewesen, sagte Mutti, bis auf einmal dieser Mann im Raum stand.

Lassen Sie sofort die Frau gehen, hatte er außer sich vor Wut gebrüllt. Da draußen warten zwei verängstigte Kinder, schämen Sie sich denn gar nicht!

Eine ganze Weile blieben wir sprachlos und hingen unseren Gedanken nach. Bis dann Mutti zu dem ansetzte, was sie uns zu sagen hatte.

Kinder, sagte sie streng, merkt euch eines und das für euer ganzes Leben: In solch einer Situation dürft ihr niemals zu einer Frau gehen. Es gibt Frauen, die, wenn sie Macht ausüben können, zu Hyänen werden.

Was eine Hyäne ist, wusste ich nicht so genau, aber es musste etwas ganz Schlimmes sein.

Der Schalter war so schön leer und wir dachten, wir kämen schneller durch, verteidigten wir uns.

Ich weiß, ihr könnt nichts dafür, beschwichtigte Mutti. Aber merkt euch eines: Solange ihr die Wahl habt, geht lieber zu einem Mann. Mit dem kann man immer noch irgendwie reden. Aber bei so einer Frau, da bist du verloren, und eine ehrliche, zurückhaltende Frau würde so eine Arbeit gar nicht annehmen wollen.

Aber Mutti, die Männer kontrollieren doch auch den ganzen Tag!

Was erzählte sie uns denn da? Eher hatte ich Angst vor Männern, und jetzt sagte Mutti, Frauen seien gefährlich.

Männer, dozierte Mutti, die Männer sehen diese Arbeit als ganz normal an. Eben nur zum Geldverdienen, wie jede andere Arbeit auch. Das, Kinder, ist der gewaltige Unterschied. Bei einem Mann kann man auch mal Pech haben, aber so im Großen und Ganzen ... Aber nun kommt, Kinder, es ist ja noch mal gut gegangen.

Ein einziger Zug fuhr an diesem Abend noch ab Marienborn. Ob wir mit ihm nach Magdeburg gefahren sind oder an einen anderen Ort, daran erinnere ich mich nicht. Ich weiß nur, wir bekamen dort keinen Anschlusszug, und uns blieb nichts anderes übrig, als diese Nacht in einem hässlichen und kalten Wartesaal zu verbringen. Erst einmal teilten wir uns den letzten Proviant. Wenn Kinder müde sind, können sie überall schlafen, das ist ein wirkliches Glück. Ich schlief sofort auf der Holzbank ein. Gegen fünf Uhr morgens sollte die Reise weitergehen. Übernächtigt nach durchwachter Nacht schlief Mutti nun endlich unter dem Rattern des Zuges tief und fest. Schweigend bewachten wir Schwestern ihren Schlaf.

Bestimmt tat unsere Großmutter in dieser Nacht auch kein Auge zu und litt in Sorge und Kummer. Sie war ja nie dabei und wusste nicht, was wirklich passierte. Ihr blieben immer nur diese bösen Ahnungen. Davon gebe es mehr als genug, meinte sie, es bräuchte noch nicht mal viel Fantasie. Die Kontrollen in die DDR wurden immer strenger. Wer weiß, vielleicht würde unsere Mutter doch noch mal festgenommen. So abwegig sei das nicht, hatte Großmutter gesagt.

In einer Stresssituation wie etwa während dieser Grenzkontrolle, geriet mir meine Großmutter völlig aus den Gedanken, obwohl sie ja der eigentliche Anlass unserer Reise war. Meine Konzentration richtete sich dann immer auf diese Gefahr, und ich suchte jeden Fehler zu vermeiden. Sollte einmal wirklich etwas Schlimmes passieren, hatte Mutti uns gesagt, müssten wir sofort in den nächsten Zug steigen und zu Omi fahren.

Aber hätten wir sie gestern allein lassen sollen? Können Kinder eine so schwerwiegende Entscheidung treffen?

***

Wir gemeinsam, ganz Deutschland, hatten Tod und Elend über Europa gebracht – und nicht nur über Europa. Kann man dieses Unrecht vergessen oder von sich weisen, nur weil man eine Grenze gezogen hat?

Ohne diese Grenze hätte Mutti sich nicht nackt ausziehen und »komplett durchsuchen« lassen müssen von einer Grenzpolizistin, die in erster Linie auch Deutsche war. Auch hätte sie nicht Stunden ohne Kleidung in einer fensterlosen Zelle mit nur einem Stuhl verbringen müssen, um zwischendurch von dieser Frau wiederholt beleidigt zu werden. »Verhör« nannte diese Dame in Uniform das. Noch immer fällt es mir schwer, diese Kränkung hinzunehmen, aber hierzu war sie befugt. Schließlich stand sie in Diensten ihres Staates und tat nichts weiter, als den Feind zu durchleuchten, der aus dem Westen kam.

Politisch schien der Osten davon überzeugt, man könne sich sein Schicksal selbst aussuchen: Nur wir aus dem Westen waren die westlichen Agitatoren, die Kriegstreiber, vor denen es sich zu schützen galt – wiewohl Deutsche aus Ost und West gleichermaßen unseren Krieg verschuldet und mit aller Härte durchgeführt hatten.

***

Willkommen zu Hause, sagte Omi, als wir frühmorgens völlig übernächtigt bei ihr anlangten.

Wohlig warm war es in ihrer Küche, der Frühstückstisch festlich gedeckt. Schnell kochte Großmutter noch einen schönen heißen Tee und stellte Brot und Butter dazu. Heute war Muttis Geburtstag. Unsere Mutter hatte aber auch ein Pech, immer waren wir zu ihrem Geburtstag zwischen West- und Ostdeutschland unterwegs. Schon in der Kindheit kam ihr Geburtstag mitten in den Vorbereitungen zum Weihnachtsfest immer sehr ungelegen.

Ich habe noch so viel zu tun, meinte Omi dann später, am besten, ihr schlaft erst mal, und zum Mittagessen wecke ich euch.

Eingebettet in die Liebe und Fürsorge meiner Großmutter versank die Welt da draußen in Nichtigkeit.

Ich träumte, wie schön es wäre, wenn Omi im Westen wohnen würde. Um wie viel angenehmer wäre das Reisen dann! Wir hätten die besten Kleider anziehen können, ich die weißen Strümpfe mit dem Lochmuster und den Mausezähnchen, die sie mir gestrickt hatte. In einem bequemen Zug würden wir nur noch Richtung Süden oder Westen reisen. Nach zwei oder drei Stunden wären wir schon bei ihr. Im Gepäcknetz über uns würde Muttis schwarzer Lederkoffer liegen, und niemand dürfte ihn öffnen und alles durcheinanderbringen. Auch der Pralinenkasten würde so lange obenauf liegen, bis wir ihn selbst bei Omi auspackten, um ihn ihr zu schenken.

Am nächsten Tag saßen Omi und Mutti wie jeden Tag pünktlich vor dem Radio, obwohl es bei Strafe verboten war, Westnachrichten zu hören. Uns schickten sie allerdings zuvor raus. Damit wir nicht so schnell wieder kämen, sollten wir auch noch unser Zimmer aufräumen.

Die Kinder wissen sowieso schon viel zu viel, sagte Omi immer, wenn es mal darauf ankommt, bringen die uns noch in Teufels Küche.

Es war langweilig geworden in Remkersleben, wir gingen schon gar nicht mehr auf die Straße. Omi hatte recht, da draußen war wirklich nichts. So beschäftigten wir uns mit Brett- und Kartenspielen, auch das Schiffeversenken war bei uns sehr beliebt. Lisa spielte auch schon recht gut Klavier. Und ich las gerade ein seltsames Buch über russische Volksmärchen, das Omi mir geschenkt hatte. Es erzählte von bösen Hexen und der unglaublichen Armut einsamer Menschen und war mit ausgesprochen hässlichen Fratzen bebildert. Auf wundersame Weise jedoch verwandelten sich diese gruseligen Gestalten während des Lesens in durchaus liebenswerte Geschöpfe. Mir schienen die Märchen gerade passend für diese kalte und dunkle Winterszeit.

Fernab von allem lebten wir in Großmutters Haus wie in einer Oase. Es gab niemanden sonst außer uns. Mit großem Eifer und liebevoller Rücksichtnahme halfen wir uns gegenseitig bei der Arbeit. Es wurde ja alles selbst gemacht, so gab es immer was zu tun. Wir durchlebten eine Zeit des grössten Verständnisses zueinander. Aus diesen Phasen der Ruhe und Zuneigung schöpften wir die Kraft, die wir dringend benötigten, um immer wieder erneut diese Grenze zu überwinden.

Am liebsten hätte unsere Omi uns dabehalten, dann aber doch nicht wirklich – sie wünschte sich eben nur, wir müssten nie mehr durch diese Grenzkontrollen.

Ich weiß ja, ihr seid nicht weit weg, und im Sommer kommt ihr wieder. Wenn nur diese Grenze nicht wäre!

Auch ich hatte Angst, Lisa bestimmt auch. Aber wir formulierten das nicht weiter, wir mussten ja rüber. Derweil konzentrierte Mutti sich auf die Vorbereitungen zur Rückreise.

***

Wie bei jeder Abreise hält Großmutter in ihrer Hand das Taschentuch fest umschlossen. Sie wird es gleich brauchen, zum Winken. In ihrem Abschiedsschmerz fährt der Zug auch immer viel zu schnell ab. Dabei gäbe es noch so viel zu sagen.

Werden wir uns wiedersehen?

Was bleibt, ist das Taschentuch meiner Großmutter, das sie in die Höhe hebt und im Wind flattern lässt.

Und sogleich, noch ehe der Zug den Bahnhof so richtig verlassen hat, fallen mir auf einmal meine Schlittschuhe ein. Es wäre schön, wenn ich noch heute laufen könnte!

Ein wenig schäme ich mich meiner Gedanken.

Anfangs werde ich wieder etwas wackelig auf den Schlittschuhen sein. Aber nach ein paar Minuten bin ich dann sicherer, und meine Schlittschuhe beginnen zu gleiten. Ich werde schneller und immer schneller, und ich wünsche mir sehr, es wäre noch hell genug, wenn wir nach Hause kommen.

Nur kurz sind wir noch auf dem Eis, denn es ist schon dunkel. Doch es ist wie eine Befreiung und die Luft ist klar und frostig, als ich über das Eis gleite. In Zukunft werde ich wohl nicht mehr so viel Freizeit haben wie noch in diesem Winter.

Es geht aufwärts

Das Jahr 1951 würde das Jahr der Veränderungen sein: Nach Ostern musste ich zur Schule in die Stadt fahren. Bestimmt wird mein Stundenplan länger sein. Demnächst muß ich auch Mutti im Haushalt helfen. Sie hatte endlich Arbeit gefunden und wird genau wie ich nach Wolfsburg fahren, um Möbel zu verkaufen. Mit Hölzern und Stoffen kannte sie sich gut aus, und auch Büroarbeit war ihr nicht fremd.

Jetzt habe ich den Fuß in der Tür, frohlockte Mutti. Das ist ein Anfang, Kinder, und in einem Jahr bewerbe ich mich für eine richtige Bürotätigkeit.

Voller Zuversicht plante sie unsere Zukunft. Ganz bestimmt würden wir auch bald in die Stadt ziehen, wo wir jetzt schon so lange beim Wohnungsamt gemeldet waren. Als Erstes aber brauchte auch ich jetzt ein Fahrrad, um nach Wolfsburg zur Schule zu kommen.

Ich wusste nicht, ob ich mich glücklich schätzen sollte, zur Oberschule gehen zu dürfen, und sah diesem neuen Weg mit sehr gemischten Gefühlen entgegen. Passend zum Einstieg hatte ich bei der 14-tägigen Prüfung, die damals für die Aufnahme in das Gymnasium notwendig war, eine fiebrige Mandelentzündung. Darunter litt ich häufiger, bis mir später die Mandeln entfernt worden sind.

Die Nachprüfung, die nur über ein oder zwei Tage ging, schaffte ich dann erwartungsgemäß. Ich war eine gute Schülerin, meistens unter den Klassenbesten, insofern wäre es eine Sünde gewesen, mich nicht auf eine höhere Schule zu schicken. Doch lehrten mich die folgenden Schuljahre, mich nicht ganz so glücklich zu schätzen.

Vor all dem standen die Osterferien, die wir noch einmal gemeinsam zu dritt bei unserer Omi verbringen wollten. Schließlich würde Mutti, wenn sie erst arbeitete, so schnell keinen Urlaub bekommen.

Wir hatten einen Zug, der nach längerem Aufenthalt in Helmstedt ohne Umsteigen weiter über die Zonengrenze fuhr. Somit war dies unsere erste richtige Fahrt in einem Interzonenzug.

Der Kontrollpunkt auf der Autobahn, der sogenannten Transitstrecke, hielt bei Marienborn den Straßenverkehr unter strenger Kontrolle. Dieses System war binnen kürzester Zeit derart ausgefeilt, dass kein Fahrzeug hier noch hätte durchbrechen können. Zudem wurde jedes Auto bis auf sein Innerstes durchleuchtet. Die Kilometer bis Berlin hatte man zügig zu durchfahren, wobei unter Strafandrohung dieses Stück Autobahn nicht vor dem Grenzposten Berlin verlassen werden durfte.

Aber auch die Kontrollen in den Zügen ging man unglaublich gründlich an. Jeweils zwei Grenzbeamte besetzten einen Waggon, befragten jede Person, sahen die Reisepapiere auf das Genaueste durch und, wie könnte es anders sein, jedes einzelne Gepäckstück. Heute würde ich sagen, diese Kontrollen waren demütigend; damals hatte ich einfach nur Angst. Ganz schlimm war es, wenn Beanstandungen größeren Ausmaßes festgestellt wurden und sie das Gepäck dann bis in den kleinsten Winkel durchsahen – vor aller Augen.

Das ließ niemanden kalt: Die Unsicherheit griff um sich; jeder fragte sich, ob nicht er, ausgerechnet er, der nächste sein könnte. Niemand im Abteil konnte sich dieser Atmosphäre der Bedrohung entziehen, und es war wohl auch beabsichtigt, wenn aufgrund der Vorkommnisse jeder Einzelne im Zug jedem anderen misstraute. Oft wurden auch Personen mitgenommen – das war durchaus kein Einzelfall. Wir sahen sie über den Bahnsteig gehen, auf dem kleinen Bahnhof, der extra für Grenzsoldaten eingerichtet war. Manche kamen zurück, ehe der Zug wieder anfuhr, andere nicht.

Kontrolle und Angst, Bespitzelung und eine unüberwindbare Grenze, die immer mehr zu einer Tötungsanlage ausgebaut wurde, sollten ein Volk glücklich machen.

Mit dieser oder einer ähnlichen Erkenntnis, wie ich sie oft in »unpassender« Situation aussprach, würde ich uns alle noch mal in Teufels Küche bringen, wiederholte Großmutter ihre Sorge um mein loses Mundwerk.

Elke, und du hältst deinen vorlauten Mund, pflegte sie stets zu sagen, bevor wir uns in die »Öffentlichkeit« begaben. Eine andere Formulierung, die sich tief eingeprägt hat, richtete sie gern vorwurfsvoll an meine Mutter: So kann aus dem Kind nichts werden, das sage ich dir mal gleich.

Dabei war ich eher ein pflegeleichtes Kind, brav und folgsam, meine Mutter liebte ich abgöttisch, ich war lerneifrig und fleißig, immer zur Mithilfe bereit. Soziale Gedanken bewegten mich zutiefst. Eines aber war ich ganz bestimmt nicht: Ich war nicht obrigkeitstauglich. Ich danke meinem Schicksal, das mir die krassesten Formen der Unterordnung erspart hat.

Jetzt, wo Mutti Arbeit hatte, ginge es endlich aufwärts, meinte Omi. Sie war sehr froh und stolz auf ihre Tochter. Dass wir nicht mehr so oft kommen konnten, nahm sie überraschend gelassen hin.

Wer weiß, wozu es gut ist, sagte sie, im Herbst wird nun endgültig das letzte Schwein geschlachtet. Das private Schlachten werde sowieso nicht mehr gern gesehen und sicherlich bald ganz verboten. Sie brauche also keine Tiere mehr zu füttern und sei dann im Wesentlichen unabhängig. Schon plante sie ihre erste Reise in den Westen.

Aber erstmal verbrachten wir schöne, unbeschwerte Ostertage bei Großmutter. Es war herrliches Frühlingswetter, Lisa und ich trugen schon Sommerkleider. In leuchtendem Gelb blühten die Osterglocken und Forsythien. Die Knospen in den Obstbäumen waren in diesem Jahr schon so weit, als wollten sie jeden Moment aufspringen. Und die Melodien der Vögel sind im Frühjahr bekanntlich auch am allerschönsten. Die Ostereier durften wir draußen im Garten suchen.

Aber Kinder, bitte kein lautes Wort, und Elke ...

Ja, Omi.

Die beiden Frauen diskutierten, ob wir Mädchen im Sommer allein reisen sollten. Aber das Risiko war sehr groß, und sie waren sich nicht sicher. Nur ein falsches Wort, und wir wären verloren.

So gern ich die Kinder hier habe, aber wir muten ihnen zu viel zu. Bitte bedenke, sie sind noch immer Kinder, sagte Omi abschließend.

Ob wir es uns wirklich zugetraut hätten, trotz aller negativen Geschehnisse? Wir wissen es nicht. Vielleicht aber doch – mit etwas Mut und einer gehörigen Portion Trotz gegenüber dieser Grenzmacht.

Unsere Omi, sonst so traurig, wenn wir abreisten, war voller Zuversicht. Zum Abschied sagte sie, Lisa und ich sollten immer brav sein und unserer Mutter das Leben nicht noch schwerer machen. Mich nahm sie extra noch mal zur Seite und ermahnte mich, ich müsse in der neuen Schule immer gut aufpassen. Jetzt werde mir nicht mehr alles so leicht in den Schoß fallen wie bisher.

Du siehst ja, wie wichtig ein guter Beruf ist, schloss sie. Aber an die neue Schule mochte ich gar nicht denken.

Die Fahrt in einem Interzonenzug ist wohl kaum mit einer normalen Reise zu vergleichen. Auch wenn dieser Zug jetzt durchfuhr, über die Grenze musste man allemal. Das allgemeine Misstrauen ließ eine Unterhaltung erst gar nicht aufkommen, und wäre sie noch so harmlos. So sagte niemand ein Wort. Alle schwiegen, auch die, die sich untereinander kannten. Das war schon sehr belastend. Man konnte auch nicht einfach Zeitung lesen, oder gar ein Buch, es war verboten, Schriftstücke bei sich zu haben.

Sowieso durfte man kein Volkseigentum der Deutschen Demokratischen Republik mit über die Grenze nehmen. Was zum Volkseigentum tatsächlich gehörte, war auch eine Sache der Auslegung und wurde oft erst spontan während einer Kontrolle entschieden. Das Risiko, etwa mit einem Stück Schinken im Gepäck mehr als nur aufzufallen, war sehr groß. Unter diesen Bedingungen lohnte es sich nicht, etwas von dem mitzunehmen, was Omi so mühsam herstellte.

In Schweigen gehüllt erwarteten die Menschen den

Moment, an dem die Grenzsoldaten zustiegen, um dann in einer Art Starre zu verharren, bis die Soldaten in das Abteil kamen.

Wem gehört welcher Koffer, und diese Tasche da, und bitte die Papiere.

Führen Sie etwas mit sich?

Den Koffer bitte öffnen.

Geben Sie mir Ihren Mantel.

So ging das eine ganze Zeit. »Gute Reise« wünschten sie uns nach dieser Tortur oder »Einen schönen Aufenthalt«. Wenn sie dann fort waren – also den Zug ganz verlassen hatten – und wir die Grenze passiert hatten, kam wieder etwas Leben in die Menschen. Erleichtert packten sie ihre Brote aus, nur selten aber entwickelte sich ein Gespräch.

Auch der freundliche ältere Herr, der bisher still und in sich gekehrt uns gegenüber gesessen hatte, wurde etwas lebhafter.

Habe ich ein Glück, sagte er spontan, dass die nicht unter meinen Hut geguckt haben, und er lachte leise.

Wieso? Neugierig geworden, schaute nun das ganze Abteil zu ihm.

Wieso unter Ihren Hut, wiederholte eine Frau, was ist da drunter?

Das Silberbesteck meiner Mutter. Wenn ich auch sonst alles zurücklassen muss, das sollen die nicht auch noch haben.

Bedächtig hob er seinen Hut aus dem Gepäcknetz, nahm das in ein Tuch eingehüllte Silber hervor und legte es in seine Tasche. Mehr Gepäck hatte er nicht.

Diese Frau regte sich furchtbar auf, denn das seien genau

die Leute, deretwegen wir diese Kontrollen ertragen müssten. Er sei ein Verräter. Wären wir jetzt nicht im Westen, betonte sie, würde sie ihn anzeigen.

Nicht mehr nötig, Gnädigste.

Derweil konnten wir uns das Lachen kaum noch verkneifen.

Ich bin der Letzte, fuhr er fort, meine ganze Familie ist schon drüben.

Als hätte der freundliche Herr den besten Witz aller Zeiten erzählt, fiel das ganze Abteil in schallendes Gelächter.

Neue Welten tun sich auf

Den ganzen Tag war meine Mutter nun in der Arbeit, auch sonnabends. Unser Alltag war total auf den Kopf gestellt, auch weil wir bei jedem Wetter diese sieben Kilometer hin und herfahren mussten. Das störte mich im Laufe der Jahre wirklich sehr, Mutti und Lisa ganz bestimmt auch. Aber die richtig harte Prüfung würde erst im Herbst kommen, mit den Stürmen und dem Regen, den glatten Straßen und Schneeverwehungen im Winter.

Lisa fuhr nicht ganz so weit, und sie bekam noch immer Schulspeisung. Die gab es an meiner Schule nicht, obwohl gerade zur Oberschule Wolfsburg sehr viele Kinder bereits morgens vor fünf Uhr mit dem Werksbus der Frühschicht in die Stadt fahren mussten. Sie kamen ja aus allen Himmelsrichtungen, aus Lehre sogar, Barwedel oder Velpke und Twülpstedt und aus Nordsteimke. Erst zum Ende dieser Frühschicht, nachmittags gegen fünfzehn Uhr, konnten sie wieder nach Haus. Rechnet man die Fahrtzeit zu den Schulstunden, war ein geschätztes Drittel aller Schüler von unserer Schule mehr als zwölf Stunden unterwegs. Das muss man sich heute mal vorstellen! Damals aber schien das völlig normal.

Die regelmäßige Hausarbeit war zwischen uns Schwestern aufgeteilt. Bereitwillig erledigte ich die mir aufgetragenen Arbeiten. Wo immer ich meine Mutter entlasten konnte, tat ich dies mit ganzem Herzen. Aber das eiskalte Wohnzimmer im Winter, das ich immer erst anheizen musste, nachdem ich von der Schule mit dem Rad durch die Kälte gefahren war, das habe ich wirklich gehasst. Weshalb war ich eigentlich immer als Erste zu Hause?

Es war die Summe dieser Unbequemlichkeiten, die mich mit meinem Leben unzufriedener werden ließ, obwohl ich noch immer genügend Freizeit hatte. Und nicht ständig unter der Kontrolle meiner Mutter zu sein, war ja im Übrigen auch ganz schön.

Für die Sommerferien ergatterte Mutti für Lisa einen Platz in der Kinderlandverschickung – aber nicht für mich. Da halfen keine Überredungskünste: Ich sah einfach zu gesund aus, und die zuständige Dame sagte, es gebe immer noch genügend unterernährte Kinder.

Deshalb war ich diesen Sommerferien über Tag allein zu Hause. Was mich damals überraschte, war, wie wohl ich mich gefühlt habe.

Ich möchte nicht sagen, ich hätte mich mit meiner Schwester nicht vertragen. So war das nicht. Dennoch ergaben sich für mich durch das Alleinsein vielfältige andere schöpferische Möglichkeiten mit einem neuen und aufregenden Lebensgefühl.

Inzwischen las ich alles, was mir in die Finger kam. Ich ließ mich in die zauberhafte Welt von Dr. Dolittle entführen, mit Robinson Crusoe entdeckte ich die unbekannte Insel. *Biene Maja* lieh ich mir von einer Freundin. Das Buch, noch aus den Kindertagen ihrer Mutter, war wirklich ein Schatz. Eigentlich sollten alle »undeutschen Bücher« per Gesetz der Nationalsozialisten verbrannt sein. Wie man sieht, haben viele Bürger ihre Bücher über den Krieg erhalten. Auch Mutti hatte sich nicht von ihren »gefährdeten Büchern« trennen können. Dies zu wissen, macht mich froh.

Das schönste Buch, das ich je ausgeliehen bekam, war das ganz dicke Märchenbuch meiner Puppenfreundin Walburga. Sie war mit ihren Eltern und drei weiteren Geschwistern aus Rostock nach Westdeutschland gekommen und man hatte ihnen zwei Zimmer in der Burg zugewiesen, in der auch wir früher gewohnt hatten. Wir waren also sozusagen Nachbarskinder.

Sie war gerade hergezogen, als wir eines Tages auf dem Burgplatz unseren heftigen Streit um die Schaukel aufgegeben haben, um lieber gemeinsam zu schaukeln. In Walburga fand ich eine Freundin, die genauso gern wie ich mit Puppen spielte. Selbstvergessen gingen wir diesem Spiel nach und ließen uns durch nichts und niemanden stören. Mit dem Eifer unbeschwerter Kindergedanken spielte ich viele glückliche Nachmittage hindurch mein Puppenspiel mit Walburga, meistens bei ihr. Ob sie nicht zu uns nach Haus durfte? So genau weiß ich das nicht mehr.

Walburgas Vater war Studienrat und unterrichtete an der Oberschule in Wolfsburg, wo sie recht bald schon in ein eigenes Haus ziehen sollten. Ihre beiden älteren Geschwister hatten nur noch zwei oder drei Jahre bis zum Abitur und mussten alle Sprachen nachlernen. Das taten sie mit einer unglaublichen Energie, die wirklich jeden Respekt verdiente. Des Abends hörte der Vater sie regelmäßig ab, und dann rasselten die beiden die Vokabeln runter. Staunend und voller Bewunderung hörte ich ihnen zu. Niemals würde ich diese Disziplin erreichen.

Ursprünglich war die Familie an der Ostsee im jetzigen

Polen zu Hause gewesen und hatten bereits zum zweiten Mal alles zurücklassen müssen, als sie ein paar Jahre später dann aus der Ostzone in den Westen geflohen sind. Umso höher erschien mir der Wert des traumhaften Märchenbuchs, welches mir Walburgas Mutter nur zögerlich in die Hände legte: Trotz allem hatte die Familie gerade dieses Buch ausgewählt, um es mitzunehmen!

Es war aus feinstem Papier und in Leinen gebunden, mit bezaubernden Zeichnungen und Golddruck veredelt und selbst nur in diesem Buch blättern zu dürfen, war schon ein Genuss. Gern versprach ich, es pfleglich zu behandeln.

Von Menschen und Puppen

Die Familie meiner Puppenfreundin nahm uns oft mit zum Kanal bei Vorsfelde, wo wir unter der Anleitung ihres Vaters schwimmen lernten. Mit einem Fahrradschlauch um den Körper gewickelt konnte uns nichts passieren, und gegen Ende des Sommers schwammen wir vollkommen frei und allein durch den Kanal. Wie oft haben Ihre Eltern auch Mutti eingeladen: Man würde Kuchen mitnehmen und ein Picknick machen. Aber meine Mutter kam nicht ein einziges Mal mit. Ich fand das sehr schade; sie sollte endlich dabei sein und sehen, wie schön wir schwimmen konnten.

Wisst ihr, ich kann nicht mit einem Ehepaar so oft zusammen sein, das geht nicht für eine alleinstehende Frau und schon gar nicht im Badeanzug, war ihre Erklärung, die ich für eine bloße Ausrede hielt.

Sie könne doch ihr Kleid anlasssen, schlugen wir vor. Aber es nützte nichts, unsere Mutter blieb an diesen Sonntagen allein zu Haus; und das tat weh und machte uns auch Gewissensbisse.

Wohl eher verhielt es sich so, weil meine Mutter nicht schwimmen konnte und sich deshalb sehr unbeholfen in einem Badeanzug fühlte. Sie hatte es nie gelernt – nicht lernen dürfen, weil eine Tochter aus gutem Hause sich nicht in einem öffentlichen Schwimmbad aufzuhalten hatte. Aus eben diesem Grund war sie sogar in der Schule vom Schwimmunterricht befreit. So sehr meine Mutter um diesen Badeanzug gebettelt hatte, es wurde ihr nicht erlaubt, »sich vor aller Augen ausgezogen zu zeigen«.

Wie muss meine Mutter enttäuscht gewesen sein und welch bittere Erinnerungen sind wohl in ihr hochgekommen, als ausgerechnet ihre Mutter ihren Enkeltöchtern die ersten Badeanzüge schenkte! Doch sie ließ es uns nicht merken und freute sich mit uns.

Als es jedoch an einem Sonntag nicht aufhören wollte zu regnen, wir nicht zu unserem geliebten Schwimmen kamen und Lisa und ich auch noch einen heftigen Streit hatten, sagte Mutti: So, Kinder, und jetzt setzt euch mal zu mir.

Da erzählte sie von dem Badeanzug, den sie niemals haben durfte, und von der ständigen Ausgrenzung aus ihrer Schulgemeinschaft, nur weil dieses und jenes für eine höhere Tochter nicht schicklich war. Eine Tochter hatte häuslich und fleißig zu sein. Nicht ein einziges Mal durfte sie eine Freundin mit nach Hause bringen. Für eine anständige Tochter gehörte sich das nicht. Und an ihrem Geburtstag, gerade mal zwei Tage vor Weihnachten, sei da schon gar nicht dran zu denken gewesen. Jetzt mitten in der Arbeit, aber Kind, wie soll das gehen, habe Omi gesagt, und in zwei Tagen sei sowieso Weihnachten.

Sprach Mutti wirklich von der gleichen Frau, ihrer Mutter und unserer Großmutter, die uns umsorgte und, wenn es ihr möglich war, uns jeden Wunsch erfüllte?

Ach, wisst ihr, ich hätte vielleicht nichts erzählen sollen. Also nehmt es nicht ganz so tragisch, das ist Vergangenheit, wir drei müssen ja auch so manche Prüfung bestehen. Oder glaubt ihr, ich hätte mir früher mal träumen lassen, meine Kinder über eine gefährliche Grenze zu schleppen?

Mutti, wir tun das gern, das ist gar nicht so schlimm, versicherten wir ihr.

Ach, Kinder, beendete sie mit einem Seufzer das Gespräch und schaltete das Radio ein. Ihre Lieblingssendung mit den Opernmelodien hatte schon begonnen.

Trost fand ich immer bei meinen Puppen. Ich liebte sie über alles. Die großen schliefen in meinem Bett, die Kleinen in den Bettchen der Puppenstube. Beim Spiel mit meinen Puppen baute ich mir eine Traumwelt auf, zu der außer Walburga niemand Zugang fand, auch nicht meine Schwester.

Manchmal bat mich Mutti, mitspielen zu dürfen. Sie wolle auch noch mal Kind sein, meinte sie dann. Aber sie störte nur. Denn bei mir hatte jede Puppe ihren eigenen Charakter, danach richtete sich mein Spiel, ähnlich einem Theaterstück.

Ganz gegen unsere familiäre Situation hatte ich in meinem Puppenhaus sogar einen Vater. Schweigsam fügte er sich in seine Rolle, war entweder zur Arbeit oder kam erschöpft nach Hause, setzte sich in seinen Sessel und las Zeitung. Pech für die vielen Kinder: War er im Haus, mussten sie still sein. Das erwartete nicht etwa der Vater, der hatte sowieso nichts zu sagen, sondern die Mutter dirigierte ihre Schar Kinder, und nur selten wagte eines zu widersprechen. Da konnte ja niemand mitspielen, war ja klar! Wer überging schon derart einen Vater, wie ich es tat? Lisa und ich hatten eben keinen Vater.

Bücher mit Geschichte

Ich schaue nach, ob meine Kinderbücher noch an ihrem Platz stehen, und nehme drei heraus. Nun liegen sie vor mir auf dem Tisch, neben meinem Laptop. Wie bei fast all meinen Büchern rankt sich auch um jedes dieser drei eine ureigene Geschichte.

Als erstes nehme ich *Heidi* in die Hand, um es genauer zu betrachten. Ein fester Einband, mit Leinenrücken, völlig unbeschädigt, beinahe 60 Jahre ist es jetzt in meinem Besitz. Mutti hatte es mir zu meinem neunten Geburtstag geschenkt. Johanna Spyri hat mit ihrer *Heidi* einen absoluten Klassiker geschaffen; über Generationen hinweg hüpfte und lachte sich Heidi in die Herzen aller Kinder.

Große Freude bereitete mir auch *Nils Holgerssons schönste Abenteuer* von Selma Lagerlöf. Die Geschichte vom Flug mit den Wildgänsen war mir zu meinem grössten Bedauern abhanden gekommen, bis ich das Buch eines glücklichen Tages auf einem Trödelmarkt wieder gefunden habe. Diese Ausgabe hier ist von 1956, mit einem kräftigen Leineneinband. In Blau- und Weisstönen fliegen Wildgänse über die Landschaft, und auf der grössten, ganz weißen Gans fliegt Nils Holgersson seinen Abenteuern entgegen.

Nun besehe ich mir *Lisa und das Äffchen* genauer, ein kleines Büchlein von 80 Seiten im Taschenbuchformat. Die mit den Jahren stark vergilbten Seiten sind noch immer fest gebunden. Um dem Umschlag etwas mehr Halt zu geben, habe ich vor längerer Zeit die Ränder und den Rücken mit rotem Leinenband umklebt. Gertrud Deringer hat dieses Büchlein geschrieben, der Ensslin & Laiblin Verlag hat es 1952 herausgegeben. Dieses Geschenk meiner Mutter war über lange Zeit mein Lieblingsbuch.

Ich gab es meiner Freundin Anna zu lesen, die, wie ich wusste, nicht lesen durfte. Das sei vertrödelte Zeit, sie sollte zusehen, dass sie ihre Arbeit schaffte. Anna lebte auf einem benachbarten Bauernhof. Annas Mutter war verstorben und der Vater hatte wieder geheiratet. Seitdem war die Magd die Bauersfrau und die Bauerstochter die Magd.

Schon vor der Schule molk Anna die Kühe, besorgte das Frühstück für alle und kümmerte sich um den kleinen Bruder. Danach durfte sie in die Schule, wahrscheinlich auch nur, weil wir Schulpflicht hatten.

So las Anna nur des Nachts beim Licht einer Kerze und versteckte das Buch unter der Matratze. Dort würde es niemand aus ihrer Familie finden, auch das Bettenmachen hatte man ihr aufgebürdet.

Mit Lisa, der in äußerster Armut lebenden Protagonistin des Buches, konnte sich meine Freundin Anna sofort identifizieren. Auch die Protagonistin hat ihre Mutter verloren und läuft nun allein durch die große Stadt, um ihre Mutter zu finden. Sie begegnet Kolja, einem schwarzgelockten Jungen, der einen Affen auf seiner Schulter trägt, wobei dieser mit allerlei Kunststücken von den Stadtmenschen ein paar Groschen erwerben kann. Durch die Hilfe Koljas und seiner Freunde werden sie Lisas Mutter eines Tages in einem Krankenhaus wiederfinden. Anna hat um unsere Buchheldin sehr gelitten und geweint.

Wenn ich erwachsen bin, schwor sie mir, will ich viele Bücher lesen. Dann stelle ich meine Bücher auch in ein Regal, genauso wie in deinem Zimmer.

Ich bot ihr an, *Heidi* zu lesen.

Das ist viel zu dick, dafür brauche ich viel zu lange.

Dann behältst du es eben länger, sagte ich und gab es ihr in die Hand.

***

Seit ich 1959 aus Burg Neuhaus weggezogen war, hatte ich Anna über zwanzig Jahre nicht mehr gesehen. Als ich dann wieder in der Gegend war, kam mein Besuch sehr überraschend.

Anna bat mich in ihr Haus und bedauerte, mir ihre vier Kinder nicht vorstellen zu können, weil der Vater mit den Kindern bei einer Sportveranstaltung war. Gerade den beiden Erstgeborenen hatte sie sehr oft von mir erzählt.

Von mir, Anna?

Weisst du nicht, was du für mich warst?

Ich? Was habe ich Besonderes getan?

Du hast mir deine Bücher gegeben, von dir habe ich gelernt, wie sehr glücklich das Lesen machen kann. Und weisst du noch, wie du extra immer beim Mittagessen gekommen bist, um mich zu deinem Geburtstag einzuladen?

Ja, ich erinnere mich, dann konnten die nicht Nein sagen, das hatten wir doch so verabredet.

Aber erst, wenn die Küche sauber ist, hatte die neue Mutter immer gesagt. Es konnte ihr nicht recht sein, Anna einen ganzen Nachmittag vertrödeln zu lassen, aber sie wahrte den Schein.

Das macht nichts, hatte ich schnell das Wort ergriffen, Anna, wir warten mit dem Kaffee und Kuchen auf dich.

Froh, wieder fortgehen zu können, war ich dann nach draußen gestürzt und nach Haus gerannt, bloß weg von dieser boshaften Frau.

Eine nachdenkliche Pause entstand, während wir an die alten Zeiten dachten. Dann zeigte mir Anna Bilder von ihren Kindern.

Ich glaube, Elke, du hattest es zuletzt auch nicht mehr ganz so leicht?

Ach, Anna ...

Ich umarmte sie, sie umarmte mich. Dicke Tränen rollten über unsere Wangen, während wir jede den Kopf auf die Schulter der anderen legten. Wir weinten, gemeinsam, zu zweit, wir weinten. Erschöpft hielten wir inne, sahen uns an, schnäuzten die Nasen.

Hätte nicht gedacht, dass mir das passiert, sagte Anna.

Ich auch nicht.

Weisst du, sagte sie mir zum Abschied, meinen Kindern habe ich schon gleich Bücher gekauft. Mit Bilderbüchern fing ich an. Und später habe ich immer gesagt: Ihr müsst lesen, lesen ist das Wichtigste im Leben, und habe von dir erzählt, von deinen Büchern. Hast du sie noch?

Ja natürlich, die alten und auch viele Neue dazu.

Hast du *Lisa und das Äffchen* noch?

Erst nach dem Fall der Mauer bin ich wieder dort hingefahren. Ich nahm das Buch für Anna mit. Restauriert mit rotem Klebeband, sah es noch immer gut erhalten aus. Dazu hatte ich eine Vergrößerung von einem Geburtstagsfoto aus unserer Kinderzeit, wo wir Freundinnen alle zusammen an einem großen Tisch sitzen und Kuchen essen. Ein schönes Bild, schwarz-weiß mit viel Licht und Schatten.

Mit einer unbestimmten Vorfreude kam ich bei ihr an, wieder unangemeldet. Sie aber war nicht zu Hause. Anna war verstorben, hörte ich von den Nachbarn, bereits vor fünf Jahren. Betroffen ließ ich das Bild für ihre Kinder da. Dann suchte ich ihr Grab auf dem Friedhof. Später brachte ich Anna einen Feldblumenstrauß.

Das Westpaket

Im Herbst 1951 waren Lisa und ich wieder bei der Kartoffelernte. Ich bekam jetzt auch eine Mark, und ich weiß noch, wie wir von dem Geld die gleichen Kleiderstoffe gekauft haben, mit einem Karomuster in unterschiedlichen Farben. Damals gab es schon die *Burda,* und mit heißem Herzen suchten wir uns aus der Zeitschrift das Modell aus, nach dem Mutti uns die Kleider nähte.

Seit unsere Mutter in Wolfsburg als Möbelverkäuferin arbeitete, gab sie Lisa und auch mir fünf Mark Taschengeld im Monat. Das war viel Geld für eine alleinstehende Mutter und galt damals als sehr fortschrittlich. Meine Mutter war eben in allen Belangen des Lebens eine moderne und emanzipierte Frau.

Die erste große Anschaffung in unserem Haushalt war eine elektrische Waschmaschine. Zwar waren die Maschinen nicht so perfekt wie heute, dennoch hatte das Waschen damit seinen Schrecken verloren.

Für unsere Omi hatte Mutti über die Jahre viele Pakete gepackt, jeden Monat eines, mehr war nicht gestattet, aber wenigstens Kaffee und Tee sollte Omi genießen können. Die Mengen waren ohnehin sehr begrenzt und unterlagen den Zollvorschriften der DDR, die auch die Art der Waren vorbestimmten. Aber einige Grundnahrungsmittel waren immerhin erlaubt, wie Kakao und Milchpulver, Reis oder auch Rosinen zum Backen. Puddingpulver war wohl sehr beliebt drüben und auch Schokolade. Da kam schon einiges zusammen. Ich glaube, Mutti schickte sogar Seife und Shampoo. Aber von jedem nicht zu viel und auch nicht zu oft.

Die Inhaltsangabe musste deutlich lesbar sein, als Verpackung durfte kein beschriebenes Papier verwendet werden. Wenn man sich an diese Vorschriften hielt, kamen die Pakete auch durch die Kontrolle. Jedenfalls gingen uns höchstens zwei oder drei Pakete verloren und manchmal war etwas herausgenommen. Im Rahmen der Vorschriften durften unter Vorlage einer Sondergenehmigung sogar Medikamente geschickt werden. Lange hatte Omi eine Salbe für ein sogenanntes offenes Bein gebraucht.

Weihnachten feierten wir in diesem Jahr daheim. Das war nach den vielen schönen Festen bei meiner Großmutter sehr ungewohnt. Für uns drei war es nicht ganz so arg, aber unsere liebe Omi war allein. Die oberste Kerze im Weihnachtsbaum leuchtete nur für sie, auch das ewige Licht in der Fensterbank. Dank Walter Göde konnten wir Omi wenigstens Fotografien schicken. Er fotografierte uns vor dem Christbaum mit den Bademänteln, die Omi uns geschickt hatte, in den neuen karierten Kleidern und – das war mittlerweile schon zur Gewohnheit geworden – auch mit meinen Puppen.

Mutti behielt recht: Schon im Sommer 1952 fand sie eine Anstellung in einem Büro, genauer gesagt, in der Niederlassung einer Autofirma, die neu eröffnet werden sollte. Zwar war das Gebäude noch im Rohbau, aber begeistert zeigte sie uns ihr Büro und wies auf die Stelle, wo sie ihren Schreibtisch hinstellen würde.

Sie war so voller Pläne und Hoffnung: Endlich würde sie nun auch eine höhere Miete bezahlen können. Jetzt werde es bestimmt nicht mehr lange dauern, bis wir eine Wohnung in der Stadt zugewiesen bekämen. Da war sie sich ganz sicher. Aber es sollen noch Jahre darüber ins Land gehen.

Die Depression der ständigen Geldnot hinter sich lassend, plante Mutti voller Elan unsere Zukunft. Sie war sehr glücklich in dieser Zeit. In ihrem Glück erschien sie mir jünger und schöner. So strahlend schön hatte ich sie bisher nicht wahrgenommen, und ich bewunderte sie sehr. Sowieso war sie eine schöne Frau – »hübsch« sagte man damals. Und sie war noch jung, gerade fünfunddreißig.

Muttis neue Kleider

Nun war Mutti Sekretärin und Sachbearbeiterin in einem, deshalb hatte sie sich »etwas bessere Garderobe zugelegt«. Auf der Fahrt in die Zone trug Mutti in diesem Sommer ihren neuen leichten Mantel in einem hellen Grau. Der Mantel hatte den damals so modernen Schalkragen und entsprach auch sonst der neuesten Mode: leicht fallend und vorne nicht zu knöpfen, mit weiten Ärmeln und Stulpen. In Kombination mit dem selbst genähten engen Rock und der farbigen Seidenbluse sah sie todschick aus – gerade so, wie eine Frau auf Reisen aussehen sollte.

Schweigend erwarteten wir die Grenzsoldaten. Gegen dieses beklemmende Gefühl, das aufkam, sobald der Zug sich der Grenze näherte, war man machtlos; es nahm einem die Luft zum Atmen. Zunächst lauschten wir ihren Schritten, die uns von Abteil zu Abteil näher kamen, bis wir im Nebenabteil auch ihre Stimmen hörten und unsere Tür mit diesem hässlich kratschenden Geräusch aufgeschoben wurde.

Ihre Papiere bitte, und wem gehört welches Gepäck?

Schon stand einer bei Mutti, obwohl sie nicht die nächste gewesen wäre.

Weshalb reisen Sie getrennt zurück, war seine erste Frage.

Mutti sagte, das sei alles genehmigt und wies auf die Daten. Sie habe nicht so viel Urlaub, während ihre Töchter bis zum Ende der Ferien bei ihrer Großmutter blieben.

Sie musste ihren Koffer öffnen, aber er hob nur ein wenig die Wäsche an. Der zweite gab sich auch längst nicht so dienstbeflissen wie sonst und schaute kaum rein in die Taschen und Koffer der anderen. Man hofft ja immer, die Kontrolle werde gleich vorüber sein, aber noch hielt der Grenzsoldat unsere Papiere in der Hand. Wohl in Überlegungen vertieft, ruhte sein Blick auf meiner Schwester und dann auf mir.

Abrupt wandte er sich wieder Mutti zu und sagte: Und Sie kommen mit.

Kaum hatten wir richtig durchgeatmet, waren sie auch schon draußen. Viele Jahre sind seitdem vergangen – aber das spielt keine Rolle, mir ist noch immer, als sei es gestern gewesen. Wir Schwestern rückten enger zusammen. Viel zu schnell war diese kleine Station erreicht, die nur für die Grenzsoldaten vorgesehen war. Inmitten der Uniformierten wurde unsere Mutter mit drei oder vier weiteren Reisenden in das Bahnhofsgebäude gebracht. Ein Soldat bezog Wache vor der Tür. Wie Lisa und ich damals so ruhig bleiben konnten, wie uns das gelingen konnte, kann ich mir noch immer nicht erklären.

In unserem Abteil herrschte eisiges Schweigen. Betroffen sahen wir unverwandt zu dieser Tür, am Ende des Bahnsteigs, die sich schon recht bald öffnete – aber nicht für unsere Mutter.

Die feindseligen Blicke der Mitreisenden taten ein Übriges. Wir wagten kein Wort zu sagen und ließen diese Tür, durch die sie kommen musste, nicht aus den Augen. Einzig der ältere Herr, der uns gegenüber saß, schenkte uns ein freundliches Lächeln. Die Zeit schlich dahin, jede Sekunde erfüllt von der panischen Angst, meine Mutter würde nie mehr wiederkommen.

Ohne zu wissen, was ein Krimi bedeutet, steckten wir mittendrin. Die Spannung stieg ins Unerträgliche.

Wenn die Mutter nicht mehr kommt, müssen die Kinder aber auch raus, brach plötzlich eine Frau dieses Schweigen.

Sei ruhig, sagte der Mann neben ihr.

Müssen wir nicht, antworteten wir wie aus einem Mund. Unsere Mutter hat gesagt, wenn so was passiert, sollen wir weiterfahren, fügte Lisa erklärend hinzu.

Wir waren uns nicht sicher, glaubten aber, inzwischen seien alle Passagiere wieder im Zug außer unserer Mutter.

Bitte, lass sie kommen, sie muss kommen, flüsterten wir uns zu.

Eure Mutter kommt ganz bestimmt, beschwichtigte uns der ältere Herr mit einem aufmunternden Lächeln.

Die Kinder können aber nicht so einfach weiterfahren, gab nun eine andere Frau ihre Gedanken preis.

Können wir wohl, erwiderten wir trotzig und wollten uns nicht hinausdrängen lassen. Ich weiß nicht, was schlimmer war: Mutti, die nicht zurückkam, oder diese mitleidlosen Menschen in diesem Abteil.

Verzweifelt sahen wir zum Fenster: Bitte, lass sie kommen!

Neugierig waren die Leute dann allerdings doch, denn nun wollte die erste Frau wissen, wo wir hinführen.

Sei still, zischte wieder der Mann.

Es reicht, wenn wir das wissen, antwortete Lisa patzig und klemmte ihre Hände zwischen die Knie. Das tat sie immer, wenn sie wütend wurde.

Guck an, frech werden die auch noch! Das war nun wieder die zweite Frau. Währenddessen legte ich meine Hand auf Lisas Schoß, und das schien sie zu beruhigen. Uns fiel es schwer, die eigenen Gefühle unter Kontrolle zu halten, nicht zusammenzubrechen oder wie irre herumzuschreien. Das dumme Gerede dieser Frauen perlte scheinbar wie Regentropfen an uns ab, drang aber dennoch durch unsere Kleider und ließ uns erzittern.

Männer können sich wirklich fairer verhalten, während Frauen wesentlich gehässiger sein können. Das hatte Mutti uns schon nach ihrem stundenlangen Verhör in Marienborn beizubringen versucht. In jenem Zug damals habe ich diese Lektion noch einmal am eigenen Leib erfahren.

Ich meinte zu ersticken in der Furcht, die Zeit könnte nicht reichen und wir müssten ohne Mutti weiterfahren. Schon war der Zug zur Abfahrt bereit, und der Schaffner ging am Zug entlang, jetzt steckte er auch noch die Pfeife in den Mund. Gleich würden wir den Pfiff hören und der Zug musste abfahren – ohne unsere Mutter!

Schon spürten wir den ersten Ruck. Die Lok zog an. Von allem Mut verlassen starrten wir weiter zum Fenster hinaus.

Und da!

In allerletzter Sekunde flog diese Bahnhofstür auf, und wir sahen unsere Mutter herausrennen. In ihrer Hand flatterten Papiere. In Windeseile überquerte sie den Bahnsteig. Ihr Mantel blähte sich auf und wehte weit auseinander, es sah aus, als hätte Mutti Flügel. Hilfsbereit riss der Schaffner eine Zugtür auf. Von innen griffen helfende Hände und zogen Mutti rein in den Zug, der schon ganz schön Tempo hatte.

Lisa sprang sofort auf und lief ihr im Gang entgegen. Atemlos setzte Mutti sich hin. Ihr Mantel hatte ein paar hässliche Flecken bekommen, wohl durch das schnelle Einsteigen. Nun sah sie die Bescherung, und mit zittrigen Fingern strich sie über diese Flecken.

Um Fassung bemüht und wohl mehr zu sich selbst sagte sie: Dass ich mir das auch immer wieder antun muss.

Ist ja noch mal gut gegangen, Mutti! Ich berührte sie ganz sanft mit den Fingerspitzen. Sei nicht traurig, die Flecken sind doch nicht so schlimm.

Manchmal denke ich, Lisa hatte es schwerer als ich. Erlebnisse werden hin und wieder unterschiedlich ertragen, das zeigte sich schon zwischen Lisa und mir, obwohl wir uns durch unsere enge Bindung in vielen Dingen sehr ähnlich waren. Doch ich hatte die Gabe, die Welt sachlicher zu sehen und wusste wohl instinktiv: Kritische Situationen müssen ausgehalten und durchgestanden werden. Wohl deshalb konnte ich Erleichterung und Freude über ein Gelingen intensiver ausleben.

Lisa dagegen wehrte sich gegen den Zwang zur Anpassung innerlich zu sehr und suchte stets nur nach einer Lücke, um diesem Druck auszuweichen. Hierfür verbrauchte sie viel zu viel Energie, weil ihr das bei bestimmten Ereignissen nicht gelingen konnte. So war sie einer Enttäuschung oder Frustration grundsätzlich näher und konnte die Freude über ein Gelingen bei Weitem nicht so auskosten wie ich.

Es war ein Fehler, innerhalb der Familie diese brenzligen Situationen nicht auszudiskutieren – nicht, nachdem sie überstanden waren, aber auch später nie. Das habe ich immer sehr bedauert. Ich glaube, das Schweigen unserer Mutter und

Großmutter zu diesen Dingen hat womöglich meiner Schwester mehr geschadet als mir. Schließlich war sie die Ältere und hätte auch die Verantwortung für mich übernehmen müssen. Das war bestimmt nicht leicht für Lisa.

Als wir endlich in Remkersleben waren und über die holprige Straße Omis Haus zustrebten, unterhielten sich die beiden Frauen dann doch tatsächlich in scheinbarer Ungezwungenheit über Mode. Omi war begeistert von Muttis Kleidung, sie sehe richtig elegant aus. Als hätte es nichts Wichtigeres gegeben!

Aber auf der Straße oder auch sonst überall, wo vielleicht oder auch nur möglicherweise jemand mithören konnte, wurden keine Gespräche geführt, zumindest niemals über ernsthafte Themen. Jede noch so harmlose Äußerung konnte, wenn sie verdreht oder falsch verstanden wurde, schwerwiegende Folgen haben; man konnte, wie Omi so gern sagte, in Teufels Küche kommen.

Während sie das Essen zubereiteten, begann Mutti dann endlich doch zu erzählen, flüsternd nur und irgendwie auch verschlüsselt. Es sei noch ein zweiter Grenzsoldat in dem Raum gewesen, in dem sie verhört worden war. Schon mehrmals habe dieser gesagt: Nun lass sie doch gehen. Ganz zum Schluss, als Mutti sich sicher war, sie werde mit diesem Zug nicht mehr mitkommen, habe dieser Zweite dann gesagt: Willst du die Kinder etwa auch noch aus dem Zug holen? Vielleicht weil er mit Mutti nicht vorankam oder weil ihn dieser Zweite kritisierte, jedenfalls war der Verhörende sichtlich nervöser geworden. Um das Ganze zu Ende zu bringen, hatte er mit den Worten: Auf deine Verantwortung! die Pässe vor unserer Mutter auf die Tischplatte geknallt. Mutti habe nicht weiter nachgedacht und im Losrennen noch schnell nach den Papieren gegriffen. Sie hatte gewusst, es kam auf jede Sekunde an.

Wenn ich mir das recht überlege, bemerkte Omi, hast du ausgesehen wie die Chefsekretärin vom Generaldirektor. Es wäre besser gewesen ...

Ja, das weiß ich jetzt auch, aber das ist noch lange kein Grund ... und beide erinnerten sich an uns Mädchen, die wir auch am Tisch saßen. Mutti war verärgert oder vielleicht eher beleidigt.

Du redest, als wäre es mein Fehler gewesen, sagte sie vorwurfsvoll.

Nein, Tochter, der Fehler liegt im System. Aber wie du siehst, müssen wir uns diesem System unterordnen.

Ich nicht, erwiderte Mutti nun entschieden.

Sprachlos sah Omi auf ihren Teller, schweigend aßen wir weiter.

Nach dem Essen bearbeitete Mutti die Flecken an ihrem Mantel.

Lass mich das machen, sagte Omi und nahm ihr den Mantel aus der Hand. Großmutter war sehr geschickt in solchen Dingen. Mit gebührendem Stolz zeigte sie das Ergebnis.

Siehst du, die Flecken sind ganz weg, und der Wollstoff hat keinen Schaden genommen.

Auf der Rückreise trug Mutti eine ältere Jacke von Omi. Die passte ihr zwar nicht so ganz, aber darauf kam es ja nicht an.

In diesem Sommer regnete es sehr viel, zudem sollten wir mindestens eine Stunde am Tag für die Schule lernen. Das hatte Mutti extra angeordnet und Omi gebeten, darauf zu achten. In dieser ereignislosen Zeit machten die Übungen sogar Spaß, denn da draußen war nichts, sooft wir auch durch die Gardinen linsten. Das taten wir allerdings nur ganz heimlich – wehe, Omi überraschte uns!

Ich habe euch gesagt, ihr sollt vom Fenster weggehen! Ärgerlich wiegte sie ihren Kopf.

Aber Omi, zu Hause ...

Ihr seid hier nicht zu Hause. Und bleibt von der Gardine weg!

Von drei Zimmern gingen die Fenster nach vorne zur Straße. Gelüftet wurde nur in aller Herrgottsfrühe, und die Gardinen hatten so zu bleiben, wie sie von Omi zugezogen waren.

Wir diktierten uns gegenseitig, schrieben Aufsätze und dachten uns die verrücktesten Dreisatzaufgaben aus.

Du kannst doch alles, sagte Lisa. Sie hatte immer gute Noten, meine waren schlechter.

Ja, ich weiß, aber in der Schule fällt mir alles viel schwerer. Die Lehrer sind schon so alt und richtig herrisch. Ich glaube, die sind alle noch aus der Hitlerzeit.

Klar sind die Alten noch aus der Nazizeit. Sie nannte einige Namen. Da darfst du dir nichts draus machen, das sind eben Arschlöcher.

Lisa schien eine für sie gesündere Einstellung zu dieser Problematik zu haben, vielleicht kam sie mit ihren Lehrern auch besser zurecht.

Unterdessen war Omi ins Zimmer gekommen. Sie sollte uns ja kontrollieren und ermahnte uns auch gleich, nicht solche Reden zu führen. Wir könnten froh sein, dass wir überhaupt lernen dürften.

Ich musste meine Geschwister versorgen und zudem auf dem Feld arbeiten, da blieb kaum Zeit für die Schule, sagte sie energisch. Und ohne gefragt zu werden, bin ich mit vierzehn einfach in Stellung gegeben worden. Weisst du, was das heißt?

Ja, Omi, ich habe es bei Marlitt und Courths-Mahler gelesen, gab ich kleinlaut zur Antwort.

Du bist noch keine zwölf und liest schon solche Bücher? Erlaubt das eure Mutter?

Weiß ich nicht, jedenfalls hat sie's mir nicht extra verboten.

Ich mochte es nicht, wenn jemand meine Mutter kritisierte, auch nicht Omi, dann wurde ich richtig sauer.

Aber ich sollte wohl besser still sein, denn Lisa stieß mir schon grob in die Seite. Wenn ich gewusst hätte, wie sehr sich Omi sich über meine Antwort aufregt, hätte ich bestimmt eine andere gewählt.

Dabei wollte ich sie nur etwas versöhnlicher stimmen und sagte: Aber Omi, du kannst doch alles.

Ja, und was nützt mir das? Heutzutage muss eine Frau einen Beruf haben, also lernt anständig.

Sie hatte die Hand schon auf der Türklinke, da antwortete ich ein wenig unbeholfen, weil mir in der Schnelle keine bessere Formulierung eingefallen war: Omi, das will ich auch. Aber du hattest doch sogar ein Geschäft.

Kind, ich *hatte*, erwiderte sie verbittert, das sagst du schon ganz richtig. Bis sie es mir weggenommen haben. Aber einen Beruf kann dir keiner nehmen. Und sie schaute ihre Enkelinnen mit feuchten Augen an.

Ich war immer so glücklich in dem Haus meiner Großmutter. Ein unbestimmtes Gefühl wiegte mich in dem Glauben, im Schutz dieser Mauern unantastbar zu sein. Stets war ich überzeugt, Omi fühle sich genauso, schließlich war es ihr Haus. Es entzog sich meiner naiven Vorstellung, meine Omi könnte in ihrem Leben auch viel Schmerz durchlitten haben. Sie sprach so selten über ihre eigenen Erfahrungen. Dennoch war es mein Fehler, sie auch in späteren Jahren nie gefragt zu haben, bis es dann zu spät war. Versäumtes kann man nicht nachholen – das war auch ein geflügeltes Wort von meiner Omi.

Der Abschied auf dem Bahnhof war herzzerreißend. In ihrer Sorge, ob wir auch heil ankommen würden, wollte sie uns nicht loslassen.

Omi, wir kommen ja wieder. Wir winkten kräftig aus dem Zugfenster.

Ja, Kinder, und an der Grenze, macht ihr alles, wie ich es gesagt habe. Und Elke, sei du still und lass nur Lisa reden.

Ja, Omi, wir machen das schon, wir sind keine kleinen Kinder mehr.

Unser letztes »Tschüs« verschluckte das Zischen der Lokomotive, und solange wir den Bahnhof sahen, winkten wir mit unseren weißen Tüchern.

Tschüs Omi, wir kommen wieder, hallt es in mir nach. Immer noch.

Ich bin nie mehr wieder gekommen.

Ohne dass wir es ahnten, sollte dies die letzte Reise nach Remkersleben gewesen sein. Sowieso wären wir erst im nächsten Sommer wieder gefahren, weil Mutti mit ihren 12 Urlaubstagen pro Jahr nicht gerade große Sprünge machen konnte. Aber das schien nicht der einzige Grund: Mutti wollte nicht mehr über diese Grenze. Nicht mehr hilflos den Kontrollen ausgesetzt sein, zumal Mutti mit geradezu unheimlicher Sicherheit bei praktisch jedem Grenzübertritt zu den Grenzgängern gehörte, die besonders genau kontrolliert wurden. (Heute frage ich mich, ob diese Geschehnisse etwa einen anderen Hintergrund hatten als den, eine Grenzgängerin zu kontrollieren. Vielleicht erwartete man von ihr Gegenleistungen? Oder sollte das alles bloßer Zufall gewesen sein?)

Das müsst ihr verstehen, meinte Mutti. Es geht nicht, Kinder, betonte sie ihre Entscheidung. Da halfen keine Überredungskünste. Lisa und ich dachten ja nicht weiter über mögliche Gefahren nach, sondern wollten einfach nur bei unserer Omi sein und sei die Reise noch so beschwerlich. Unsere liebe Omi, die sich jetzt bestimmt schrecklich allein fühlte. Aber das Thema war abgeschlossen. Wir würden nicht mehr rüberfahren.

Wir Kriegskinder

Das war eine bemerkenswerte Zeit, in der wir aufgewachsen sind – nicht nur wegen unserer Grenzgänge. An uns Kindern des Krieges, deren Weg ins Leben mehr oder weniger mit der viel zitierten Stunde Null begann, kann man die Entwicklung von Deutschland nach dem Krieg ablesen. Wir wuchsen heran, und parallel hierzu tat dies auch der jeweilige deutsche Staat.

Noch ehe wir in der Schule schwierige Rechenaufgaben zu lösen gelernt hatten, gab es in den Geschäften schon ein wenig mehr als nur Zucker oder Margarine zu kaufen.

Dennoch lebten wir viele, viele Jahre in außerordentlicher Bescheidenheit und das, so scheint mir, war nicht unbedingt ein Nachteil. Handwerkliches Geschick war gefragt, und wer nicht mit Nadel und Faden umgehen konnte, war schlechter dran als andere. Ohne die Hilfe von Nachbarn und Freunden war der Alltag wohl kaum zu bewältigen, und es erforderte ein hohes Maß an Fantasie, um provisorische Lösungen zu entwickeln und sie auch zuzulassen.

Ich denke an jenen Mann, der bei uns den Strom abgelesen hat, sein Name ist mir leider entfallen. Er kassierte auch gleichzeitig die Rechnungen. Somit kam er in jeden Haushalt, und wenn irgendjemand alle Familienverhältnisse wirklich gekannt hat, dann war es dieser Mann.

Hin und wieder schraubte er schon mal die Sicherungen raus. Nur zur Kontrolle, denn die gingen oft kaputt und hätten sofort durch neue ersetzt werden müssen. Aber das kostete ein paar Mark, und wer hatte die schon? Also nahm man Kupferdraht, den man einfach nur um die Sicherung wickelte – das konnte jedes größere Kind –, schraubte die Sicherung wieder rein, und der Strom war wieder da.

Diese Praxis war brandgefährlich im wahrsten Sinne des Wortes. Einmal hatte der Stromableser uns schon dabei ertappt und uns die Leviten gelesen; ein weiteres Mal durfte er uns nicht erwischen. Also rechneten wir in etwa den Tag aus, an dem er wiederkäme, nahmen beizeiten den Kupferdraht heraus und hatten nun zwar keinen Strom, aber eine scheinbar heile Sicherung.

Es gäbe von einer Menge dieser Provisorien zu berichten, die einem das Leben erleichtern konnten und in sicherlich ungezählten Fällen das Überleben erst möglich machten.

Manchmal war Mutti krank, zweimal war sie länger im Krankenhaus. Sie hatte ein Gallenleiden, das sie früher oder später würde operieren lassen müssen. Aber was würde mit ihren Kindern geschehen, wenn sie diesen Eingriff nicht überlebte? Das war zwar unwahrscheinlich, aber für das Überleben gab es nun mal keine Garantie. Also verschob sie die Operation von einer Kolik zur nächsten, und sobald die Galle sich beruhigt und sie lange genug Diät gegessen hatte, konnte der Alltag wieder beginnen. Nicht bevor ihre Mädchen 14 oder 15 sind, wollte sie sich operieren lassen.

Inzwischen wurden wir aufgeteilt, wenn Mutti krank war: Mal waren wir bei der Bäuerin vom Hof direkt nebenan, mal auf dem Hof von entfernteren Nachbarn. Aber egal, in welchem Haushalt: Nur zum Essen gingen wir dorthin, in allen anderen Belangen versorgten wir uns selbst. Mit kindlichem

Eifer erledigten wir all die notwendigen Dinge, wie es unsere Mutter tat. Wir wuschen sogar Wäsche und bügelten und brachten Mutti die frischen Nachthemden ins Krankenhaus. Die Wohnung wurde von uns sauber gehalten und selbstverständlich, ehe Mutti nach Hause kam, noch mal ganz gründlich geputzt. Sich in aller Einfachheit selber versorgen zu können, ist nun mal eine dringliche Notwendigkeit, die mit einem gewissen Alter ein jeder erlernen kann.

Einfach waren bei uns auch die Spiele. Da waren das Hüpfen und die Ballspiele, Verstecken oder Balancieren, und alle diese Übungen kosteten nicht einen Pfennig. Mit größtem Vergnügen spielten wir Brettspiele, und das Schiffeversenken machten wir stundenlang und immer wieder neu mit großer Begeisterung. Man benötigte dafür nicht mehr als zwei Bleistifte und zwei Stücke kariertes Papier.

Bei schlechtem Wetter wartete im Wohnzimmer das Radio auf uns. Ganz dicht an den Lautsprecher gedrückt, hörten wir den Kinderfunk. Abends gab es für Mutti die Hörspiele, bei manchen durften wir aufbleiben, je nach Inhalt. Später hörten wir die Schlager, die Lisa so gerne mitsang. Mutti hatte ihre Opern, wobei wir sie nicht stören durften, sie tat das bei unseren Sendungen auch nicht. So ergänzte sich die Zeit und wir waren glücklich – und das in einer erstaunlich angenehmen Bescheidenheit.

Auch die Stadt Wolfsburg wuchs heran und dehnte sich weit über ihre ursprünglichen Ränder hinaus. Wolfsburg ist eine junge Stadt: In einer Festschrift meiner Schule zu ihrem zehnjährigen Bestehen entdecke ich zwei alte Luftaufnahmen aus dem Jahr 1952.

Das erste Bild zeigt die provisorischen Baracken, in denen

diese Schule seit ihrer Gründung 1942 untergebracht war. In einer dieser Baracken habe ich noch meine Aufnahmeprüfung gemacht, meine fünfte Klasse war dann schon in dem ersten großen Neubau.

Die zweite Luftaufnahme zeigt im Vordergrund die neue Schule am Pestalozziweg und dahinter, als befände sich diese Schule nicht inmitten der Stadt, eine große Fläche unbebauten Brachlandes. Sehr bald wird dort das Rathaus entstehen, mit dem Marktplatz davor, und die Porschestraße wird größer und breiter werden. Neue Geschäftshäuser und dringend benötigte Wohnblöcke werden dort emporwachsen.

Das moderne Kino mit den roten Samtvorhängen war ein prachtvoller Rundbau. Gleich daneben dann der Marktplatz mit dem großen und neuen Rathaus. Woolworth war unser erstes Kaufhaus, und der erste Supermarkt war eine Sensation. Endlich war auch das Krankenhaus fertig gebaut, und die Baracken konnten abgerissen werden. So entstanden wieder freie Flächen für neue Einfamilienhäuser. Das Schwimmbad und diverse Sportstätten wurden in einer parkähnlichen Landschaft angelegt. Eine Mehrzweckhalle war in Planung und auch ein Theater. Die ersten Hochhäuser streckten sich in den Himmel, und auf großzügigen, in die Zukunft weisenden, breiten Straßen gelangte man überall hin.

Obwohl so viel gebaut wurde und ganze Stadtteile neu entstanden, war noch immer nicht genug Wohnraum vorhanden. So manches Dorf war in die Stadtplanung bereits einbezogen. Einzig unser Dorf war weiterhin wie abgeschnitten. Hier lohnten keine Investitionen, es lag zu dicht an der Zonengrenze. In diese Richtung baute man nicht.

Wie wir paar Schulkinder und die wenigen Berufstätigen aus dem Dorf in die Stadt kommen sollten, schien niemanden zu interessieren. Eine Busverbindung war unrentabel.

Wie oft hatte Mutti beim Wohnungsamt in Wolfsburg schon vergeblich nachgefragt. Doch mit unseren kleinen Kämmerchen bei nur drei Personen wohnten wir noch viel zu komfortabel, um wirklich bedürftig zu sein. Andere Familien dagegen hatten gar keine Wohnung und lebten sogar getrennt bei Verwandten oder den Eltern, der eine hier und der andere da. Männer wohnten in Männerwohnheimen, in kleinsten Zimmerchen, und die Frauen in Frauenwohnheimen. Auch Verheiratete lebten so, während ihre Kinder bei den Großeltern untergebracht waren.

Heute sind die beiden futuristisch anmutenden Museumskomplexe in ihrer Architektur hochgelobt und finden in aller Welt Beachtung. Mit seinem Autoland hat das Volkswagenwerk etwas Einmaliges geschaffen. Rückblickend gesehen, war es ein tolles Gefühl, diese Stadt wachsen zu sehen, an ihrer Entwicklung teilzuhaben, und sei es auch nur durch Neugier. Ich bin stolz auf mein Wolfsburg, auf diese lebendige und flexible Stadt, die in ständiger Veränderung und Modernisierung begriffen ist.

Als mein Ehemann und ich vor ich weiß nicht wie vielen Jahren zum ersten Mal gemeinsam meine Heimatstadt besuchten, vermochte er nicht zu entdecken, was ich so begeistert gepriesen hatte.

Weißt du, ich habe den Eindruck, als hätte man hier wie für einen Film nur mal eben Kulissen hochgezogen. All diese gleichförmigen Häuser, die findest du schön? fragte er ungläubig.

Das schon, erwiderte ich, sie sind ziemlich gleich. Aber siehst du nicht, dass alle nach hinten Wiesen und Gärten haben und nicht mehr als vier Stockwerke hoch sind? Diese großen, freien Flächen ringsherum, ist das nichts? Ist das nicht allemal schöner, als in anderen Städten diese furchtbar engen Straßenschluchten, gesäumt von viel zu hohen Häusern und schmalen Bürgersteigen?

Nein, ich konnte ihn nicht überzeugen, damals nicht und heute auch nicht. Er ist in Würzburg aufgewachsen, mit dem täglichen Blick auf die Marienfestung und den Main und die Residenz und den Wein – eine Stadt in Pracht und Herrlichkeit, die bei jedem Besucher einen unvergesslichen Eindruck hinterlassen wird.

Damit kann Wolfsburg nicht konkurrieren. Meine Stadt hat einen eher etwas spröderen Charme, der sich nicht spontan aufdrängt und den Besucher bei der Hand nehmen muss, um ihm seine Schönheiten zu zeigen.

Großmutters erster Besuch

Inzwischen schrieben wir das Jahr 1954. Wir Schwestern waren jetzt, wo ich dreizehn war und Lisa fünfzehn, nicht mehr so bedingungslos und oft zusammen. Durch die zwei Jahre Altersunterschied veränderte sich Lisas Freundeskreis gegenüber meinem deutlich.

Für die Sommerferien aber planten wir eine gemeinsame Radtour. Wir wollten einfach mal alleine unterwegs sein, ohne Grenzkontrollen und ohne auf hässlichen Bahnhöfen warten zu müssen: Frei sein und selbst bestimmen können, wie wir den Tag gestalten.

Voller Tatendrang fuhren wir los, als Ziel hatten wir das Steinhuder Meer gewählt. In einem großen Zeltlager fanden wir noch zwei Betten, die Jugendherberge, in der wir ursprünglich übernachten wollten, war belegt. Aber es regnete viel und es war auch wirklich kalt, und wir fragten uns, ob woanders das Wetter nicht besser wäre.

Deshalb fuhren wir nach ein paar Tagen weiter. Ganz spontan, einfach so. Das war ja das Schöne: Wir konnten uns entscheiden und waren mit unseren Rädern flexibel.

Kaum hatten wir das Steinhuder Meer hinter uns gelassen, schien auch schon die Sonne, und es wurde richtig warm. Wir fuhren die Weser entlang und übernachteten in Jugendherbergen. In Hameln gefiel es uns so gut und wir blieben eine Woche lang dort.

Aber dann ging uns das Geld aus. Wir hatten ja nicht viel

und waren schon länger unterwegs als geplant. Die Rückfahrt ohne Geld war nun nicht mehr ganz so lustig. Wir übernachteten in einem Strohhaufen und einmal in einer abgelegenen Scheune. Auch das muss man mal erlebt haben – wir fanden uns großartig. Ich erinnere mich, wie wir mit unseren letzten Groschen Brötchen kauften und uns diese jeweils immer zur Hälfte teilten. Irgendwo an der Landstraße sahen wir einen nicht abgeernteten Kirschbaum. Wir kletterten hinein und aßen uns satt an den saftigsüßen Früchten.

Ausgehungert, aber glücklich kamen wir zu Hause an. Ich hatte eine ganz andere Dimension von Freiheit kennengelernt, eine Freiheit, in der ich selbst nur für mich allein verantwortlich bin.

Gerade noch rechtzeitig vor Omis Ankunft waren wir wieder zu Haus und konnten unsere Großmutter auf dem Bahnhof abholen. Gegenüber heute war dieses Abholen etwas beschwerlicher. Der Koffer wurde auf den Gepäckträger eines Rades gestellt, und wir schoben die Räder und gingen mit unserer Großmutter zu Fuß über die Landstraße. Fünf Kilometer waren das immerhin.

Zwei lange Jahre hatten wir unsere Großmutter nicht gesehen, sondern uns nur Briefe geschrieben – eine Telefonverbindung gab es immer noch nicht. Wie Omi vorausgesagt hatte, fütterte sie nun kein Schwein mehr. Auch die Zahl der Hühner hatte sie etwas reduziert. Sie zog auch keine Gössel mehr groß, ebenso wenig wie Puten, die sie früher bisweilen verkauft hatte. Mit den Jahren war ihr auch das Umgraben immer schwerer geworden; den Garten bewirtschaftete sie nur noch etwa zu Hälfte. Jetzt war alles eingerichtet, sie würde ihr Haus auf längere Zeit verlassen können. Die Hühner versorgte die Bekannte, diese ältere Dame, als Ausgleich konnte sie die Eier nehmen und aus dem Garten, was gerade erntereif war.

Eine Reiseerlaubnis für Ostbürger im Rentenalter wurde praktisch immer bewilligt, falls nichts Außerordentliches vorlag. Überprüft wurden zwar alle, aber in der Regel war der Ausflug in den Westen für die Generation der Großeltern bequemer. Ab und an blieb auch mal einer von ihnen im Westen, was sich wiederum günstig auf den DDR-Staat auswirkte. Denn unter diesen Bedingungen erloschen die Rentenansprüche und auch, was sonst noch Staatspflicht gewesen wäre. Ganz automatisch entwickelte sich unter diesem Aspekt auch eine Verjüngung der Bevölkerung, und das gesamte Umfeld gestaltete sich wesentlich dynamischer.

Großmutter war zwar schon lange entschlossen gewesen, rüberzukommen, aber sie konnte sich nicht überwinden, die Zonengrenze zu überqueren. Das war ihr Problem, und so ging es sicherlich vielen Älteren.

Wie oft hatte sie geschrieben, nun komme sie aber endlich wirklich! Günstig wäre der Sommer, schrieb sie, um bald darauf nachzusetzen: Nein, dann doch besser im Herbst – und erneut verschob sie ihre Reise. Dann hieß es wieder: Viel lieber wäre ich Weihnachten bei euch. Darüber sind zwei Jahre ins Land gegangen, bis nun endlich die Sehnsucht, bei ihrer Tochter zu sein, in diesem Sommer stärker war als all ihre vielen Bedenken.

Ihre erste Station waren Verwandte im Ruhrgebiet. Von dort fuhr sie in den Westharz zu ihren Geschwistern. Und nun, in der letzten Woche ihres Aufenthalts im Westen, kam sie zu uns. Das Glück, das wir empfanden, als wir uns auf dem Bahnhof gesund wiedersahen, ist unbeschreiblich. Die Freude rieselte durch den ganzen Körper und fand sich in einer einzig großen Umarmung zusammen.

Schön habt ihr's hier, nur ein bisschen klein, beurteilte sie unsere Mansarde.

Wohl eher wie eine Puppenstube, meinte Mutti.

Aber schön ist es hier, beteuerte Omi, und sei froh, dass du mit den Mädchen im Westen bist.

Meine Großmutter war voller Leben und Frische und bewunderte den Fortschritt und unseren, schon ein wenig erkennbaren, wirtschaftlichen Aufschwung. Allem voran aber die freie und offene Art der politischen Diskussion im Rundfunk und in der Zeitung – und auch innerhalb der Familien.

Viel freundlicher seien die Menschen hier. Sogar auf der Straße könne man sich unterhalten über alles, was einem gerade einfiel, ungeachtet dessen, ob sonst noch jemand zuhörte.

Dass ich das noch erleben darf! rief sie mehrfach aus. Überwältigt von dem Gefühl der Freiheit, die sie in dieser Intensität nicht erwartet hatte, sagte sie: Hierfür lohnt es sich zu leben und zu arbeiten. Dankt Gott, dass ihr im Westen seid.

Diese eine Woche war viel zu kurz. Kaum hatten wir Zeit, uns aneinander zu gewöhnen, da musste sie schon wieder in die Zone. Viel zu schnell standen wir wieder auf dem Bahnsteig, und aus dem Zug winkte jetzt unsere Großmutter. Nun war sie es, die mit gespielter Heiterkeit ihre Ängste vor der bevorstehenden Grenzkontrolle zu verbergen suchte.

Ende einer Kindheit

Diese Jahre waren in jeder Beziehung eine sehr ungewöhnliche Zeit. In der meine schulischen Leistungen nachließen und ich Mutti so manchen Kummer bereitete. Elkekind, was ist mit dir, fragte Mutti bestürzt. Beschämt sah ich an Mutti vorbei auf ein Bild, das, so lange ich denken kann, stets über ihrem Bücherregal hing. Einer kleinen Harzlandschaft in Öl mit einem ruhig fließenden Gewässer, welches die Berge zu teilen scheint. Heute hängt dieses Bild neben vielen Erinnerungsfotos in meinem Zimmer. Ich wusste nichts darauf zu sagen, ich verstand mich ja selbst nicht. Aber es war so, und aus dem fröhlichen und neugierigen Kind entwickelte sich eine kritische und sehr ernste Heranwachsende.

Äußerlich verlief mein Leben beinahe unverändert. Doch ohne zu ahnen, weshalb dies geschieht, war ich innerlich sehr zerrissen. Zwar schliefen die Puppen noch in meinem Bett, ich aber hatte mich endgültig in die Welt der Bücher begeben. Ich las in jeder freien Minute und bis spät in die Nacht. Das war eine Welt, die dem, was ich bisher erfahren und gelernt hatte, eine völlig neue und ernsthaftere Dimension gab. Florence Nightingale und Henri Dunant waren meine Helden. Mehr als alles andere bewunderte ich jedoch den todesmutigen Widerstand der Geschwister Scholl. Sich mit ihnen auseinanderzusetzen, hielt ich für meine wesentlichste Aufgabe.

Dazu kam wenig später das Tagebuch der Anne Frank. Das kleine Mädchen, das 1933 mit seinen Eltern vor den Nazischergen aus Deutschland fliehen muß und in Amsterdam 1942 in einem Kellerraum den Krieg zu überleben sucht. Ihre Eintragungen beginnen mit dem 12. Juni 1942, ihrem dreizehnten Geburtstag. Mit acht Menschen eingepfercht und ohne Tageslicht, erfindet sie Kitty, die Figur einer fiktiven Freundin. Ihr wird sie von nun an ihre Gedanken anvertrauen, ihre Hoffnungen und Ziele, und wenn sie dieses hier überlebt, schreibt sie in ihr Tagebuch, wird sie ein Buch schreiben über die nicht enden wollenden Tage und Nächte hier in diesem Keller. Freitag, dem 21. Juli 1944, ist sie beinahe euphorisch und erwartet nach dem Attentat auf Hitler eine baldige Befreiung. Am 1. August 1944 vertraut sie sich ein letztes Mal Kitty in ihrem Buch an. 25 lange Monate überlebten sie in diesem Versteck, ehe die SS sie am 4. August 1944 aufspürt und in die Viehwaggons zu den Konzentrationslagern verlädt. Dort, in dem Konzentrationslager Bergen-Belsen, stirbt das Mädchen Anne, im März 1945. Zwei Monate bevor die Alliierten die Nazidiktatur besiegen und die wenigen Überlebenden aus den Konzentrationslagern befreien.

Dieser Text geht unter die Haut, heute wie damals. Er kommt mir ganz, ganz nahe und bleibt auf ewig in meinem Herzen. Das Bühnenstück »Das Tagebuch der Anne Frank« in der Inszenierung der Landesbühne Hannover habe ich, wie auch manch anderes Schauspiel, in der Aula unserer Schule gesehen. Wolfsburg hatte ja noch kein richtiges Theater. Die junge Schauspielerin Elisabeth Müller war in der Rolle der Anne Frank so sehr überzeugend, und ich glaubte ihr, das Mädchen zu sein. Stumm, zum Gedenken an Anne Frank, verließen damals wir Zuschauer den Saal.

Alle Bücher, die ich in dieser Zeit las, lieh ich mir in der Stadtbücherei aus. Obwohl meine Mutter eine ganze Reihe Bücher hatte und selbst sehr viel las, verdanke ich es dennoch der dort tätigen Bibliothekarin, dass meine Begeisterung für das Buch anhielt, nachdem ich den Kinderbüchern entwachsen war.

Ich weiß noch, wie ich dastand und ihr zuhörte, wie sie mir versprach, ein Buch, das sie für wichtig hielt, für mich zurückzulegen. Ganz allmählich rutschte diese sehr verständige und freundliche Bibliothekarin in die Rolle meiner engsten Vertrauten.

Die Gewohnheit, andächtig über den Buchdeckel zu streichen, wenn ich ein Buch gelesen hatte, und noch einige Male darin zu blättern, um Absätze oder Seiten erneut zu lesen, habe ich bis heute beibehalten.

Manchmal fand Mutti meine Bücher nicht ganz so gut. Vor allem, wenn in einfachem Text das Leben junger Mädchen geschildert wurde, kritisierte sie den Inhalt als zu profan.

Lies was Ernstes, etwas, woraus du lernen kannst.

Aber das tat ich ja. Und die Bibliothekarin sagte auch, ich müsse zwischendurch auch mal was Schönes lesen. Schließlich sei ich ein junges Mädchen und sollte fröhlich sein. Aber das war ich wohl nicht. Meine Leichtigkeit und meine Neugier auf das Leben waren auf der Strecke geblieben. Einzig meine Bücher halfen mir, diese Zeit zu überbrücken.

Allerdings standen Goethe und Schiller oder auch Rilke und die Familie Mann und noch so manches mehr von mir unbeachtet im Regal meiner Mutter. Ich habe sie geerbt, vor über 30 Jahren schon – deshalb, denke ich mir, bleibt mir noch genügend Zeit, sie zu lesen.

Das Erwachsenwerden hat so seine Tücken, und dieser verdammte Krieg machte es mir nicht einfacher. Ich war sowieso in dem Alter, in dem man als Jugendliche die Verhaltensweisen und die Verbote der Erwachsenen hinterfragt. Praktisch alle Erwachsenen in meinem Umfeld bauten eine Mauer des Schweigens um die Ereignisse der Nazizeit und der Kriegsjahre, das machte es mir nicht gerade leichter. Gespräche hierüber endeten durch die spröden Antworten immer im Unbehagen. Besser, man fragte nicht.

Die Geschichte von Anne Frank und die der Geschwister Scholl waren deshalb umso wichtiger: Sie sprachen das Thema an, das mich umtrieb, das »man« aber durch kontinuierliches Schweigen am liebsten vergessen wollte.

Immerhin war jetzt einiges veröffentlicht und im Fernsehen sah ich erschreckende und grausame Bilder. Aber in unseren Schulbüchern stand nicht eine einzige Zeile. Auch im Unterricht wurde diese Zeit, also unsere jüngste Geschichte, einfach ausgespart. Da hielt man sich doch besser an den Römern fest. Außer ein Lehrer wurde mal persönlich und sprach über die Jahre, die er Soldat gewesen war.

Aber darüber sprachen ja alle. Nur von der eigenen Verantwortung sprach niemand. Wenn der Hitler nicht, dann hätten wir nicht, das kannte ich schon. Je öfter ich es hörte, desto weniger überzeugte es mich.

Das *Suchkind 312* in der *Hör Zu* wurde sicherlich in allen Familien gelesen. Mit heißem Herzen diskutierten wir Schülerinnen über das kleine Mädchen Martina, das auf der

Flucht seine Mutter verloren hatte und als elternloses Kind in einem Waisenhaus lebte. Bis auf einem Plakat des Suchdienstes die Mutter ihr tot geglaubtes Kind erkennt. Inzwischen mit einem beruflich sehr engagierten Mann verheiratet, gerät die Mutter in einen Gewissenskonflikt, zumal sie ihrem Gatten die Existenz einer nicht ehelichen Tochter verschwiegen hatte. Nun aber angesichts des noch lebenden Kindes musste sie es ihm sagen und hoffen, er möge ihr verzeihen. Das war eine Geschichte unserer Zeit, die uns mitten ins Herz traf und Empörung und Tränen hervorrief, aber auch Freude und Glück. Zu Hause rissen wir uns um jede Folge: Wer durfte sie zuerst lesen? Mutti, Lisa oder Elke? Wir litten mit den geschilderten Figuren, waren glücklich, wenn auch sie es waren, und diskutierten heftig über diese Zeit, die so viele elternlose Kinder produziert hatte. Aber wir sprachen eben nur über das Suchkind, und jede weitere Frage blieb unbeantwortet oder wurde geschickt umgangen. Irgendwie schafften die Erwachsenen das immer. Oft gaben sie auch uns Kindern das Gefühl, wir hätten etwas Verbotenes getan, indem wir solche Fragen stellten.

Dieses Schweigen einer ganzen Generation belastete auch uns Nachkommen. Noch immer kann ich nicht glauben, wie die Verantwortlichen so dreist sein konnten in der Aufarbeitung der eigenen Geschichte. In Niedersachsen war zwar im Übergang zur neuen politischen Ordnung die Prügelstrafe in den Schulen untersagt worden – doch hatte man es versäumt, in den Schulbüchern unseren letzten Weltkrieg zu erwähnen.

Zu allem Überfluss lernten wir in Geschichte gerade die taktische Kriegsführung namhafter Feldherren vor unserer

Zeitrechnung – etwa wie viele Reiter und Fußvolk so ein Heer beinhaltet. Und ob erst das Fußvolk und dann die Reiter über den Hügel preschen, oder ob sie von rechts und gleichzeitig von links zum Kampf aufmarschieren. Oder nicht doch zu allererst die Reiter. Ich lernte, dass jeder Feldherr seine ureigene und todbringende Methode hatte. Und siegreich zog der Feldherr über die Länder, um dann später, an ganz anderer Stelle, den verlustreichen Schlag zu erhalten. Weil, es war doch kaum zu glauben, der Gegner eine effektivere Methode ersonnen hatte.

Ebenso bemerkenswert war, dass der Mensch, insbesondere sein Tod, in den Geschichtstexten unerwähnt blieb. Da war entweder die Rede von 3000 »Mann« oder einfach nur vom »Heer«, welches dann aufgerieben, vernichtet oder manchmal auch nur in die Flucht geschlagen wurde. Niemandem fehlte ein Arm, ein Bein oder gar der Kopf. Auch die Verwundeten, die ohne weitere Rücksicht auf dem Acker liegen gelassen wurden und dort unter Schmerzen den Tod erwarteten, blieben unerwähnt. Allenfalls wurde das Heer »dezimiert«. Und je berühmter der Feldherr, umso trauriger war es, wenn dieser im Kampf getötet wurde. *Der* wurde nämlich getötet und nicht »aufgerieben«. Und er hatte auch einen Namen, der in unseren Schulbüchern steht.

Wochen des Geschichtsunterrichts haben wir hierfür hergegeben. Wir mussten Zeichnungen anfertigen. Mit kleinen Häkchen und Kreisen markierten wir Reiter und Fußvolk und brachten diese, wie uns eingetrichtert, in entsprechende Aufstellung: in breiter Front oder mit einer Spitze voneweg. Unsere langen Pfeile auf dem Papier wiesen in die Richtung des Angriffs, zum Gegner.

Sogar eine Klassenarbeit mussten wir darüber schreiben. Mitten in dieser Arbeit hielt ich plötzlich inne und besah mir mein Blatt mit dem Hügel, den Häkchen, Kreuzen und Kreisen.

Plötzlich dachte ich mir: Was soll dieser Unsinn, da machst du nicht mehr mit!

Ich gab ein leeres Blatt ab.

Bei der Rückgabe dieser Arbeit kam der Lehrer extra bis zu meiner Bank, um mich zu fragen, was ich mir dabei gedacht hätte.

Ich antwortete, ich sei es leid, mich mit diesem Unsinn zu beschäftigen. Wenn wir schon über Kriege lernen sollten, dann könnten wir wohl besser unseren letzten nehmen.

Den, der gerade zu Ende ist, betonte ich. Damit hätten wir dann für alle Zeiten genug zu tun.

Er ließ mich ausreden. Das überraschte mich, und allein deshalb schon erwartete ich eine Antwort. Irgendeine.

Aber er lachte nur.

Ja, wirklich, er lachte, wendete sich ab, ging zurück und verschanzte sich hinter seinem Pult.

Immer noch lachte er.

Und immer noch lachend schaute er über seine 40 Schüler hinweg, von denen keiner es wagte, sich auch nur zu räuspern. Erst jetzt fiel mir auf, wie außergewöhnlich still es in der Klasse war.

Nach einer kleinen Atempause sagte er: So, und jetzt machen wir weiter.

Meine Weigerung habe ich konsequent durchgehalten. Ich weigerte mich, diese Arbeit nachzuschreiben oder mich mündlich prüfen lassen.

Damit hatte ich eine Fünf zu viel im Zeugnis und blieb sitzen.

Ist dir klar, dass ich für dich Schulgeld bezahlen muss, sagte Mutti, als sie mein Zeugnis sah.

Es tat mir weh, sie enttäuscht zu haben, im Grunde meines Herzens wollte ich meiner Mutter niemals Sorgen machen.

Aber noch ehe ich Gelegenheit hatte, zu antworten, fügte sie verärgert hinzu: Konntest du nicht einfach, wie deine Mitschüler auch, diese Arbeit schreiben und tun, was der Lehrer dir sagt?

Nicht nach diesem Krieg, Mutti.

Immer wenn wir Mutti mit Fragen bestürmten, für die sie selbst keine Erklärung fand, sagte sie: Seid froh, dass ihr erst im Krieg geboren seid.

Ein Glück, erwiderte ich verächtlich.

Als hätte ich mir durch meine späte Geburt besondere Privilegien erworben! Noch heute wühlt mich dieses Thema auf wie kaum ein anderes. Es stürzt mich in einen verwirrenden Strudel von Gefühlen, von Empörung und Scham.

Während des Krieges war es mir sehr gut gegangen, das ist wohl wahr. Die Beeinträchtigungen hatten sich für mich erst nach dem Krieg ergeben, trotz unserer Grenzgänge aber in sehr gemäßigter Form. Millionen Flüchtlinge und Ausgebombte und hunderttausende elternlose Kinder hatten ein Elend zu überwinden, das ich nicht im entferntesten gestreift habe.

Gewiss, Lisa und ich sind ohne Vater aufgewachsen, wir hatten von Haus aus noch nicht mal ein Vaterbild. Mutti sprach nicht darüber. Er war einfach nur tot.

Doch selbst in diesem Punkt würde ich mir nicht anmaßen, mich als traumatisiert zu betrachten. Damit hatten wir uns abgefunden, und er interessierte uns, wenn ich das vereinfachen darf, noch nicht mal sonderlich. In der Tiefe unseres Herzens waren wir bestimmt so manches Mal froh, weil nicht noch jemand da war, der an uns »rumnörgelte«. Die Erziehung unserer Mutter reichte uns vollkommen und war oftmals anstrengend genug. Aber manchmal fühlte ich eben doch ganz anders und wünschte mir meinen Vater, den ich tot wähnte.

Noch sehe ich Bärbel vor mir, eines Morgens in der Schule, wir waren in der dritten Klasse. Bärbel war ein schmales Mädchen mit kaum zu bändigenden Locken, und sie hatte so eine Art, ihre zarten Hände zu einer Faust zusammenzubringen, um diese dann gegen ihr Kinn und die Unterlippe zu drücken. Das tat sie immer, wenn sie sich freute.

An diesem Morgen kam sie überglücklich in die Schule und sagte, ihr Vater sei heute Nacht gekommen. Dabei presste sie ihre ineinander verschlungenen Hände in der Fülle des Glücks noch fester gegen das Kinn. Von uns Mitschülern umringt erzählte sie, plötzlich habe es nachts am Fenster geklopft, sie habe einen fremden Mann in der Dunkelheit gesehen, der zu ihnen wollte, und sei furchtbar erschrocken. Bärbel kannte ihren Vater nicht, aber die Großmutter sei vor Freude beinahe ohnmächtig geworden.

Ihre Mutter war unter den unsäglichen Strapazen der langen Flucht aus dem Osten gestorben. Sie hatten sie zurücklassen müssen, während die Großmutter immer weiter mit Bärbel Richtung Westen gegangen war. Nach langen Irrwegen hatten sie in einem kleinen Zimmerchen in Reislingen eine Bleibe gefunden. Auf der Flucht war Bärbel vier gewesen. Neun Jahre war sie alt, als sie ihren Vater zum ersten Mal sah: einen Kriegsheimkehrer, der nach fünf quälend langen Jahren Kriegsgefangenenlager nach Hause gekommen war.

Wir Kinder freuten uns mit ihr und meinten aber, sie hätte heute nicht zur Schule kommen sollen, um bei ihrem Vater zu bleiben.

Nein, erwiderte sie, mein Vater war so müde und muss erst mal lange schlafen, da störe ich nur. Ein älterer Mitschüler wollte gleich wissen, wo der Vater in Kriegsgefangenschaft gewesen sei. Es blieb ja immer die Hoffnung, man könne über seine eigenen vermissten Angehörigen etwas in Erfahrung bringen. Aber Bärbel wusste es nicht. Ohnehin würde ihr Vater in den nächsten Tagen Auskünfte über Vermisste machen, so gut ihm dies möglich war.

***

Die Erwachsenen hatten diesen Krieg ähnlich einer Naturkatastrophe hingenommen. Kaum noch erklärbar ist für uns Nachgeborene auch die Ächtung derer, die ein Attentat zum Wohle der gesamten deutschen Bevölkerung, ja ganz Europas und auch Amerikas, gewagt haben. Viel zu viele Jahre ist ihnen diese Anerkennung verwehrt geblieben. Auch und insbesondere ihren Angehörigen die, sofern sie überlebt hatten, sich unter der kriegsgeschüttelten Bevölkerung vielen Anfeindungen ausgesetzt sahen. In anderen Ländern werden Widerstandskämpfer in besonderer Weise geehrt. Leider haben wir in Deutschland zu lange gebraucht, um Hitlers Gegnern den gebührenden Respekt zu erweisen.

Die große Reise

Das Jahr 1957 brachte viele Veränderungen mit sich. In diesem Sommer würde ich meinen sechzehnten Geburtstag feiern und meine Schwester ihren achtzehnten. Gleich zu Beginn des Jahres stand in einem Zeitungsartikel: Jugendliche aus Wolfsburg, die eine Reise nach London mitmachen wollten, möchten sich bei der Deutschen Angestellten-Gewerkschaft melden. Kaum hatten wir dies gelesen, rannten wir los, zu dem örtlichen Telefon beim Schmied. Wir wollten uns vorsorglich gleich anmelden, vielleicht waren die Plätze ja schnell belegt!

Die Fahrt sollte pro Person 150 Mark kosten. Das war ein Batzen Geld. Wir redeten uns die Köpfe heiß, wie wir Mutti überzeugen konnten. Es musste uns einfach gelingen! Die Frage, wie wir dies schaffen könnten, brachte uns als Erstes auf die Idee, die Wohnung richtig sauber zu machen. Aufgeregt rückten wir die Möbel zur Seite und wienerten den Boden und die Schränke, putzten die Fenster – danach sah wirklich alles reinlicher aus als zuvor. Lisa übernahm das Essenkochen und ich, als die Hilfskraft, schälte schon mal die Kartoffeln. Es war alles bereit. Mit klopfenden Herzen erwarteten wir unsere Mutter.

Als sie kam und sich über unseren plötzlichen Eifer wunderte, wussten wir zunächst nicht richtig anzufangen und redeten erstmal drum herum.

Bis es dann endlich heraus war, ließen wir Mutti erst gar

nicht zu Wort kommen, sondern sprudelten nur so hervor, was wir alles bereit waren, zu tun: Wir versprachen, jede Hausarbeit zu übernehmen und das Essen jetzt abends immer schon vorzubereiten, bevor sie nach Hause kam, und überhaupt sei London sicher auch gut für unser Englisch.

Kinder, was redet ihr eigentlich so lange, ich hatte euch den Artikel doch extra hingelegt, natürlich könnt ihr mitfahren, das sollt ihr sogar. Das einzige Problem ist das Geld, so viel kann ich euch nicht bezahlen.

Aber Mutti, wir haben schon einen richtigen Plan! Und schon fingen wir von vorne an.

Nun, Kinder, lasst uns erst mal essen. Irgendwie, glaube ich, schafft ihr das wirklich.

Im Frühjahr gingen wir als Erstes beim Bauern zum Rübenverziehen. Das war eine anstrengende Arbeit, die heute durch präzise Saatmaschinen ersetzt wird, indem sie den Abstand der einzelnen Samenkörner genau einhalten. Zwar wurde früher der Samen auch in gerader Reihe in die Erde verbracht, jedoch mit einer zu großen Menge Samenkörner insgesamt, die sich nach dem Aufgehen der Saat in ihrem Wachstum gegenseitig behindern mussten. Als erstes wurden diese Reihen »gehackt« – und zwar nur von Frauen, das hieß jeweils immer eine ganze Breite frischen Grüns aus der Erde zu hacken, so daß nur noch wenige stehen blieben. Das Hacken war für uns Kinder zu schwer. Nun ging es darum, unter den restlichen Rüben diejenigen mit den größten Blättern auszusuchen, und ringsherum die kleineren auszureißen. Erst dann hatte diese nun allein stehende Rübe genügend Platz, um sich in ihrer Größe auszudehnen. Mit dem Ausreißen der überzähligen Schösslinge waren wir mindestens zwei Wochen beschäftigt. Jeden Tag krochen wir stundenlang auf den Knien, und ich kam mir so winzig vor auf diesem großen Acker, auf dem ich von Pflanze zu Pflanze kroch, während die Reihe vor mir kein Ende nehmen wollte. Lisa war schneller als ich und arbeitete mir vom Ende meiner Reihe entgegen. Bis zum Abend waren uns die geübten Frauen stets um Reihen voraus, aber wir hielten durch.

Uns hatte das Reisefieber gepackt und die nächsten Wochen waren angefüllt mit Arbeit und einer unbestimmten Vorfreude. Lisa bekam für den Nachmittag drei und ich zwei Mark. Mit dem Erarbeiteten, unserem ersparten Taschengeld und dem, was Mutti uns dazugab, reichte es sogar noch für ein kleines Taschengeld in London.

Diese Reise war für uns ein außerordentliches Ereignis. Die Aufregung begann schon mit Vorbereitungen, und beizeiten musste auch der Reisepass beantragt werden. Viel früher als nötig hatten wir bereits den Koffer gepackt. Voller Spannung erwarteten wir den Tag, an dem wir zunächst mit dem Zug nach Antwerpen fahren, dann über Ostende mit der Fähre in Dover landen würden.

Wie wird es sein in einer Weltstadt, unter Menschen mit einer fremden Sprache? Etwas Englisch konnte ich immerhin, aber war das ausreichend?

Das größte Problem schien mir die bevorstehende Grenzkontrolle in Dover. Auf dem Weg dorthin litt ich unter schlimmsten Ahnungen, und mit weichen Knien betrat ich das Zollgebäude. Es wäre nur natürlich, glaubte ich, wenn diese Zollbeamten noch feindseliger gegen uns wären, als ich es von den DDR-Grenzsoldaten gewohnt war. Schließlich hatten wir England bombardiert und den Menschen dort sehr viel Leid zugefügt. Schon bereute ich, diese Fahrt in ein fremdes Land gewagt zu haben.

Umso erleichterter sah ich, wie überaus freundlich und höflich die Zollbeamten uns gegenüberstanden. Überhaupt bin ich nur netten Engländern begegnet.

Das bunte Leben in Londons Straßen und die außergewöhnliche Vielfalt aller Nationen beeindruckte mich sehr. Ich traf auf eine Weltoffenheit, die mir neu war, und die ich für überaus erstrebenswert hielt. Denn trotz allen Fortschritts waren unsere Städte noch immer sehr trist und grau.

Gern erinnere ich mich aber auch an den Empfang bei dem Bürgermeister unserer Partnerstadt. Passend zur VW-Stadt Wolfsburg war es die Autostadt Vauxhall. Alles war ganz toll vorbereitet, sogar die Presse war da, und wir hatten ein ganz außergewöhnliches Essen nach der Werksbesichtigung. Bei dieser Reihe von Gläsern und Bestecken glaubten wir, hier würde niemand Geringeres als der Vorstand speisen. Alles in allem sind wir sehr verwöhnt worden.

Als wir wieder zurück in London waren, hatten wir sogar eine Führung in den Houses of Parliament, ich habe schöne Fotos von dort. Das Konzert in der Royal Albert Hall bildete einen krönenden Abschluss zu meiner ersten großen Reise, die mir noch heute als die schönste meines Lebens in Erinnerung ist.

Wir wohnten in einem großen Jugendlager, etwa zehn oder auch zwölf U-Bahnhaltestellen von Londons Zentrum entfernt. Es bestand aus frei stehenden Häusern, auf einer großen Wiese, mit einem einzigen Raum und vielleicht jeweils 20 Betten darin. Männer und Frauen waren durch hohe Zäune getrennt. Viele Jugendgruppen aus allen möglichen Ländern wohnten hier. Ich erinnere mich an Schweden oder australische Pfadfinder, die zu Londons größtem internationalem Pfadfindertreffen gekommen waren. Gleich neben uns waren Mädchen einer Berliner Studentengruppe, zu denen auch Jungens gehörten – natürlich auf der anderen Seite des Zauns.

Eines der Mädchen war abends wohl zu spät gekommen, jedenfalls wollte ihre Gruppe sie nicht mehr reinlassen. Es war nach zehn Uhr. Lange stand sie draußen, klopfte und rief, sie möchten aufmachen, sie könne doch nicht die ganze Nacht hier stehen, und es sei auch kalt.

Ach, was hat sie nicht alles versucht! Aber es wurde ihr nicht geöffnet – bis ich es leid war. Ich stieg von meinem Stockbett herunter, schloss unsere Tür auf und sagte zu ihr: Du kannst bei mir schlafen. Sie war wirklich arg durchgefroren, ich musste sie erst richtig wärmen. Obwohl wir uns nicht kannten, haben wir sehr gut zusammen geschlafen.

Das Ganze sollte ein Nachspiel haben. Ich war die Jüngste in unserer Gruppe, die ältesten Frauen waren bestimmt schon fast dreißig. Eine dieser Älteren regte sich am Morgen furchtbar auf: In einer Gruppe habe man sich anzupassen, und am liebsten würde sie mich zurückschicken.

Mit diesen Anschuldigungen hatte ich nicht gerechnet, insbesondere war ich wie so oft erstaunt über das Schweigen aller anderen während unserer Auseinandersetzung. Niemand hat Partei ergriffen, obwohl wir überhaupt alle erst in den Schlaf fanden, nachdem draußen Ruhe war und das Mädchen bei mir im Bett gelegen hat.

Das machte mich fassungslos, entsprechend scharf war meine Stimme: Sie würden also tatsächlich jemanden eine ganze Nacht draußen stehen lassen? Wie lebt es sich ohne Mitleid?

Unser Gespräch begann zu eskalieren. Mir bleibt die Frage, weshalb es Menschen fertigbringen, einen anderen eine ganze Nacht auszusperren, noch dazu aus völlig nichtigem Grund.

Durch dieses Mädchen nun – ihren Namen habe ich vergessen – lernte ich Karsten kennen, einen Jungen aus ihrer Reisegruppe. Er war meine erste Liebe, und ich wäre am liebsten sofort mit ihm bis nach Berlin gefahren.

Wir haben uns gar nicht oft sehen können, wir waren ja immer mit unseren Gruppen unterwegs. So manche Stunde aber hatten wir auch für uns. Noch immer sehe ich uns zwei über diese große Wiese gehen mit seinem Arm um meine Schultern. Den Abschiedskuss habe ich nicht vergessen, wie auch sein Name stets bei mir sein wird. Aber wer von uns beiden ist zuerst abgereist? Ich kann mich nicht mehr erinnern.

London war nicht nur eine bloße Reise, die ich damals mal eben gemacht hatte. Ich hatte in eine andere Welt geschaut, und das war sehr wichtig für mich. London steht für meine ganz persönliche Reise, für den Beginn meiner Reise in die Welt der Erwachsenen.

Omis letzter Besuch

Rucksäcke wären von dem Bahnhof nach Hause leichter zu tragen gewesen, statt dieses sperrigen Koffers. Aber jetzt hatten wirs geschafft und mit einem Stöhnen der Erleichterung fletzten wir uns in die Sessel. Mutti würde ein paar Stunden später zu Hause sein. Wie schnell das alles geht, gestern sind wir noch in London gewesen, stellten wir Weltreisenden fest.

Der Koffer war schnell ausgepackt und alles an seinem Platz. Wir inspizierten die Küche und überlegten, was wir kochen könnten. Nudeln schmecken immer gut, hatten wir auch in England nicht gegessen. Da war noch etwas Speck und Zwiebeln, wir fanden eine Dose Tomatenmark und eine Dose gelbe Bohnen. Also Nudeln mit Tomatensoße und Speck drinnen und gelbe Bohnen als Salat.

Kinder da seid ihr ja, rief Mutti schon auf der Treppe, und heil und gesund, lasst euch anschauen. Wir hatten so viel zu erzählen und wenn wir wieder nach England fahren, würden wir Mutti mitnehmen, sie müsse endlich auch was von der Welt sehen.

Kinder, ich bin ja früher auch verreist, nur nicht ins Ausland. Ob ich da noch mal hinkomme? Na klar, wenn wir erst Geld verdienen, versicherten wir unserer Mutter, dann arbeitest du nur für dich und dann klappt das auch.

Erst einmal gab es einiges zu tun. Mutti würde morgen nur einen halben Tag arbeiten und dann gleich in der Stadt einkaufen, übermorgen erwarteten wir unsere Großmutter. Seit sie nun schon zwei Mal die Grenze unbeschadet überquert hatte, wollte sie jede Gelegenheit nutzen, die man sie nach Westdeutschland fahren ließe.

Wir Mädchen hatten Omi vom Bahnhof abgeholt, und jetzt saß sie in der Küche bei Mutti. Die stand am Herd und rührte die Blumenkohlsoße, die ihr ja nicht anbrennen sollte, das fehlte ihr noch!

Ohne vom Herd aufzusehen, fragte Mutti: Bist du krank? Du bist so schweigsam.

Großmutter räusperte sich und ließ sich Zeit mit der Antwort: Nein, krank bin ich nicht. Aber ich habe mir das reiflich überlegt – ich bleibe in Westdeutschland.

Verwundert drehte Mutti sich um. Du willst dein Haus und das alles, wofür du dein Leben lang gearbeitet hast, einfach im Stich lassen?

Was soll ich mit einem leeren Haus, entgegnete Omi. Und das Silber benutze ich auch nur, wenn ihr kommt.

Bitte sag mir, wo du schlafen willst! Mutti glaubte wohl, dies sei nur eine Laune, weil Omi schon in einer Woche wieder nach Ostdeutschland musste.

Bei den Mädchen, wenn du die Frisierkommode rausstellst.

Das ist unser einziger Spiegel, und meine Wäsche ist da drin. Und deine Sachen müssten wir ja auch noch irgendwo unterbringen.

Ach, Tochter, ich habe ja nur einen Koffer, seufzte Omi.

Rasch zog Mutti den Topf von der Platte. Wir Mädchen hatten den Tisch gedeckt und trugen nun das Essen auf.

Mutti hatte sich mit diesem Essen so viel Mühe gegeben. Überhaupt hatte sie sich ihre paar Tage Urlaub wohl harmonischer vorgestellt.

Du würdest tatsächlich bei den Kindern schlafen wollen und dich unserem Leben unterordnen?, hakte Mutti nach. Bedenke, diese Entscheidung kannst du nicht mehr rückgängig machen. Die ist unwiderruflich. Ich ahne es, du wirst unglücklich sein – für den Rest deines Lebens.

Ich habe nachgedacht, sagte Omi, und mir alles genau überlegt. Und glaube mir, unglücklich bin ich schon lange. Aber hier wäre ich nicht mehr einsam und müsste keine Angst mehr vor staatlicher Willkür haben.

Wie sachlich Omi diskutieren konnte, auch wenn sie jetzt in ihrem Schmerz weinte! Mutig war sie allemal, stellte ich bewundernd fest.

Früher oder später wirst du diesen Schritt bereuen, sagte Mutti. Außerdem darfst du ja in einem Jahr wiederkommen und du bräuchtest auch nicht immer erst zu anderen Verwandten. Und wenn ich dir verspreche, dass wir ab jetzt auch wieder jedes Jahr zu dir rüberkommen – überlegst du es dir dann noch mal?

Tochter, versprich nichts, was du nicht halten kannst, erwiderte Omi energisch. Und für die Mädchen solltest du schon gar nicht sprechen. Die sind in ein paar Jahren erwachsen. Meinst du, die wollen dann noch zu ihrer alten Oma? Gerade waren sie in England.

Im Stillen gab ich Omi recht. Inzwischen ging ich zur Handelsschule, hatte nette Lehrer, und das Lernen machte wieder Spaß. Schon bald würde ich mir Gedanken über meinen zukünftigen Beruf machen müssen.

Wenigstens hättest du vorher Sachen rüberschicken sollen. Und weshalb hast du dir deinen Schmuck nicht umgehängt, sagte Mutti vorwurfsvoll.

Ich weiß auch nicht, ich war mir eben noch nicht sicher. Omi stocherte in ihrem Essen herum. Aber wenn ich einen Tag vor Ablauf meiner Reiseerlaubnis nicht zurück bin, dann weiß die Bekannte Bescheid. Hoffentlich holt sie sich so viel sie kann noch aus dem Keller, das habe ich ihr ausdrücklich gesagt. Auch aus den Schränken soll sie sich nehmen, was immer sie nehmen möchte.

Du hast es also doch schon lange gewusst? Meine Mutter war ratlos. Auch sie hatte kaum gegessen. Nein, Omi war sich nicht sicher gewesen: Ich habe mich zu dieser Entscheidung sehr gequält, das musst du mir glauben, sagte sie. Ich bin des Alleinseins müde, und ich verspreche dir, ich werde mich niemals beschweren. Mutti fiel nichts Rechtes mehr ein, womit sie ihre Mutter noch hätte umstimmen können und so hörte man nur das Geklapper von unserem Geschirr, das Lisa und ich derweil in die Küche trugen.

Dieses kleine Wohnzimmer, in dem wir saßen, war unser zentraler Raum. Hier stand der einzige Tisch mit Stühlen, außerdem zwei Sessel und die Couch, auf der Mutti schlief, das Radio und die Nähmaschine. Im Winter war es das einzig warme Zimmer. Wenn meine Großmutter bei uns bliebe, würde es wirklich eng. Vielleicht könnten wir das mit dem Bett gerade noch hinkriegen. Aber sie hätte kein Eckchen Privatsphäre. Das machte Mutti Sorgen. Aber ich verstand auch meine Großmutter.

Bis in die Nacht diskutierten die beiden Frauen, und am frühen Morgen schon wieder. Kaum ein paar Stunden hatten wir geschlafen. Längst war alles gesagt, und ihre Gespräche drehten sich im Kreis. Dass sie eines Tages die Grenze ganz dicht machen würden, war Omis größte Sorge. Und was würde dann aus ihr, wenn sie krank und schwach sei? Dieses Elend erlebe sie hautnah bei dem älteren Ehepaar.

Wenn du mir nicht immer die Salbe geschickt hättest, wäre mein Bein noch heute offen, untermauerte Omi ihren Entschluss.

Hast du auch darüber nachgedacht, was werden wird, wenn ich noch mal heirate, fragte Mutti. Oder meinst du, das wäre ganz ausgeschlossen?

Das nicht. Aber erst mal ist kein Mann in Sicht, und du kannst dich deinem Beruf widmen, und ich versorge deinen Haushalt.

Wenn du das hier einen Haushalt nennst und du damit zufrieden bist …

Inzwischen gab es nichts mehr zu diskutieren, und wir kehrten zu so etwas wie Normalität zurück. Nur Omi war ruhelos und wanderte von einem Zimmerchen in das andere, kam zurück ins Wohnzimmer, versuchte sich zu setzen, aber ihre Füße wollten nicht still bleiben.

Ich halte das nicht länger aus, sagte Mutti zu mir. Bleib du aber bei ihr; wenn Omi fragt, ich bin in die Stadt gefahren und mache Besorgungen.

Meine Großmutter setzte ihren Weg fort, im Wohnzimmer stand sie nun am Fenster und besah sich die Bäume im Park. Ich sah ihr verzweifeltes Gesicht mit den fest zusammengepressten Lippen. Zögernd berührte ich sie und flüsterte: Omi. Aber sie beachtete mich nicht und setzte ihren Gang fort. Unter ihren Füßen knackten die Holzdielen.

Dann kam der Tag, an dem sie hätte abreisen sollen, aber sie blieb. Mutti sagte: Heute Nachmittag fährt auch noch ein Zug.

Genug der Tränen, sagte Omi. Energisch öffnete sie ihren Koffer und nahm einen Stoff heraus, den sie zuvor in Bochum gekauft hatte.

Sieh mal, ein schöner Wollstoff, daraus nähe ich mir jetzt ein Kleid. Wo ist deine Nähmaschine?

Mutti klappte die ganz neue, versenkbare Maschine auf.

Die ist ja elektrisch, stellte Omi enttäuscht fest, da kann ich nicht drauf nähen. Omi hatte eine große Scheu vor elektrischen Geräten und in Remkersleben noch immer kein elektrisches Bügeleisen.

Doch, das lernst du, komm, ich zeig's dir. Und welchen Schnitt soll das Kleid haben, was stellst du dir vor?

Omi war sich nicht sicher, es sollte etwas für den Herbst sein.

Ich weiß, wie es aussehen könnte; Elke, hol mal die letzten Burdahefte.

Gemeinsam blätterten sie die Zeitungen durch, und Mutti sagte, siehst du, dieses meine ich.

Das ist sehr schön, wenn nur der Reißverschluss nicht wäre. Omi mochte keine Reißverschlüsse.

Das können wir leicht ändern! Schon war Mutti in ihrem Element. Über dem Heft stießen ihre Köpfe aneinander, und sie lachten.

Wir machen einfach eine Knopfleiste. Du nähst die Knopflöcher und ich beziehe dir dann die Knöpfe mit dem gleichen Stoff. Du wirst sehen, das wertet das Kleid sogar noch auf. Die beiden Frauen machten sich ans Werk.

Leise verließ ich das Zimmer. Auf der Treppe stieg ich über die knarrenden Stufen hinweg, um möglichst unbemerkt aus dem Haus zu kommen. In der hellen Sommersonne ging ich über die Felder, hinaus bis zu »unserem« Heidehügel. Einem durch große Felssteine ungenutzen, kleinen Hügelchen, über dem das Heidekraut wucherte. Ein stiller Ort, den wir drei an sonnigen Tagen oft aufgesucht haben. Kaum jemand sonst fand den Weg bis hier. Dort setzte ich mich in den warmen Sand. In diesem Jahr blühte die Heide so prächtig und war so hoch gewachsen, dass ich beinahe in ihr versank.

Unser Leben im Westen

Als sie mit nur einem einzigen Koffer sich in die Lebensverhältnisse ihrer Tochter begibt, hat meine Großmutter das 60. Lebensjahr gerade überschritten. Wie versprochen, wird sie in den folgenden Jahren den Haushalt ihrer Tochter führen, ohne auch nur ein einziges Mal aufzubegehren.

Knapp zwei Jahre später ziehen wir um ins Ruhrgebiet, mit der Hoffnung auf eine finanziell besser gesicherte Zukunft. Dort wurden die Arbeitskräfte gebraucht und auch höhere Löhne bezahlt und mit ein bißchen Glück fänden wir bestimmt schneller eine Wohnung, war Muttis Hoffnung. Ironischerweise hätten wir wenige Monate danach in Wolfsburg eine Wohnung beziehen können. Die Zuweisung vom Wohnungsamt wurde uns per Nachsendung zugeschickt.

Meine Mutter fand auch sofort eine gute Anstellung. Sie verheiratet sich noch einmal und schenkte einem Sohn das Leben. Dieses Kind, von allen verhätschelt, wurde von unserer Omi in besonderer Weise geliebt und noch einmal erlebte unsere Großmutter all die Liebe und Zärtlichkeit, die sie so lange hatte entbehren müssen.

Der neue Mann im Haus war verwitwet und brachte einen Sohn mit in die Ehe. Der Junge, noch nicht eingeschult, hatte gerade seine Mutter verloren und musste sich völlig neu orientieren. Es war schwer, mitzuerleben, wie verzweifelt er um die Liebe und Achtung seines Vaters kämpfte, ohne sie jemals zu erhalten. Ruhelos auf der Suche nach Geborgenheit, kommt er im Schlaf oft zu mir ins Bett.

Nach Abschluss der Handelsschule und einer kurzen Bürotätigkeit bereitete ich mich auf die Ausbildung zur Krankenschwester vor. Kurz darauf lernte ich Peter kennen. Wir zwei waren jung und so voller Leben und spürten: Wir sind füreinander bestimmt. Wir haben uns unsterblich verliebt, und ich wusste gleich, mit ihm will ich mein Leben verbringen. Und wir vertrauen einander, das ist so wichtig, wenn die allesumfassende Verliebtheit sich gefestigt hat, dann braucht es die Liebe und Vertrauen. 50 Jahre Gemeinsamkeit sind seither vergangen, in denen wir Glück und Freude, aber auch so manches Leid miteinander teilten.

Als mein erster Sohn auf die Welt kommt, bin ich gerade neunzehn. Wir beziehen eine Wohnung, die mehr als 25 Jahre unser Heim sein wird. Immerhin mit einer großen Wiese um uns herum und gleich gegenüber dem Stadtpark. Hier werden meine beiden Söhne aufwachsen, in den Kindergarten und zur Schule gehen. Ich werde bis auf einige wenige Jahre stets berufstätig sein. Der Staat damals ließ in den sechziger Jahren uns junge Eltern noch sehr allein. Anrecht auf Kindergeld war bei nur zwei Kindern nicht gegeben, und die Möglichkeiten für eine Kinderbetreuung waren gleich Null.

Meine Schwester Lisa ist nach einer gescheiterten Ehe in den Raum Frankfurt gezogen, wo sie heute mit einem neuen Partner vier Kinder hat.

Etwas Wohlstand haben wir schließlich alle erreicht. Meiner Mutter gelingt es mit Fleiß und Sparsamkeit sogar, sich ihren Traum eines eigenen Hauses zu erfüllen – ein Reihenhaus am Niederrhein. 1970 haben sie sich gerade eingerichtet, als meine Großmutter krank wird. Drei Wochen später stirbt sie. Ohne je eine Klage hatte sie ihr Schicksal angenommen und die Hausarbeit bei ihrer Tochter übernommen. Ebenso klaglos und in aller Bescheidenheit war sie von uns gegangen. Dennoch scheint mir, als habe sie nur darauf gewartet, in die Sicherheit eines eigenen Hauses zu gelangen. Bis zuletzt aber hatte sie ihre Hoffnung auf ein geeintes Deutschland niemals aufgegeben, stets in der Erwartung, in ihr Eigentum zurückzukehren.

Vier Jahre später schon wird meine Mutter ihrer Mutter folgen. Viel zu jung muss sie gehen: Sie wird gerade 57 Jahre alt.

Der Schmerz über den Verlust meiner Mutter ist unbeschreiblich. Doch was mich wirklich verzweifeln ließ, war diese Endgültigkeit, meine Mutter verloren zu haben, ohne je wieder ein Wort mit ihr reden zu können. Mir bleibt der Vorwurf der vielen Möglichkeiten, die ich habe verstreichen lassen, mit meiner Mutter über das Wesentliche zu sprechen, über das, was wirklich wichtig gewesen wäre.

Ihr Fragen zu stellen. Fragen über diesen Mann, der die Liebe ihres Lebens war und den sie mir, als meinen Vater, so lange vorenthalten hat. Ausgerechnet mitten in diese ohnehin komplizierte Zeit der Pubertät sagte mir ein Kind auf der Straße, noch dazu ein Mädchen, das nur ab und an mal im Ort bei einer Nachbarsfamilie zu Besuch war, ich sei ja ein uneheliches Kind.

Wie sagt man, sagte sie herausfordernd, ein Bastard.

Da dies nicht sein konnte und mein Vater im Krieg zu Tode gekommen war, ließ ich es auf sich beruhen. Doch trug ich diesen Verdacht über Monate mit mir herum. Ich hätte alles dafür gegeben, eine Erklärung zu erhalten, aber ich wagte nicht zu fragen und das schlechte Gewissen hierüber quälte mich. Dem Vorbild meiner Mutter folgend, schwieg nun auch ich. Vielleicht wollte ich mir einen kleinen Rest Hoffnung erhalten, die Behauptung dieses Mädchens sei nur eine Lüge. Das konnte nicht sein, so konnte Mutti mich nicht belogen haben. All die Liebe und das Vertrauen in meine Mutter schwanden dahin, je länger ich schwieg, je länger sie nichts sagte.

Bis sie eines Tages sich gezwungen sah, mir zu erzählen, was sie über mein Leben zu verschweigen suchte. Wahrscheinlich hatte ich eine entsprechende Bemerkung fallen lassen, ich erinnere mich nicht mehr.

Aber ich entsinne mich des sonnigen Tages. Die Sonne fiel mit ihren Frühsommerstrahlen durch das Fenster direkt auf den Tisch und erhellte die Papiere, die meine Mutter mir hingeschoben hatte, wobei sie mich bat, sie zu lesen.

Mit ungläubigem Erstaunen las ich den Text einer Vaterschaftserklärung. Ich konnte ihn nicht zu Ende lesen, weil ich innerlich viel zu aufgewühlt war und legte dieses unangenehm raue und gelbliche Papier an den Rand des Tisches. Am liebsten hätte ich das Blatt zerknüllt und weit von mir geworfen.

Das andere Papier war wenigstens angenehm glatt in der Hand, meine Geburtsurkunde. Ein Dokument, das ich zuvor noch nie gesehen hatte, mit meinem tatsächlichen Familiennamen, dem Geburtsnamen meiner Mutter. Ich war zwei Jahre nach der Scheidung meiner Mutter geboren und uneheliche Kinder erhielten im Geburtenregister damals den Mädchennamen der Mutter. Mein bisheriger Nachname, wie auch der gefallene Vater, war also nur geliehen, um sich und uns Töchtern Peinlichkeiten zu ersparen und mir den Makel der Unehelichkeit, versicherte Mutti, und das Wichtigste aber war, mein Vater lebte noch. Ich liebte meine Mutter, mehr als das, nichts und niemand konnte an sie heranreichen, und ihre Offenbarung traf mich mitten ins Herz. Hektisch schnappte ich nach Luft, und mir war, als glitte ich in eine andere Welt, in der andere Regeln gelten, nicht die, nach denen Mutti mich gelehrt hatte zu leben. Nur leider, hörte ich sie sagen, habe sie seine Anschrift nicht. Er sei in ein anderes Land ausgewandert, und dort gebe es keine Meldepflicht. Aber vielleicht könnte ich ihn später ausfindig machen, suchte sie mit einem entschuldigenden Lächeln meine Gedanken in die Zukunft zu lenken.

Und jetzt …?

Ich wendete mich ab und dachte nach. Ich wollte etwas sagen, doch mir fiel nichts ein. Tausend kleine Gedanken explodierten in meinem Kopf. Nichts war mehr an seinem Platz, alles woran ich geglaubt hatte, schien bedeutungslos. Über meine ganzen Kinderjahre hinweg, all diese vielen Jahre, lebte mein Vater! Nur nichts Falsches sagen und ich brachte kein Wort heraus. Nach einer stillen Ewigkeit schlich ich aus dem Zimmer, ohne noch einmal meine Mutter anzusehen. Erschöpft legte ich mich auf mein Bett und sah meine Puppen, die an die Wand gelehnt dort saßen; nachts legte ich sie noch immer unter meine Bettdecke. Gleichmäßig und unberührt waren ihre Gesichter. Ich schaute sie an und sagte: Ja, und was sagt ihr dazu?

Zwanzig Jahre hätten wir beide noch gehabt. Zwanzig

Jahre, die wir hätten nutzen können, meine Mutter und ich, um diese Lüge aufzuklären, abzuarbeiten. Wir haben es nicht getan, weil ich es nicht zulassen wollte. Weil ich mich geweigert habe, auch nur ein Wort über meinen möglichen Vater oder auch Nichtvater zu verlieren. Es war mein Starrsinn, das muß ich so sagen, der mich dahin gebracht hat. Andere Einsichten schienen mir damals unmöglich.

Ihre aufopfernde Fürsorge und die Liebe für beides ihrer Kinder, die meine Mutter geleistet hat, über diese vielen schweren Jahre hinweg, habe ich zunichte gemacht, indem ich mich weigerte, meine starre Haltung aufzugeben.

Dennoch, oder trotz allem, haben wir in tiefer Zuneigung zueinander eine wirklich glückliche Mutter-Tochter-Beziehung erleben dürfen. Ich danke meinem Schicksal für dieses Glück – trotz dieses dunklen Schattens, der uns von jenem Tag an den Rest unseres gemeinsamen Lebens begleitete.

***

Bald nun ist das Jahr 2008 vorüber und zum wiederholten Male nehme ich diese Vaterschaftserklärung aus meinem Aktenordner und zwinge mich jetzt, jedes einzelne Wort zu lesen, das da geschrieben steht. Erst nach durchwachter Nacht und an diesem frühen Dezembermorgen, der ein sonniger Tag zu werden verspricht und an dem ich dies hier niederschreibe, erkenne ich wahrhaftig und klar: Mein ältester Sohn hatte einen Tag nach meinem Vater Geburtstag. Sie waren nur einige wenige Stunden auseinander.

Weshalb Mutti, haben wir uns das angetan?

Allen Erschwernissen zum Trotz hatte ich in meiner Generation das Privileg, in eine Demokratie hineinzuwachsen, die es uns gestattete, eine friedliche Zukunft zu gestalten. Sicherheit im Leben und Frieden sind zwei Bedingungen, die unser aller Leben erst lebenswert machen. Es ist ein großes Glück, sie in so hohem Maße genießen zu dürfen wie wir. Ich war mir dessen schon früh bewusst, nicht zuletzt aufgrund der Erfahrungen meiner Großmutter, die von einer Diktatur in die nächste geriet.

So viele Jahre sind seit unseren Reisen in die Ostzone vergangen. Sie haben mich die Ödnis vieler Bahnhöfe und ihre Ortsnamen vergessen lassen, wie auch manch andere Station, die wir nur streiften. Doch die Wanderungen damals haben mich gelehrt: Ich kann mit eigenen Schritten vorwärtskommen und mein Ziel erreichen – wie der Mensch vor Hunderten, ja Tausenden von Jahren zu Fuß gehen musste, wenn er an einen anderen Ort gelangen wollte.

Es überrascht mich deshalb nicht, mich jetzt in meinem Ruhestand, an unsere frühen Wanderschaften anknüpfend, zu einer leidenschaftlichen Pilgerin entwickelt zu haben. Zwar ist der Rucksack heute wesentlich komfortabler, auch die Kleidung ist zweckmäßig leicht und die Stiefel halten allen Anforderungen stand. Dennoch muss der wandernde Pilger seinen Weg gehen, richtig mit den Füßen gehen, und die Last seines Besitzes auf dem Rücken tragen.

Es ist ein erhabenes, ja wunderbares Gefühl – das Gefühl der Freiheit schlechthin.

Nach dem Mauerfall
(1989–2009)

Die Mauer ist weg!

Wir hatten es erträumt, über die vielen Jahre gehofft und auch erahnt, aber dennoch nicht erwartet. Bis es dann wirklich geschah, an diesem wunderbaren Tag, an dem sie die Mauer stürmten. Sie kletterten hinauf und saßen nun oben auf der Mauer, die uns so viele Jahre den Weg versperrt hatte. Junge Menschen aus beiden Teilen Deutschlands brachten Hammer und Pickel, und gemeinsam schlugen sie Löcher hinein, bis diese groß genug waren, um hindurchzukriechen.

Schon gab es den ersten größeren Spalt. Sie klopften und hämmerten weiter, rissen mit aller Kraft den Beton auseinander, und der so hoch gepriesene »antifaschistische Schutzwall« brach ein. Ich sah es im Fernsehen und wünschte mir, dort zu sein.

Ach, wenn Mutti und Omi das jetzt erleben könnten!

War das eine Freude! Zu sehen, wie sie hinaufkletterten, hindurchkrochen und sich hilfreich bei der Hand nahmen. Dieses seit mehr als 40 Jahren mit Gewalt getrennte Volk reichte sich die Hände, und wir konnten neu beginnen. Für einen Moment war das Rad der Geschichte angehalten, um sich neu zu orientieren. Wir, die Deutschen, waren wieder ein Volk. Etwas zerfleddert zwar, aber das würde sich geben. Und eine neue Zukunft breitete sich vor uns aus.

***

Es wäre sträflicher Leichtsinn, wenn diese unmenschliche Grenze in Vergessenheit geriete. Das sollte niemals passieren. Geschichte heißt, sich zu erinnern. Wir müssen an die vielen Leidtragenden denken, die an dieser Grenze oder wegen dieser Grenze gescheitert sind. Die Toten rufen uns zur Mahnung. Ihre leblosen Körper dürfen wir nicht vergessen. Niemals! Viel zu oft wurden uns die Bilder der Opfer gezeigt, die von dem Todesstreifen weggetragen wurden. Viele Ermordete sind bis heute noch nicht bei ihren Angehörigen angekommen.

Wir müssen ihrer gedenken und mit großen Lettern ihre Namen auf das Denkmal setzen, damit sie weiterleben – wenigstens in ihren Namen.

***

So schnell, wie ich gern dort gewesen wäre, kam ich nicht hin. Nun aber, im April 1990, hatten wir endlich ein paar freie Tage und die Reise geplant. Doch regnete es schon seit Tagen, und sollte auch nicht aufhören, also blieben wir zu Hause. Weinend ging ich durch die Wohnung und behauptete, das Schicksal sei mal wieder nur gegen mich.

Als wir einige Wochen später dann losfuhren, schien über ganz Deutschland die Sonne. Es wurde eine herrliche Fahrt.

Wolfsburg, die aufstrebende Stadt, war weiter gewachsen, über Reislingen hinaus, bis nach Burg Neuhaus. Das Dorf meiner Kindheit war nun ein Stadtteil von Wolfsburg. Jetzt gab es auch eine Buslinie. Als ich zehn Jahre zuvor da gewesen war und auch Anna besucht hatte, war das noch anders gewesen.

Viele Bauernhöfe wurden anscheinend nicht mehr bewirtschaftet. Auf den ehemals großen Höfen und in ihren Gärten sah ich Reihenhäuser stehen. Der Bauernhof, auf dem wir im Winter vor der Scheune immer unsere Rutschbahn hatten, war in ein komfortables Hotel umgewandelt.

Hier, in der ehemaligen Scheune, mieteten wir uns ein. Aus dem Hotelfenster sah ich direkt zu dem Fenster meines ehemaligen Kinderzimmers hinüber. Das Storchennest immer noch auf dem Stalldach, der jetzt gar kein Stall mehr war, schien verwaist. Auf dem ehemals kargen Heideland, das sich bis in die Nähe des Waldes erstreckt hatte, standen gepflegte Einfamilienhäuser umrahmt von Gärten und neuen Straßen.

Mein erstes Ziel sollte Oebisfelde sein – der Beginn unserer Grenzgänge, wenn man vom ersten Mal 1946 absieht, als Lisa und ich allein durch den Harz gingen. Anfangs glaubte ich nicht, dass ich noch irgendetwas erkennen würde. Doch ich sollte mich irren.

Der jahrzehntelang fehlende Teil der Brücke war durch dicke Stahlplatten ersetzt, und man konnte hinüberfahren. Ich aber wollte wie damals zu Fuß gehen und stieg vor der Brücke aus.

Ein kleiner Container war aufgestellt, bei dem wir unsere Pässe zeigen sollten. Vorsichtshalber hatten wir unsere Reisepässe dabei. Ob das nötig war, weiß ich nicht. Aber der Beamte zeigte Interesse an den Stempeln verschiedener Länder und fragte, ob er sich diese Stempel genauer ansehen dürfe.

Ja, bitte, gerne, sagten wir, und so blieben wir eine Weile. Von dem Schild Oebisfelde machten wir ein Foto. Auch von einem Teil der geschleiften Mauer, welcher fast wie eine Skulptur inmitten einer Wiese stand.

Ein Trabbifahrer blieb auf der Brücke extra für mich stehen. Wir winkten uns zu, ich fotografierte ihn. Zum Dank schickte ich ihm ein Kusshändchen, und er fuhr weiter.

Ich glaubte die Kommandantur zu erkennen. Sie schien schon renoviert, zumindest war sie von außen gestrichen. Auf der Hauptstraße sahen wir nur wenige noch erhaltene Häuser. Die meisten dieser Fachwerkhäuser waren bis zu Schutt zerfallen.

Peter, mein Ehepartner, war angesichts dieses Zerfalls entsetzt.

Ich sagte, ich hätte es mir schlimmer vorgestellt.

Noch schlimmer sei wohl kaum möglich, erwiderte er, da wird man ja vom bloßen Hinsehen schon depressiv.

Wir gingen etwas herum und sahen nun auch Häuser, die schon renoviert waren oder gerade entkernt wurden. In diesen Straßen sah es schon recht gut aus.

Das wird bestimmt mal ein sehr schöner Ort, meinte Peter.

Abends studierte ich die Landkarte. Wie nahe wir uns doch gewesen sind, entfuhr es mir. Noch nicht einmal hundert Kilometer. Das ist kaum zu glauben. Wir hätten ohne Mühe in einem Tag mit dem Rad bei Omi sein können. Ach, was sage ich, nicht in einem Tag, in ein paar Stunden wären wir dort gewesen.

Am nächsten Tag wollten wir über die Grenzstation Marienborn zu Omis Haus fahren. In dieser Nacht schlief ich schlecht. Ruhelos stand ich auf.

Es ist noch dunkel, meinte Peter schläfrig.

Lass dir Zeit, beruhigte ich ihn, ich gehe schon mal runter und setze mich in den Frühstücksraum.

***

Immer noch standen viele Reste dieser Mauer. Grau und sehr hoch versperrten sie die Sicht am Ende der Felder. Ich dachte daran, wie ich zehn Jahre zuvor bei meinem Besuch meine Freundin Anna gefragt hatte, was da hinten sei.

Ist das eine neue, große Fabrik?

Aber nein, das ist doch die Mauer! Hast du die hier noch nie gesehen?

So nicht, sagte ich, früher waren das ja nur hohe Zäune. Tagtäglich diese Mauer vor Augen, muss ja furchtbar sein, wie haltet ihr das aus?

Ach, weißt du, außer dass die Felder bestellt werden, geht niemand mehr da hin. Es hat keinen Zweck, sich dagegen aufzulehnen.

Wieder zurück

Als ich die Kontrollhäuser auf der Autobahn sah – verlassen und öde mit zerschlagenen Fensterscheiben, Sprüher hatten sich über die Betonwände hergemacht –, verlor sich die Nervosität, die mir den Schlaf geraubt hatte.

Weshalb ist das hier noch nicht abgerissen, sagte ich verächtlich. So dachte ich damals. Aber das ist ein Fehler, denn es muss etwas sichtbar bleiben für die Generationen nach uns.

Soll ich halten? – Nein, Peter, bitte fahr weiter.

Wir fuhren über Landstraßen mit außergewöhnlich vielen Schlaglöchern, über Brücken, die nur provisorisch waren, fuhren durch Orte, die mit ihren schmucklosen Häusern, durch die Jahre ergraut, elend und abweisend erschienen.

Ich sah kein Geschäft und fragte mich, wo die Menschen hier einkauften, und wäre es nur das Nötigste, Zucker oder Sprudel etwa. Ich hatte Durst und wäre gern irgendwo eingekehrt. Aber ich sah nicht ein einziges Hinweisschild für irgendetwas, nicht mal für eine einfache Gaststätte. Einmal nur sah ich zwei Menschen, die unabhängig voneinander, ohne nach rechts oder links zu sehen, ihrem Ziel zustrebten. Ich glaube, es war in Seehausen, wo ich dann das Werbeschild las. In einem privaten Fenster wurde auf eine Tchibo-Niederlassung hingewiesen.

Weißt du, überall gibt es Straßen, die elend und ungastlich sind, aber doch nicht ganze Städte und Dörfer. Ich fühle mich wie nach der Bombenzerstörung meiner Heimatstadt, und am liebsten würde ich umkehren, sagte Peter erschöpft.

Das erstaunte mich, weil ich glaubte, er sei darüber hinweg, über die dramatischen Bombennächte und diese traurige Verlassenheit in einer zu über 90 Prozent zerstörten Stadt.

Peter, bitte übertreibe jetzt nicht, hier stehen die Häuser doch noch und sind bewohnt. Schließlich sind Gardinen an den Fenstern.

Ja, sagte er trocken, ich sehe es, manchmal bewegt sich eine.

Auch die Landschaft erstreckte sich in einer einzigartigen Gleichförmigkeit. Ich suchte über die großen Flächen hinweg und fand keine Bäume, nicht einmal ein einziges, wenn auch noch so kleines Gebüsch. Keine Weiden, kein Vieh, das auf den Wiesen grasen sollte, und somit auch keine Zäune. Ob die Kühe das ganze Jahr im Stall standen? In der Weite wuchs nicht eine Blume, nicht ein farbiger Punkt, ein Unkraut, oder irgendetwas ähnliches. Einzig an den Landstraßen standen Bäume, und in den Straßengräben wuchs das Gras sehr hoch. Dieses leuchtende Grün war eine Wohltat für die Augen und für das Gemüt.

Siehst du, ich wusste es, wir kommen bei dem Bahnhof an! Erfreut sprang ich aus dem Auto. So schön und schmuck sah er aus, mit den sauber verfugten Steinen und dem frisch gestrichenen Fachwerk. Stiefmütterchen blühten davor in einem Blumenkasten. Gelb waren sie. Und ich war so glücklich!

Plötzlich kannte ich wieder jede Straße in diesem Dorf und sagte: Peter, bitte geradeaus, jetzt links und noch mal rechts.

Immer noch war die Straße aus dem alten Kopfsteinpflaster, mit diesen beiden Spuren in der Mitte, die fester und gleichmäßiger gepflastert waren.

Jetzt wieder nach links, wir sind gleich da! Mein Herz hüpfte hoch.

Ob das Haus noch steht?

Als Erstes jedoch kamen wir an dem Bauernhof vorbei, auf dem die zurückgelassenen Tiere gebrüllt hatten. Die Dächer waren eingestürzt und mit ihnen ganze Wände. Die Straße war so uneben wie ehedem, mit einigen Teerflecken, dem Kopfsteinpflaster und den großen Schlaglöchern.

Das Haus steht noch! Sieh, Peter, das ist es!

Ich konnte es kaum erwarten, bis er das Auo geparkt hatte.

Ich habe geglaubt, das sei größer, sagte er.

Noch größer?

Aufgeregt machte ich die ersten Fotos. Vor dem Haus verlief derselbe Bürgersteig wie damals, wenn man ihn so bezeichnen kann. Ich glaubte jeden Stein und jede Unebenheit wiederzuerkennen.

Der Putz schien gut gehalten zu haben. Das Weiß war ergraut und vom Regen verwaschen, aber nur an wenigen Stellen abgeplatzt. Deutlich war die seit Jahrzehnten zugemauerte Ladentür zu erkennen. Durch den dünnen Anstrich schimmerte noch immer der Rahmen des ehemaligen Schaufensters.

Nun ging ich auf und ab vor dem Haus, sah hinauf zu den Fenstern. Auf der anderen Straßenseite war die Pumpe entfernt. Ich schloss daraus, dass Wasserleitungen gelegt worden waren.

Als wäre ich ein Dieb, schlich ich nun zu der ummauerten Pforte mit dem großen Tor daneben. Sogar eine Klingel hatte man gelegt. Darauf stand ein Name – mit nur wenigen Buchstaben, soweit ich mich erinnere –, den ich längst wieder vergessen habe. Ich drückte auf die Klinke.

Es ist dieselbe wie früher, dachte ich.

Zu meiner Überraschung öffnete sich die Pforte. Nur einen Spalt machte ich sie auf und sah hinein in den Hof mit den ungleichen Steinen und der Rinne, in der das Regenwasser unter dem Tor hindurch auf die Straße abfließen konnte.

Der kleine Holzvorbau war weg, das Tor zum hinteren Hof gab es noch. Das Gebäude an der rechten Seite, die ehemalige Scheune samt Stallungen, war neu verputzt in einem außergewöhnlich dunklen Grau. Das Dach war neu eingedeckt, und ich sah, auch die Balken waren neu gezogen.

Omi, du kannst beruhigt sein, dein Haus ist in gutem Zustand. Du wärest glücklich, wenn du es so sehen könntest.

Wir gingen spazieren, als Erstes zum Kirchplatz. Dort sah es schlimm aus. An der Kirche leuchtete ein blaues Schildchen mit dem Schriftzug »Denkmal«. Mit dieser Feststellung war die Kirche sich selbst überlassen worden.

Unten am Bach und dem kleinen Teich standen nun einige Einfamilienhäuser. Vieles wirkte sehr provisorisch, die meisten waren noch nicht verputzt.

Das sollten sie bald tun, meinte Peter, bevor der nächste Winter kommt.

Ach das wird schon, sagte ich, das ist erst der Anfang. Komm in zehn Jahren noch mal her, was glaubst du, wie schön das dann hier ist.

Auf dem Friedhof suchte ich nach Namen, die mir etwas

sagen konnten. Außer dem Grab des älteren Herrn aus Omis Nachbarschaft kam mir kein weiterer Name ins Gedächtnis. Seine Ehefrau stand nicht mit auf dem Grabstein. Vielleicht war sie im Westen beerdigt worden. Wir wissen es nicht.

Hier auf diesen Gräbern fand ich die Blumen, die ich in den Gärten und Häusern so sehr vermisste. Die Gräber waren erstaunlich gepflegt, mit großen aufwendigen Grabsteinen, meist aus schwarzem Marmor.

Der einzige Mensch, den wir in Remkersleben gesehen haben, war eine alte Frau, die über den Friedhof gegangen ist, während wir dort waren. Wahrscheinlich war sie durch unsere Neugier ihrerseits neugierig geworden.

Über eine Mauer konnte man von einer Seite auf Omis Grundstück sehen. Ich musste mich nur etwas daran hochziehen. Omis Garten, den wir so sehr geliebt haben, glich eher einem verwahrlosten Acker. Alle Obstbäume waren weg, auch die Buchsbaumrabatte und die Rosen gab es nicht mehr, die Erde war zu einer einzigen großen Fläche umgegraben. Aber es sah nicht danach aus, als ob irgendetwas gesät worden wäre, und es wuchs auch sonst nichts.

Im hinteren Hof waren der Hühnerstall und der Schuppen abgerissen. Mir fiel das Motorrad ein, das hier in dem Schuppen bis zuletzt gestanden hatte; vorne in der Scheune war unter Stroh ein altes Auto gewesen – ein echter Oldtimer aus der Zeit weit vor dem Krieg.

Auch das Toilettenhäuschen war nicht mehr da. War auch nicht mehr nötig, sie hatten ja Kanalisation gelegt. Hier hinten auf dem Hof lag sehr viel Bauzeug herum, Bretter und Steine und was man sonst so braucht, wenn man umbaut.

Was sagst du dazu, Omi, jetzt gibt es den Zement, den du

damals nirgends kaufen konntest. Und ich kann dir versichern, dein Haus steht auf festem Boden. Die Bewohner werden das Haus lieben und erhalten, so wie du es getan hast. Und wer weiß, vielleicht fahre ich in zehn oder fünfzehn Jahren noch mal her und mache neue Fotos.

Als wir gerade abfahren wollten, entdeckte ich noch eine Tür in Omis Haus, mit einer Glasscheibe zur Straße hin.

Halt bitte noch mal, sagte ich spontan zu Peter.

Durch diese Scheibe sah ich in einen schmalen Flur. Dort standen große Korbflaschen, ein Tonkrug, ein Fass und noch so allerlei Gerätschaften. Gerade so, als hätte meine Großmutter diese Behälter aus ihrem Keller herausgenommen und da hingestellt.

Wenigstens eine Kleinigkeit wollte ich nun doch mitnehmen.

Ich lief noch einmal zurück zur Mauer und zog ein paar lose Steine heraus.

Einen legte ich in die Erde von Omis Grab, einen in das Grab meiner Mutter, und der dritte Stein ziert meinen Balkon.

Dank

Ich danke Herrn Gerald Fiebig, meinem Lektor, der sich meiner Grenzgänge angenommen hat und mit vielen praktischen Anregungen aus der Fülle meiner Erinnerungen dieses Buch entstehen ließ.

Dem Weltbild Buchverlag meinen herzlichen Dank für die Chance, in unserem Jubiläumsjahr, dem 20. Jahr nach dem Fall der Mauer, mein Buch *Schwarz über die Grenze* veröffentlichen zu dürfen.

In tiefster Dankbarkeit gedenke ich meiner Mutter und Großmutter und meiner Urgroßmutter. Ohne ihre aufopfernde Fürsorge und Liebe wäre mein Leben nicht möglich gewesen.